suhrkamp taschenbuch 1554

Thomas Bernhard, geboren 1931 in Heerlen (Holland), starb im Februar 1989 in Oberösterreich. Sein Werk im Suhrkamp Verlag ist auf S. 359 dieses Bandes verzeichnet.

Der vorliegende Band enthält die vier neuesten Theaterstücke von Thomas Bernhard. *Der Theatermacher*: Ort der Handlung – der Tanzsaal des »Schwarzen Hirschen« in Utzbach. Hier will der Staatsschauspieler Bruscon sein Welttheater mit dem Titel »Das Rad der Geschichte« aufführen, nur dazu kommt es nicht, obwohl der Feuerwehrhauptmann zugestimmt hatte, daß am Ende der Aufführung alle Lichter, auch das Notlicht, gelöscht werden. *Ritter, Dene, Voss*: »Während der Arbeit waren meine Gedanken hauptsächlich auf meinen Freund Paul und auf dessen Onkel Ludwig konzentriert gewesen« – so der Autor in einer Notiz zu diesem Stück: Dene, wie ihre jüngere Schwester Schauspielerin, holt ihren Bruder, einen Philosophen, zum wiederholten Male aus der Anstalt Steinhof in die von den Eltern geerbte Villa, um ihn zu heilen. Daß dieser Versuch Denes dennoch nicht in der Katastrophe endet, liegt am Wetter: denn seit dreißig Jahren weiß man in der Familie Worringer, was man am besten mit verregneten Nachmittagen anfängt. *Einfach kompliziert*: Ein 82jähriger Mann, der allein in seinem verwahrlosten Zimmer lebt, seit zwölf Jahren keinen Brief mehr beantwortet und das Telefon abgemeldet hat, aber in der Zeitung die Stellenangebote studiert: der berühmte Schauspieler, der den berühmten vereinsamten Schauspieler spielt, spielt, ganz einfach kompliziert, die Rolle seines Lebens. *Elisabeth II.* ist eine eigene Gattung: es ist, wie der Untertitel vermerkt, »keine Komödie«. Hier führt Thomas Bernhard die Welt als Theater in seinem Welttheater vor – und die Welt erscheint als »ein abstoßendes Schauspiel«.

Thomas Bernhard
Stücke 4

Der Theatermacher
Ritter, Dene, Voss
Einfach kompliziert
Elisabeth II.

Suhrkamp

suhrkamp taschenbuch 1554
Erste Auflage 1988

Satz: MZ, Memmingen
Druck: Nomos Verlagsgesellschaft, Baden-Baden
Printed in Germany
Umschlag nach Entwürfen von Willy Fleckhaus und Rolf Staudt

2 3 4 5 6 – 93 92 91

Inhalt

Der Theatermacher

Ein gewisses Talent für das Theater
schon als Kind
geborener Theatermensch wissen Sie
Theatermacher
Fallensteller schon sehr früh

Schwarzer Hirsch in Utzbach

Tanzsaal

Personen

BRUSCON, *Theatermacher*
FRAU BRUSCON, *Theatermacherin*
FERRUCCIO, *deren Sohn*
SARAH, *deren Tochter*
DER WIRT
DIE WIRTIN
ERNA, *deren Tochter*

Erste Szene

Drei Uhr nachmittag
Der Theatermacher Bruscon und der Wirt treten ein
BRUSCON *mit einem breitkrempigen Hut auf dem Kopf,*
in einem knöchellangen Mantel und mit einem Stock
in der Hand
Was hier
in dieser muffigen Atmosphäre
Als ob ich es geahnt hätte
ruft aus
Staatsschauspieler
Mein Gott
nicht einmal zum Wasserlassen
habe ich diese Art von Gasthäusern betreten
Und hier soll ich
mein Rad der Geschichte spielen
macht ein paar Schritte nach rechts
Schwarzer Hirsch
nun ja
als ob die Zeit stehengeblieben wäre
macht ein paar Schritte nach links, dann zum Wirt
direkt
Als ob Sie nicht gewußt hätten
daß wir heute hier ankommen
schaut um sich
Trostlos
schaut um sich
Absolute Kulturlosigkeit
trostlos
will sich setzen, aber es ist kein Sessel auf dem Podium
zum Wirt direkt
Utzbach
Utzbach wie Butzbach
Der Staatsschauspieler Bruscon
in Utzbach
Meine Komödie in diesem Utzbach
schaut um sich
Schwarzer Hirsch
nun ja

Diese Schwüle
Gewitterschwüle
Ein solcher empfindlicher Geist
in einem solchen empfindlichen Körper
plötzlich aufgebracht
Haben Sie denn keinen Sessel hier
Wirt holt einen Sessel
Bruscon setzt sich

WIRT

Frittatensuppe sagten Sie

BRUSCON

Selbstverständlich
Das einzige
das hier gegessen werden kann
ist Frittatensuppe
Aber nicht zu fett
immer diese Riesenfettaugen in der Suppe
selbst in der Frittatensuppe
feiert die Provinz ihre Triumphe
streckt die Beine aus
In Gaspoltshofen
hatten wir einen riesigen Erfolg
grandios
ideale Verhältnisse
schaut um sich
Hat Ihnen meine Tochter Sarah gesagt
daß ich ein zweites Kopfpolster
haben muß
Und zwar roßhaargefüttert
Das wird Ihnen doch keine Schwierigkeiten machen
mir ein solches Roßhaarpolster zu verschaffen

WIRT

Das Roßhaarpolster
ist schon aufgebettet

BRUSCON

Ist schon aufgebettet
Sie sagen
ist schon aufgebettet
schaut um sich
Die Theorien
stimmen mit der Praxis nicht überein

Wieviel Einwohner sagten Sie

WIRT

Zweihundertachtzig

BRUSCON

Zweihundertachtzig
Eine Zwerggemeinde
Daß es so etwas gibt
In Gaspoltshofen
hatten wir achthundertdreißig Zuschauer
Vollzahler
geradezu enthusiastisch Applaudierende
Wenn ich gewußt hätte
daß dieses
dieses

WIRT

Utzbach

BRUSCON

daß dieses Utzbach
nur zweihundertachtzig Einwohner hat
Alte Leute
die weder hören
noch sehen
zum Wirt direkt
Das Rad der Geschichte
ist eine Menschheitskomödie
streckt beide Arme so weit wie möglich aus
Caesar Napoleon Churchill
treten auf
das heißt aber nicht
daß das weibliche Wesen
zu kurz kommt
Im Grunde existiere ich
auf der ganzen Tournee schon
von nichts anderem als von der Frittatensuppe
In Gaspoltshofen
schmeckte sie ganz und gar außerordentlich
Kaum Fettaugen
schaut sich um
Und natürlich spielt Metternich
eine entscheidende Rolle
in meiner Komödie

die in Wahrheit
eine Tragödie ist
wie Sie sehen werden
Wirt fängt an, Tische an die Wände zu schieben

BRUSCON

Die Natur der Sache
ist immer die entgegengesetzte mein Herr
Wir gehen auf eine Tournee
und gehen doch nur in eine Falle
sozusagen in eine Theaterfalle
plötzlich den Wirt anherrschend
Waren Sie schon
beim Feuerwehrhauptmann
das Notlicht betreffend
Wie gesagt
in meiner Komödie hat es
am Ende
vollkommen finster zu sein
auch das Notlicht muß gelöscht sein
vollkommen finster
absolut finster
ist es am Ende meiner Komödie
nicht absolut finster
ist mein Rad der Geschichte vernichtet
Wenn das Notlicht nicht gelöscht wird
verkehrt sich ja meine Komödie
gerade ins Gegenteil
In Gaspoltshofen hatten sie
das Notlicht gelöscht
in Frankenmarkt auch
selbst in Ried im Innkreis
das doch als einer der dümmsten Orte verschrien ist
Sagen Sie dem Feuerwehrhauptmann
ich bin Bruscon
der Staatsschauspieler Bruscon
der in Berlin den Faust
und in Zürich den Mephisto gespielt hat
Die Feuerwehrleute sind verbohrt
die Statistik beweist
daß sie jährlich mehr Unheil anrichten
als alle andern

Brennt erst ein Gebäude
vernichtet es die Feuerwehr zur Gänze
Diese Schwüle
knöpft sich den Mantel bis zur Hälfte auf
Andererseits erkälte ich mich
ziehe ich den Mantel aus
Alle Augenblicke von Husten gequält
von Halsschmerz gepeinigt
in Schweiß gebadet
Wirt will ein Fenster öffnen

BRUSCON *herrscht ihn mit hochgeschleudertem Stock an*
Unterstehen Sie sich
dann sitze ich ja in der Zugluft
kauert sich zusammen
Dieser abstoßende Gestank
Trägt denn die Schweinemast noch etwas
Wirt macht das Fenster wieder zu

BRUSCON
Oder ist es nur eine Perversität der Gastwirte
Überall dieser Schweinegestank
Von einer Schweinemastanstalt zur andern
Tatsächlich gibt es hier nichts
außer Schweinemastanstalten
und Kirchen
stöhnt
und Nazis
lehnt sich zurück und schließt die Augen
Wenn uns nicht erlaubt wird
das Notlicht abzudrehen
spielen wir nicht
richtet sich hoch auf
Dieser Ort ist eine Strafe Gottes
Dafür habe ich die Akademien besucht
und bin mit dem Kreuz am goldenen Band
ausgezeichnet worden
greift sich an den Kopf
Agathe warnte mich
steht auf, schaut sich um
Einmal mußte die Katastrophe eintreten
Wenn wir klar denken
müssen wir uns umbringen

stellt sich in Podiumsmitte auf und streckt den Stock
so weit wie möglich in die Höhe
gegen die Saaldecke starrend
Utzbach
senkt den Arm und geht fünf Schritte nach rechts und
dann zehn Schritte nach links, die Bühne ausmessend,
stehengeblieben
Größer war die Bühne
in Gaspoltshofen auch nicht
In Ried im Innkreis
war sie zwei Meter breiter
aber das war nur ein Nachteil
zum Wirt direkt
Die Katastrophe ist es ja
nicht eigentlich für mich
sondern für meine Frau
die ist allergisch gegen Schweinegestank
da sie es auf der Lunge hat
hat sie ja selbst in der besten Luft
Schwierigkeiten
Schließlich muß sie
eine halbstündige Ansprache
an das Volk von Rom halten
und dabei wird ihr nichts geschenkt
hüstelt
Jedes Wort wirbelt hier Staub auf
und dieser teuflische Text
meiner Komödie
ruft in den Saal hinein
Exzellenz ich bedauere
zum Wirt direkt
Mehr oder weniger
eine Schöpfungskomödie
um nicht sagen zu müssen
ein Jahrhundertwerk
ruft in den Saal hinein
Calabrien
daß ich nicht lache
zum Wirt direkt
Ein Alterswerk zweifellos
Haben Sie darüber gelesen

Alles Unsinn
wie alles in den Zeitungen
Inkompetenzschmierer
bückt sich und prüft mit der rechten Hand den Podiumsboden
Aber nicht ein einziger Verriß
unqualifiziert
aber nicht ein einziger Verriß
steht wieder auf
Meine Frau
leidet fortwährend unter Kopfschmerz
ich habe eine Nierengeschichte
bückt sich wieder und prüft noch einmal den Podiumsboden
Wenn wir nur nicht durchbrechen
In Gaspoltshofen hatten sie
einen neuen Fußboden
das ist ja alles vermodert und verfault
Wird denn hier nicht mehr getanzt
erhebt sich wieder mühselig
Wird denn auf diesem Podium nicht mehr getanzt
Es sieht nicht so aus
als ob auf diesem Podium getanzt worden wäre
in letzter Zeit
Hier gibt es ja auch nurmehr noch alte Leute
die tanzen nicht
seit Jahrzehnten kein Theater mehr gespielt
hier
zum Wirt
Bringen Sie doch einen dieser Tische hier herauf
auf das Podium
Unsere Dekoration
ist ja gleich Null
die allereinfachste
Dreimal ein Paravent
das ist alles
und ein Portal
Wirt bringt einen Tisch auf das Podium

BRUSCON

Wie Sie gesehen haben
reisen wir nur mit einer Kiste

und einem Wäschekorb
das ist alles
Dahin
Stellen Sie den Tisch dahin
Die Lichtverhältnisse
sind das Entscheidende
Wirt stellt den Tisch neben Bruscon
Bruscon bedeutet ihm mit dem Stock, den Tisch
vor ihn zu stellen
Wirt befolgt die Anweisung Bruscons

BRUSCON
Unsere Phantasie selbst unser Geist
müssen immer zurechtgerückt werden
am Ende entspricht gar nichts
Stellen Sie den Tisch dahin
zeigt, wohin der Tisch gestellt werden soll
Wirt stellt den Tisch dorthin

BRUSCON
Ja
hier steht der Tisch richtig
im Augenblick wenigstens
im Augenblick
lehnt sich zurück
Phantasie
Magie
setzt sich wieder gerade, während der Wirt wieder
Tische im Saal an die Wände schiebt

BRUSCON *zum Wirt direkt*
Kennen Sie Sankt Radegund
Wo ist es

WIRT
Zehn Kilometer weiter

BRUSCON
Zehn Kilometer
tatsächlich
das dachte ich
Zehn Kilometer sagen Sie

WIRT
Zehn Kilometer

BRUSCON
Da bin ich niedergeschlagen worden

neunzehnhundertvierundvierzig
von einem Fleischergehilfen
der mich mit einem Wachszieher verwechselt hat
der angeblich aus Mattighofen stammte
Davon habe ich heute noch
diese Schulterschmerzen
die mir meine auch ohne diesen Zwischenfall
schon ziemlich schwierige Existenz verleiden
Vierzig Jahre liegt dieses Verbrechen zurück
Ich war noch Student damals
ich studierte Theatergeschichte
nicht wie Sie glauben
an einer Universität
ich studierte ja alles im Selbststudium
Ich kam ich weiß nicht wieso
in diese Gegend
und wurde in Sankt Radegund niedergeschlagen
das hätte auch das Ende sein können
schaut zu Boden
Extralange Hosen
trug ich damals
und eine Leinenkappe auf dem Kopf
Ich nannte sie meine Vorteilskappe
weil ich bald darauf gekommen war
daß es unter dieser Kappe zu denken
ein Vorteil war
Wollte ich klar denken
setzte ich diese Kappe auf
diese Leinenkappe
die ich von meinem Großvater mütterlicherseits
geerbt habe
Und stellen Sie sich vor
es war mir auch in der Großstadt nicht möglich
ohne diese Leinenkappe meines Großvaters zu denken
jedenfalls nicht mit der notwendigen Klarheit
die ich mir zum Prinzip gemacht habe
schließlich hatte ich diese Leinenkappe
während der ganzen Arbeit an meiner Komödie auf
Nehme ich die Kappe herunter
ist meine Komödie vernichtet
habe ich immer gedacht

und ich habe sie die ganzen neun Jahre
die ich an meiner Komödie geschrieben habe
eben an unserem Rad der Geschichte
aufbehalten
Ich sage Ihnen
ohne das Abschalten des Notlichts
wird nicht gespielt
Was sind das für Leute
die Feuerwehrhauptmänner
Das ist ja lächerlich
daß es hier in
in
in

WIRT

In Utzbach

BRUSCON

In Utzbach
überhaupt einen Feuerwehrhauptmann gibt
und gerade in diesem Nest
Sie verzeihen
wenn ich Ihren von Ihnen sicher hochgeschätzten Ort
Nest nenne
gibt es einen Feuerwehrhauptmann
der es nicht erlaubt
daß das Notlicht abgeschaltet wird
für fünf Minuten
Tatsächlich
nur fünf Minuten ohne Notlicht
am Ende meiner Komödie
Das war selbst in Ried im Innkreis
nicht einmal zur Debatte gestanden
Das Licht wird schwächer
schließlich sehr schwach
schließlich geht es ganz aus
naturgemäß auch das Notlicht
Der Höhepunkt meiner Komödie
ist die absolute Finsternis
das ist ihre Voraussetzung
wird sie nicht in ihr Gegenteil verkehrt
rückt mit seinem Sessel ganz an den Tisch heran
Churchill wacht auf in der Nacht

vor seinem Tod
und sagt nurmehr noch das Wort Elba
darauf wird es vollkommen finster
Übrigens ist mein Sohn Ferruccio
ein phänomenaler Churchill
Ferruccio wissen Sie
ich bin nämlich Busoniverehrer
steht auf und stampft auf den Boden
In der Szene mit Stalin
stampft Churchill auf dem Boden auf
das wäre fatal
wenn der Fußboden nicht standhielte
Unweigerlich würden die Zuschauer
in Gelächter ausbrechen
das aber wäre das Ende meiner Komödie
stampft noch einmal auf dem Fußboden auf
In Gaspoltshofen hat mein Sohn
mit solcher Emphase auf dem Fußboden aufgestampft
daß er sich das Bein bis zum Knie hinauf
verletzt hat
aber die Vorstellung ist nicht abgebrochen worden
Es war eine kleine Pause entstanden
ich als Stalin
sagte ganz einfach einen Text
den wir ursprünglich gestrichen hatten
dann hob ich meinen Sohn
also ich hob Churchill auf
und trug ihn hinaus
ich zog ihn mehr hinaus als daß ich ihn trug
das erzeugte einen ungeheuren Applaus
geht bis zur linken Wand und dreht sich um
Shakespeare
Voltaire
und ich
geht drei Schritte auf die Podiumsmitte zu und schaut in den Saal hinein
Ich bin dabei
meine Komödie
ins Italienische zu übersetzen
nicht das Leichteste mein Herr
Möglicherweise dann auch gleich

ins Französische
in das ich verliebt bin allerdings
Das Rad der Geschichte eignet sich
für Italien genauso wie für Frankreich
es ist hauptsächlich für die Franzosen geschrieben
Hier probieren wir es nur aus
entwickeln wir es
perfektionieren wir uns
Ich fürchte mein Rad der Geschichte
hat in Italien einen größeren Erfolg
als in Frankreich
geht zur rechten Wand und legt beide flachen Hände darauf
Die Idee zu meinem Stück
hatte ich schon in Le Havre
wo ich meine Frau kennengelernt habe
Eine Küstenbekanntschaft sozusagen
Atlantikküstenbekanntschaft
reißt seinen Stock in die Höhe und ruft in den Saal hinein
Bertrand
Sie versündigen sich
senkt den Stock
Die Feuchtigkeit hier
verschluckt alles
Alles hier
ist gegen das Instrument
der menschlichen Stimme
geht zu einem der Fenster und wischt mit dem Ärmel den Staub vom Fensterbrett ab
Im übrigen habe ich schon mit vierzehn Jahren
einen Entwurf für diese Komödie gemacht
Mich lebenslänglich verfolgender Stoff sozusagen
wischt noch einmal den Staub vom Fensterbrett ab
eine Art Welttheater
Uneigennütziges Denken verstehen Sie
tritt auf das Podium und stellt sich in der Mitte auf, mit dem Blick in den Saal
ein gewisses Talent für das Theater
schon als Kind
geborener Theatermensch wissen Sie

Theatermacher
Fallensteller schon sehr früh
bückt sich und prüft den Podiumsboden
erhebt sich wieder
Ausbruch von Zuhause
Ohrfeigen Hiebe
Kopfstücke väterlicherseits
Totale gegenseitige Verachtung
bückt sich wieder und prüft den Podiumsboden
In gewisser Weise Infamie
Selbstinfamie
Von ganz unten herauf gearbeitet
erhebt sich wieder und ruft in den Saal
In Lörrach ist das Gift
In Lörrach lagert das Gift
das die Menschheit auslöscht
zum Wirt direkt
Das ist der Lörracheffekt
in meinem Rad der Geschichte mein Herr
setzt sich in den Sessel
Sogenannte Machtmenschen
die Feuerwehrhauptleute
In Gaspoltshofen hatte ich
keinerlei Schwierigkeiten
zum Wirt direkt
Sagen Sie dem Feuerwehrhauptmann
daß es sich nur um fünf Minuten handelt
um entscheidende fünf Minuten allerdings
Wenn es am Ende meines Theaterstückes
sagen Sie ihm
nicht fünf Minuten absolut finster ist
ist mein Theaterstück vernichtet
das wäre ja hier tatsächlich
die einzige Ausnahme
wischt sich mit einem Sacktuch den Schweiß von
der Stirn
Ich habe keine Lust
mich mit dem Feuerwehrhauptmann
in eine Debatte einzulassen
es geht nur um die Zusage
fünf Minuten absolute Finsternis

fünf Minuten kein Notlicht
lächerlich
lehnt sich zurück
Die ganze Welt
bis in die hintersten Winkel
ist einem durch absurde Gesetze vergällt
Dieses abscheuliche Nest
hier brennt es ja nicht einmal
hier hat es noch nie gebrannt wie Sie selbst sagen
das ist doch lächerlich
auf fünf Minuten Notlicht zu bestehen
In dieser Feuchtigkeit
und wo hier alles vermodert ist
kann ja gar kein Brand ausbrechen
sagen Sie das dem Feuerwehrhauptmann
Wie heißt denn der Mann

WIRT

Attwenger

BRUSCON

Attwenger
Herr Feuerwehrmann Attwenger
Herr Feuerwehrhauptmann Attwenger
Was hat denn dieser Feuerwehrhauptmann Attwenger
für einen Beruf

WIRT

Binder

BRUSCON

Binder Binder
Was Binder

WIRT

Faßbinder

BRUSCON

Faßbinder
Daß es das noch gibt
Faßbinder
Faßbinder und Feuerwehrhauptmann
Gehen Sie hin
und sagen Sie wer ich bin
und sagen Sie ihm
daß seine Familie selbstverständlich
freien Eintritt hat

WIRT

Der Binder hat keine Familie mehr

BRUSCON

Nicht mehr
Dann sagen Sie ihm
er bekommt ein Exemplar meines Stückes
mit meiner Unterschrift
mit der Unterschrift von Bruscon
der solche Unterschriften niemals gibt
der sich solchen Unterschriften
immer verweigert hat
schließlich ist eine solche von mir gegebene Unterschrift
eines Tages ein Vermögen wert
wenn ich nicht nur als Schauspieler
sondern auch als Dramatiker als der große Bruscon erkannt bin
und sagen Sie ihm
daß er mit uns speisen darf
mit uns an unserem Tisch
sagen Sie ihm das
An was ist sie ihm denn weggestorben
die Familie

WIRT

Blitzschlag mein Herr
Sie haben einen Ausflug nach Haag gemacht
und sich unter eine Buche gestellt
alle waren tot
bis auf den Binder

BRUSCON

Und da heißt es doch immer
Buchen sollst du suchen
lehnt sich zurück, mit geschlossenen Augen
Sagen Sie Herr Wirt
bevor Sie zum Feuerwehrhauptmann gehen
bestellen Sie uns doch in der Küche
Frittatensuppe
viermal Frittatensuppe
wenn das möglich ist
um diese Zeit
aber Ihre Frau ist ja in der Küche
wie ich gesehen habe

das ist natürlich ungewöhnlich
um halb vier Uhr nachmittags
Frittatensuppe zu bestellen
Wir essen die Frittatensuppe
hier auf dem Podium
auf diesem Tisch
mein Sohn meine Tochter und ich
meiner Frau servieren Sie die Frittatensuppe
auf dem Zimmer
die Arme ist noch immer schockiert
Utzbach
das ist sicher ein reizender Ort
hat sie auf der Fahrt hierher gesagt
und wie sie Utzbach gesehen hat
ist sie in Ohnmacht gefallen
Eine Theatermacherin natürlich
Andererseits ist es gut
wenn sie sich vor der Vorstellung zurückzieht
denn sonst behält sie den Text nicht
alle Augenblicke verliert sie den Text
wir spielen jahrelang dasselbe
und sie verliert immer noch den Text
und immer an den entscheidenden Stellen
es ist zum Wahnsinnigwerden mein Herr
Sie wissen ja nicht
wie schwer es ist
den Text eines solchen Stückes zu behalten
geschweige denn dann auch noch aus diesem Text
ein Kunstwerk zu machen
das dieser Text zweifellos ist
Mit den Frauen hat es die größten Schwierigkeiten
auf dem Theater
sie haben nichts begriffen
Sie gehen nicht bis zum Äußersten
sie gehen nicht in die Hölle in die Theaterhölle hinein
alles ist halbherzig was sie machen
Halbherzigkeit verstehen sie
diese Halbherzigkeit aber
ist der Tod des Theaters
Aber was wäre eine solche Komödie wie die meinige
ohne weibliche Darsteller

wir brauchen sie
Will unsere Komödie aufblühen
brauchen wir Frauen in unserer Komödie
das ist die Wahrheit
ist sie auch noch so bitter
Wenn Sie wüßten was es mich gekostet hat
meiner Frau die primitivsten Grundregeln des Theaterspielens beizubringen
jede Selbstverständlichkeit ein Martyrium auf Jahre
einerseits brauchen wir die weiblichen Darsteller
andererseits sind sie tödlich für das Theater
Was die Frauen betrifft
dürfen wir unseren Charme nicht übertreiben
damit unsere Verlogenheit
nicht ganz und gar zutage tritt
Allein das Wort Odense
hat sie achttausendmal zu sprechen gehabt
bis ich es habe akzeptieren können
spricht ganz leise
Odense
Es ist doch ganz einfach
ganz leise Odense zu sagen
meine Frau brauchte Jahre
um es akzeptabel zu sprechen
Andererseits dürfen wir die weiblichen Darsteller
nicht bis zum Äußersten traktieren
sonst fallen sie uns in den Rücken
sie lassen sich viel gefallen
aber doch nicht alles mein Herr
Wenn wir das Wort Meer aussprechen
müssen wir doch wissen
was das Meer ist
das ist eine Selbstverständlichkeit
oder das Wort Rattengift
was immer das ist
eine Selbstverständlichkeit
nicht was die Frauen betrifft
Jahrzehntelang müssen sie trainiert werden
um das Einfachste zu begreifen
Und wie schwer ist es erst
wenn es sich um die eigene Frau handelt

die wir schließlich für immer sozusagen genommen haben
Mit Frauen Theater zu machen
ist eine Katastrophe
Wenn wir einen weiblichen Darsteller beschäftigen
beschäftigen wir sozusagen einen Theaterhemmschuh
und es sind ja auch immer die weiblichen Darsteller
die das Theater umbringen
wenn wir das auch niemals offen aussprechen
weil wir dazu zu galant sind
eine weibliche Tragödin
ist ja schon immer eine Absurdität gewesen
wenn wir bedenken daß eine Tragödie
schon nichts anderes ist als ein Wahnwitz
Wenn wir ehrlich sind
ist das Theater an sich eine Absurdität
aber wenn wir ehrlich sind
können wir kein Theater machen
weder können wir wenn wir ehrlich sind
ein Theaterstück schreiben
noch ein Theaterstück spielen
wenn wir ehrlich sind
können wir überhaupt nichts mehr tun
außer uns umbringen
da wir uns aber nicht umbringen
weil wir uns nicht umbringen wollen
wenigstens bis heute und bis jetzt nicht
da wir uns also bis heute und bis jetzt nicht umgebracht haben
versuchen wir es immer wieder mit dem Theater
wir schreiben für das Theater
und wir spielen Theater
und ist das alles auch das Absurdeste
und Verlogenste
Wie kann ein Schauspieler
einen König darstellen
der überhaupt nicht weiß was ein König ist
wie kann eine Schauspielerin
eine Stallmagd darstellen
die überhaupt nicht weiß was eine Stallmagd ist
wenn ein Staatsschauspieler einen König darstellt
ist das nur abgeschmackt
und wenn eine Staatsschauspielerin

eine Stallmagd darstellt
ist das noch abgeschmackter
aber alle Schauspieler stellen immer wieder etwas dar
das sie nicht sein können
und das nur abgeschmackt ist
so ist alles auf dem Theater abgeschmackt mein Herr
Da die Schauspieler die dümmsten sind
ist es doch eine Abgeschmacktheit
wenn sie beispielsweise Schopenhauer und Kant darstellen
oder ein Staatsschauspieler spielt Friedrich den Großen
oder gar Voltaire wird von einem Schauspieler gespielt
das ist alles abgeschmackt
natürlich bin ich mir dieser Tatsache
immer bewußt gewesen
Was Schauspieler darstellen
ist immer falsch dargestellt
eben verlogen mein Herr
und gerade deshalb ist es Theater
Dargestelltes ist Verlogenes
und dargestelltes Verlogenes lieben wir
So habe ich meine Komödie geschrieben
verlogen
so stellen wir sie dar
verlogen
so wird sie aufgenommen
verlogen
Der Schreiber ist verlogen
die Darsteller sind verlogen
und die Zuschauer sind auch verlogen
und alles zusammen ist eine einzige Absurdität
ganz zu schweigen davon
daß es sich um eine Perversität handelt
die schon Jahrtausende alt ist
das Theater ist eine jahrtausendealte Perversität
in die die Menschheit vernarrt ist
und deshalb so tief in sie vernarrt ist
weil sie in ihre Verlogenheit so tief vernarrt ist
und nirgendwo sonst in dieser Menschheit
ist die Verlogenheit größer und faszinierender
als auf dem Theater
steckt seinen linken Zeigefinger in den Mund und

streckt ihn daraufhin in die Luft
Nach einiger Zeit
In diesem Saal wird der Finger nicht trocken
eine solche Feuchtigkeit
ist Gift für das Theater
In Gaspoltshofen hatten meine Worte Gewicht
hier zerfällt alles
schrumpft alles zusammen
hier wird das Außerordentlichste
zum Dilettantismus
Österreich
Verkommen
ist das richtige Wort
Verludert
ist der richtige Ausdruck
zum Wirt direkt
Ich hatte nämlich
eine österreichische Urgroßmutter
müssen Sie wissen
eine Urgroßmutter Irrsiegler
Aber das sagt Ihnen nichts
nachdenklich, wie wenn er etwas auf den Fußboden zeichnete
Ein Tirolisches
in meinem Wesen
auch etwas Perverses
Österreich
grotesk
minderbemittelt
ist das richtige Wort
unzurechnungsfähig
ist der richtige Ausdruck
Mozart Schubert
widerwärtige Präpotenz
Glauben Sie mir
an diesem Volk ist nicht das geringste
mehr liebenswürdig
Wo wir hinkommen
Mißgunst
niederträchtige Gesinnung
Fremdenfeindlichkeit

Kunsthaß
Nirgendwo sonst begegnen sie der Kunst
mit einer solchen Stupidität
ruft aus
Kunst Kunst Kunst
hier wissen sie ja gar nicht
was das ist
Der wahre Künstler
wird in den Dreck gezogen
dem verlogenen dem nichtsnutzigen
laufen sie alle nach
machen den Buckel
vor dem Scharlatanismus
zum Wirt direkt
Wirt in Utzbach
was für eine Existenz
Sind Sie hier aufgewachsen
oder haben Sie
in dieses Utzbach hereingeheiratet

WIRT
Hereingeheiratet Herr Bruscon

BRUSCON
Hereingeheiratet
hereingeheiratet von wo

WIRT
Von Gaspoltshofen

BRUSCON
Von Gaspoltshofen
Ehrlich gesagt
Gaspoltshofen hat es mir angetan
ganz andere Leute
ganz andere Verhältnisse
als hier in Utzbach
kein Schweinegestank
keine Siloverpestung
Warum sind Sie denn
nicht in Gaspoltshofen geblieben
Sie Unglücklicher
nach einer Pause
Wegen einer Frau
in dieses Utzbach

nach einer Pause
Wahrscheinlich hätten Sie sich
in Gaspoltshofen besser entwickelt
Wer weiß
es blieb Ihnen keine andere Wahl
Das Weib lockt den Mann
aus der schönsten Gegend
in das scheußlichste Loch
Alles krankmachend hier
alles unappetitlich
alles verkrüppelt
Die Kinder haben alle rachitische Stimmen
Entmutigend
entnervend
vernichtend
Wann sind Sie denn hierher

WIRT
Sechsundvierzig

BRUSCON
Sechsundvierzig
schicksalhaft
schicksalhaft

WIRT
In Gaspoltshofen habe ich
keine Existenzmöglichkeit gehabt
nach dem Tod meines Vaters

BRUSCON
Keine Existenzmöglichkeit
Früher Vaterverlust
fragt
Und die Mutter lebt
Wirt schüttelt den Kopf

BRUSCON
An was starb sie

WIRT
An der Gastronomie

BRUSCON
An der Gastronomie

WIRT
Vollkommen unverschuldet
Wir hatten eine Jausenstation

in Pacht
BRUSCON *ruft aus*
Ein Pächterschicksal
es gibt nichts Tragischeres
als das Pächterschicksal
und erst das gastronomische
Ein gastronomischer Pächter
ist ein Unglück
in jedem Fall
WIRT
Wir waren acht Brüder
und drei Schwestern
in drei Betten
in einem feuchten und kalten Keller
BRUSCON
Da blieb Ihnen nur die Einheirat
in die Gastronomie
steht auf und geht ein paar Schritte
zum Wirt direkt, seinen Stock an ihm ansetzend
Möglicherweise ist Utzbach
für Sie die Rettung gewesen
WIRT
Ja
BRUSCON
Dieses schauerliche Utzbach
in welchem ich schon am zweiten Tag
an der katholischen Depression sterben würde
war Ihre Rettung
sieht sich um
Diese bauwerkliche Hilflosigkeit
diese Wändescheußlichkeit
diese Deckenfürchterlichkeit
diese Türen- und Fensterwiderwärtigkeit
diese absolute Geschmacklosigkeit
hat Ihnen Ihre weitere Existenz ermöglicht
setzt sich wieder
wir fragen uns oft
sind wir
oder ist die Welt verrückt
nachdenklich
Wirt in Utzbach

wenn das nicht eine Verrücktheit ist
eine totale Verrücktheit
ruft in den Saal hinein
Die totalste Verrücktheit
aller Zeiten
Wer existiert
hat sich mit der Existenz abgefunden
wer lebt
hat sich mit dem Leben abgefunden
so lächerlich kann die Rolle gar nicht sein
die wir spielen
daß wir sie nicht nicht spielen
schaut auf die Fenster
Wir haben Vorhänge mit
die absolut alle Fenster abdecken
Spezialvorhänge
die wir in den Klepperwerken in Rosenheim
haben herstellen lassen
Kostenpunkt achtzigtausend
aber ohne diese Spezialvorhänge
wäre unsere Komödie gar nicht möglich
Wir haben auch Spezialhaken in unserem Theatergepäck
diese Spezialhaken
können wir in alle Wände einschlagen
gleich um was für Wände es sich handelt
wir können sie einschlagen
Unsere Beleuchtung ist aus einer Spezialfabrik
in Recklinghausen
Unser Vorteil ist
daß wir in einem einzigen Wagen reisen
und dieser Wagen ist nicht der unbequemste
schaut zu Boden
Ursprünglich hatte ich
mit Agathe
mit meiner Frau Agathe spazierengehen wollen hier
ein zwei Stunden die Füße vertreten sozusagen
aber hier kann man ja gar nicht spazierengehen
überall geht es bergauf
und wohin man schaut doch nur Häßliches
So dachten wir
uns ganz einfach nur Frittatensuppe zu bestellen

und im Gasthaus sitzen zu bleiben
Aber Ihre Gaststube war ja geschlossen
und im Gastgarten war der Schweinegestank unerträglich
Als ob Sie nicht gewußt hätten
daß wir heute ankommen
das war Ihnen aber wohlbekannt
Daß uns erst durch hartnäckiges Andietürklopfen
aufgemacht worden ist
das ist eine perverse Einzigartigkeit
Und wenn es so schwül ist
stinkt es ja auch nach dem Geschlachteten
Andererseits ist es ein Vorteil
in einem Gasthaus abzusteigen
das gleichzeitig auch eine Fleischhauerei ist
zum Wirt direkt
Ich glaube nicht
daß hier
unter diesen Umständen gelüftet werden kann
wenn die Fenster aufgemacht werden
sind wir verloren
Wann werden denn Ihre Schweine gefüttert

WIRT
Um halbsechs

BRUSCON
Wie üblich um halbsechs
Das ist kein Problem
In Mattighofen wurden die Schweine
wegen eines Todesfalls wie uns gesagt worden war
um halbneun gefüttert
und zergrunzten alles
das Schweinegrunzen ruinierte das ganze Stück
Wir hatten es zuerst abbrechen wollen
aber dann hatten wir uns entschlossen
es weiter zu spielen
Auf dem Höhepunkt ist es uns durch das Schweinegrunzen
vernichtet worden
Ehrlich gesagt es war mir gleichgültig
in Mattighofen hatte ich nicht unbedingt ein Sendungsbewußtsein
Ich glaube die Leute gingen dort nur in unser Theater
um sich abzukühlen

weil es so schwül war wie heute hier
Eine gekürzte Fassung in Mattighofen
Die Einsteinszene gestrichen
alles was über die Atombombe in meinem
Stück gesagt wird
allerdings Entscheidendes
in Mattighofen ist es auch ohne diese Szene gegangen
übrigens habe ich dort die Szene
in welcher Napoleon sich über den König von Sachsen lustig
macht
auch weggelassen
was meiner Frau allerdings die größten Schwierigkeiten
gemacht hat
Die Frauen sind nicht so wendig wie wir
Schwerfälligkeitsmenschen
Natürlich war das der große Bruch in meinem Drama
aber es war ein ungeheuerer Applaus
als Draufgabe bekamen wir in Mattighofen
einen Käselaib
aber meine Frau ißt keinen Käse
ich selbst mag Käse auch nicht
und meine Kinder sind ganz gegen Käse
So schleppen wir diesen riesigen Käselaib mit
möglicherweise finden wir einen Abnehmer
Dreiundvierzig Kilogramm ist der Käselaib schwer
Er drückt uns schwer auf die Hinterachse
Übrigens chauffiert Sarah
weil Ferruccio eine gebrochene Hand hat
in Zwicklett
stürzte mein Sohn vom ersten Stockwerk in die Tiefe
als er auf die Toilette gehen wollte
fataler Fehltritt
tödlicher Ausgang durchaus möglich
aber meine Kinder sind sehr gelenkig
Hier ist ja auch der Abort
außerhaus
Von meiner Frau kann ich nicht verlangen
daß sie außerhaus auf den Abort geht
Ich bitte Sie
stellen Sie uns zwei Töpfe ins Zimmer
Leberknödelsuppe

oder Frittatensuppe
das war immer die Frage
bis ich mich endgültig
für die Frittatensuppe entschieden habe
Wenn wir am Nachmittag Leberknödelsuppe essen
können wir am Abend nicht Theater spielen
der Bauch zieht die Energien auf sich
und entleert den Kopf
Ihre Frau war so merkwürdig schweigsam
als sie uns aufgemacht hat
Kaum daß sie gegrüßt hat
ich weiß hier ist die unfreundlichste Gegend
aber ein kurzer freundlicher Gruß
tut den Ankommenden immer gut
Je weiter wir donauabwärts kommen
desto unfreundlicher wird es
schwül und unfreundlich
um nicht sagen zu müssen menschenfeindlich
In Gallspach wollten wir
angelockt von einem kleinen Brunnengewässer
in einem schattigen Gastgarten
sozusagen eine Essigwurst essen
Aber die Kellnerin
die an unseren Tisch gekommen war
schnitt sich
während sie mit uns redete
die Fingernägel
Und als meiner Frau ein solcher Fingernagel
ins Gesicht sprang
verließen wir fluchtartig das Lokal
Wenn man hier von Ort zu Ort reist
erlebt man seine Wunder mein Herr
und im Grunde dabei alle Scheußlichkeiten
der österreichischen Gastronomie
Was mich an Gaspoltshofen so fasziniert hat
war ja ehrlich gesagt
nicht das Publikum
auch nicht daß wir dort ganz und gar großartig gespielt hatten
sondern einzig und allein die Tatsache
daß uns ein weißes Tischtuch aufgedeckt worden ist
wo es doch sonst nur schmutzige klebrige Plastikfetzen sind

auf welchen das Essen serviert wird
Eine Reise durch diese Gegend ist alles andere
als appetitanregend
Meistens esse ich meine Frittatensuppe ja auch
mit geschlossenen Augen
und tatsächlich beinahe immer mit Genuß
Ach spannen Sie mich doch nicht auf die Folter
und fragen Sie
ob es möglich ist
daß wir jetzt und hier eine Frittatensuppe serviert bekommen
Sozusagen unsere Existenzsuppe
Wirt geht hinaus

BRUSCON

Faßbinder und Feuerwehrhauptmann
Was für komische Leute
an den Hebeln der Macht sitzen
der Lächerlichste bringt
das Großartigste zu Fall
schaut sich um
Widerwärtig
Wenn das Agathe sieht
Nur Schmutz und Gestank
schaut an den Wänden entlang
und diese häßlichen Reproduktionen
die müssen alle weg
unter diesen Reproduktionen spiele ich nicht
Ein richtiger Geisttöter ist dieser Saal
Saalmiete
daß ich nicht lache
Bruscon zahlt doch keine Saalmiete
für einen solchen Saustall
dreht sich um, schaut in den Hintergrund
Caesar kann von da hinten auftreten
aber Napoleon nicht von links vorne
das geht hier nicht
Aber die Caesar-Napoleonszene
kann ich nicht streichen
Möglicherweise geht es
ohne Hitler
Nein
hier nicht

ohne Hitler geht es hier nicht
schaut nach rechts
Dann kommt Sarah heraus
und sagt Ludwig wie kommst du dazu
darauf Ferruccio Beleidige mich nicht
ich schieße ja nicht auf ihn
Das könnten wir weglassen
überhaupt alles
das Liebe betrifft
Liebe weglassen
Aber auch nicht ganz weglassen
Im Grunde ist alles gleich wichtig
In meinem Rad der Geschichte ist alles gleich wichtig
In Gaspoltshofen hatten sie sich nicht angestrengt
weil ich gesagt habe
Gaspoltshofen was für dumme Leute
Menschheitsverdummung
das hätte ich nicht sagen sollen
da spielten sie gleich so schlecht
wie noch nie so schlecht
In Utzbach spielen sie noch schlechter
wenn ich sage
was ich über Utzbach denke
Aber sie sehen ja
wie Utzbach ist
arme Agathe
tut mir gar nicht leid andererseits
Frauen m a c h e n Theater
Die Männer s i n d Theater
Frauen machen Theater
das ist die Schwierigkeit
Im Grunde talentlose Kinder
das ist es
nichts aufgenommen
alles gesagt
nichts gehört
alles gezeigt
nichts gesehen
Der Vater kann sagen was er will
es nützt nichts
Die Mutter verdirbt alles

was der Vater zustandegebracht hat
schaut auf den Podiumsboden
Debiler Sohn
mehr oder weniger
dumme Tochter
schaut zum Fenster
fortwährend sich zurückgesetzt fühlende
verrückt machende Frau
Produkt des Proletariats
Proletariatsprodukt
Ich habe die Tournee
ja nicht machen wollen
ich war immer gegen diese Tournee
aber weil sie mich immerfort gepeinigt hat
mit ihrer guten Landluft
habe ich nachgegeben
Lungenkranke schwierige Leute
kaum auszuhalten
Weltbeherrscher sozusagen
Niederträchtigkeitsfanatiker
Die gute Landluft
die wir auf der Tournee haben
hat sie immer wieder gesagt
und dabei ist es nichts als Gestank
und ihr Zustand
war noch nie so schlecht wie jetzt
Auch der Arzt hat gesagt
gehen Sie mit Ihrer Frau auf Tournee
Die Ärzte sind alle Idioten
wir beherrschen uns nur
wenn wir in ihren Klauen sind
aber sie sind alle Idioten
Nachgegeben auf Tournee gegangen
widerliche Charakterschwäche meinerseits
Das Rad der Geschichte
mehr oder weniger
vor die Säue geworfen
Wenn ich es in Köln aufgeführt hätte
oder in Bochum meinetwegen
am Rhein oder an der Ruhr
alles wäre besser gewesen

So habe ich sie mir vernichtet
Alles immer nur eingeredet
Utzbach wie Butzbach
Halbverfaultes Bettzeug
zerrissene Plastikvorhänge
Blick auf den Schweinestall
Wenn ich sie nicht gesehen hätte
die Tausende von Blutflecken an den Wänden
von den erschlagenen Schnaken
die sie hier Gelsen nennen
Schüttelfrost hatte sie tatsächlich
Agathe habe ich gesagt
nur nicht krank werden
hier
in diesem
in diesem Utzbach
Kuß auf die Stirn
Mit allem fertig werden habe ich gesagt
richtet sich ganz hoch auf, während der Wirt wieder eintritt
Ist sie möglich
die Frittatensuppe

WIRT
Meine Frau ist schon dabei
Obwohl sie beim Würsteabfüllen gebraucht wird

BRUSCON
Beim Würsteabfüllen

WIRT
Heute ist Blutwursttag

BRUSCON
Blutwursttag
Blutwursttag
hat das etwas zu bedeuten

WIRT
An dem Tag werden die Blutwürste gemacht

BRUSCON
Blutwursttag
Ausgerechnet heute
ist hier Blutwursttag

WIRT
Es dauert ja nicht lange

eine Frittatensuppe zu machen

BRUSCON

Ja

WIRT

Dann kommt die Erna
zusammenkehren

BRUSCON

Erna kommt
Erna
wer ist Erna

WIRT

Meine Tochter

BRUSCON

Ja

WIRT *der ein paar Sessel hereingebracht hat und sie aufstellt am Ende des Saales*

Am Blutwursttag müssen wir alle
zusammenarbeiten

BRUSCON

Ja
ein ungünstiger Tag also
für uns

WIRT

Für alle
Am Blutwursttag
haben wir sonst keine Zeit

BRUSCON

Sonst
keine Zeit
am Blutwursttag

WIRT

Aber das macht nichts

BRUSCON

Nichts
macht nichts
Ist der Blutwursttag
jede Woche

WIRT

Jeden Dienstag
zieht einen Vorhang auf und reißt ihn gleich ganz herunter und wirft ihn auf den Boden

BRUSCON

Die sind ja alle kaputt die Vorhänge
schaut gegen die Decke
Lauter Risse in der Decke

WIRT

Über vierzig Jahre ist
nicht ausgemalt worden

BRUSCON

Ja
schaut auf die Reproduktionen
und diese Bilder diese Landschaften
das sind ja nur noch häßliche Flecken
hinter Glas
Diese Bilder müssen herunter
mit diesen häßlichen Bildern kann ich nicht spielen
schaut auf eine ganz bestimmte Reproduktion
Ist das nicht ein Hitlerbild

WIRT

Ja freilich

BRUSCON *fragend*

Und das hängt schon immer da

WIRT

Ja freilich

BRUSCON *fragend*

Jahrzehnte

WIRT

Ja freilich

BRUSCON

Man muß schon genau hinschauen
daß man sieht daß das Hitler ist
so verschmutzt ist es

WIRT

Daran hat sich bis jetzt
niemand gestoßen

BRUSCON

Niemand gestoßen
Wenn Sie mit Leuten aus der Stadt sprechen
sprechen Sie mehr oder weniger hochdeutsch
Sie bemühen sich jedenfalls in diese Richtung
das ist sehr löblich einerseits
andererseits

Auch in meinem Stück tritt Hitler auf
er kommt mit Napoleon zusammen
und trinkt mit Roosevelt auf dem Obersalzberg
Wenn ich diese Szene nicht wegstreiche heute abend
kann auch das Hitlerbild an der Wand bleiben
das ist gar nicht schlecht
Goethe bekommt einen Hustenanfall
und wird von Kierkegaard aus dem Salon hinausgetragen
nachdem Hitler und Napoleon eingetreten sind
Kierkegaard
der große Däne
der Entwederoder geschrieben hat
naturgemäß kein Begriff für Sie
setzt sich erschöpft
Kommen wir in einen Ort
ist es ein stumpfsinniger Ort
treffen wir einen Menschen
ist es ein stumpfsinniger Mensch
zum Wirt direkt, flüsternd
Ein durch und durch stumpfsinniger Staat
von durch und durch stumpfsinnigen Menschen
bevölkert
Gleich mit wem wir reden
es stellt sich heraus
es ist ein Dummkopf
gleich wem wir zuhören
es stellt sich heraus
es ist ein Analphabet
sie seien sozialistisch
sagen sie
und sind doch nur nationalsozialistisch
sie seien katholisch
sagen sie
und sind doch nur nationalsozialistisch
sie seien Menschen sagen sie
und sind nur Idioten
schaut um sich
Österreich
Austria
L'Autriche
Es kommt mir vor

als gastierten wir
in einer Senkgrube
in der Eiterbeule Europas
winkt den Wirt heran
flüstert diesem ins Ohr
Hier stinkt ja alles
Ein fürchterliches Wiedersehen
mein Herr
wieder laut
An jeder Ecke
dreht es einem den Magen um
Wo ein Wald war
ist eine Schottergrube
wo eine Wiese war
ist ein Zementwerk
wo ein Mensch war
ist ein Nazi
Und dazu auch noch immer
diese elektrische Voralpenatmosphäre
in der ein sensibler Mensch
auch noch andauernd
den Schlagfluß zu fürchten hat
Diese Tournee ist ein Beweis
Dieses Land
ist das Papier nicht wert
auf dem seine Prospekte gedruckt sind
erschöpft
Utzbach
Eine Verschwörung
gegen mich
gegen alles
das etwas wert ist
ruft aus
Eine Kunstfalle mein Herr
eine Kunstfalle
zum Wirt direkt
Sagen Sie
ist jede Woche Blutwursttag

WIRT

Jeden Dienstag ist Blutwursttag

BRUSCON

Jeden Dienstag

WIRT *der auf ein Fensterbrett gestiegen ist, um eine große Spinnwebe vom Fenster herunter zu nehmen*

Jeden Dienstag

BRUSCON

Ist jeder Tag Wursttag

WIRT

Jeder zweite Tag ist Wursttag

BRUSCON

Aber der Dienstag
ist immer der Blutwursttag

WIRT

Ja
springt vom Fensterbrett herunter und schleudert die Spinnwebe auf den Boden

BRUSCON

Jeden Dienstag ist Blutwursttag
das hätte ich wissen sollen
Wenn mir nicht alle Würste
verhaßt wären
abgesehen von der Essigwurst
will aufstehen, setzt sich aber gleich wieder
Dann verlassen mich plötzlich
die Glieder
Dieses verflixte Zwicklett
Mein Sohn hätte sich
zutode stürzen können
Der rechte Arm in Gips
zuerst dachte ich
es ist eine fürchterliche Fatalität
aber dann sah ich
daß es ja gerade solche mit verkrüppelten rechten Armen sind
die mein Sohn darstellt
Hitler hatte einen verkrüppelten rechten Arm
Nero
wie Sie wissen
Caesar
auch Churchill hatte einen verkrüppelten rechten Arm
die sogenannten Großherrscher
hatten alle einen verkrüppelten rechten Arm

Im Gegenteil spielt er mit diesem Gipsarm
diese sogenannten Großherrscher
noch ausgezeichneter
als er sie bisher gespielt hat
Diese Rollen habe ich meinem Sohn
auf den Leib geschrieben
diesem Antitalent
wie auch die Rollen für meine Tochter
ganz zu schweigen von den Rollen
die meine Frau spielt
gigantischer Antitalentismus mein Herr
Wenn wir eine Komödie schreiben
und sei es die sogenannte Weltkomödie
müssen wir uns ganz darauf einstellen
daß sie von Dilettanten dargestellt wird
von Antitalenten
das ist unser Schicksal
Der Dramatiker tut gut daran
sich der Tatsache bewußt zu sein
daß nur Antitalente
seine Komödie auf die Bühne bringen
sind es noch so große noch so berühmte Schauspieler
es sind Antitalente
alle die auf die Bühne treten
sind Antitalente
und je großartiger sie scheinen
und je berühmter sie sind
desto widerwärtiger ist ihr Antitalent
Ein talentierter Schauspieler
ist so selten wie ein Arschloch im Gesicht
Diese Feststellung hat Pirandello gemacht
aber vielleicht habe ich sie selbst gemacht
Pirandello hat solche Feststellungen gemacht
aber ich selbst habe ununterbrochen solche Feststellungen
gemacht
ich weiß die meiste Zeit nicht
habe ich diese Feststellung gemacht
oder hat sie Pirandello gemacht
ich weiß es nicht
Da muß ich es ja als besondere Ehrerbietung empfinden
daß Sie sich ausgerechnet am Blutwursttag

für mich Zeit nehmen
wo Sie doch in der Fleischhauerei vermißt werden
Beim Blutwürsteabfüllen wie ich annehme
Sarah und Ferruccio mit rechter Gipshand kommen mit der großen Maskenkiste herein

BRUSCON
Da kommt die Maskenkiste hin
dahin
sie tragen die Maskenkiste dahin, wo Bruscon sie hingestellt haben will

BRUSCON
Dahin habe ich gesagt
zeigt es mit dem Stock
Dahin
Doch nicht dahin
die Maskenkiste wird aufgehoben und wieder hingestellt

BRUSCON
Dahin
dahin die Kiste
die Maskenkiste dahin
dahin
dahin wo ich gesagt habe
Wirt kommt auf das Podium und hilft die Maskenkiste tragen

BRUSCON
Ich sagte doch
dahin
sie stellen die Kiste ab

BRUSCON *berührt die Maskenkiste*
Die Kiste ist ja ganz feucht
Das schadet den Masken
dieses schwüle
dieses feuchtschwüle Wetter
schadet natürlich den Masken
Ferruccio will den Kistendeckel aufsperren, aber es gelingt ihm nicht mit seiner Gipshand

BRUSCON
Ach Herr Wirt
sperren Sie doch die Kiste auf
mein Sohn ist ein Krüppel
er ist unfähig

die Kiste aufzusperren
Jetzt ist der Dummkopf
auch noch ein Krüppel
Wirt sperrt die Maskenkiste auf

BRUSCON *zu Sarah*
Siehst du denn nicht
daß ich schweißgebadet bin
siehst du es denn nicht mein Kind
Sarah wischt ihrem Vater mit einem großen Tuch den Schweiß von der Stirn
Wirt öffnet die Maskenkiste ganz

BRUSCON
Warum habt ihr mich denn so lange
hier sitzen lassen
Alleinsitzen lassen hier
in diesem fürchterlichen Saal
in dem ich mir eine Todeskrankheit hole
alleingelassen von allen
sitze ich hier
auf diesem harten Sessel
nur in Gesellschaft des Wirts
zum Wirt
Sehen Sie
das haben Sie von den Kindern
die Sie erzeugt
und jahrzehntelang aufgepäppelt haben
daß Sie alleingelassen werden
zu Ferruccio
Dieser lächerliche Armbruch
das ist ja kein Grund
für totale Unfähigkeit
zum Wirt
In mir selbst
ist wenigstens noch italienisches Blut
Leidenschaft für die Kunst
schaut in die offene Maskenkiste hinein
ein Genialisches mein Herr
aber in diesen Kindern
ist nichts Italienisches mehr
Mein Großvater mütterlicherseits
müssen Sie wissen

ein Auswandererschicksal
aus Bergamo über die Alpen
nach Kiel
an die Ostsee
Schwellenarbeiterschicksal
auf der Strecke Hamburg–Kopenhagen mein Herr
Der große Bruscon
hat seine Herkunft nie verschwiegen
zu Sarah
Zieh sie mir aus
streckt die Beine aus
Du sollst mir die Schuhe ausziehen
Alles tut mir weh
alles
ein einziger Schmerzensmensch bin ich
Sarah zieht ihm die Schuhe aus, er streckt die Beine so weit wie möglich, bewegt die Zehen

BRUSCON
Mach es wie in Gaspoltshofen
schaut tief in die Maskenkiste hinein
Wie in Gaspoltshofen mein Kind
von oben nach unten
von unten nach oben
wie in Gaspoltshofen mein Kind
Sarah massiert ihren Vater an den Fußsohlen
So ist es gut
Ferruccio nimmt plötzlich die Caesarmaske aus der Kiste und hält sie dem Wirt vors Gesicht

BRUSCON *aufgebracht*
Was machst du denn da
Die Maske sofort in die Kiste zurück
sofort in die Kiste zurück
schlägt Sarah die Füße ins Gesicht
Sofort zurück die Maske in die Kiste
Was fällt dir ein
das ist ja ungeheuerlich
solchen Leuten die Caesarmaske vorzuhalten
einem Nichtswürdigen
einem Wirt
einem Kunstfeind
einem Theaterhasser

eine Unverschämtheit
eine Ungeheuerlichkeit
Ferruccio legt die Caesarmaske in die Kiste zurück

BRUSCON

Mach die Kiste zu
mach sie zu
wieder zu die Kiste
Ferruccio macht den Kistendeckel zu

BRUSCON *zum Wirt*

Was stehen Sie denn hier herum
was starren Sie mich denn an
was glauben Sie denn
wer Sie sind
Ach
streckt die Beine aus
Wirt will gehen

BRUSCON

Nein nein
bleiben Sie
mir geht hier alles auf die Nerven
das ist es
in diesem
in diesem
Sarah massiert wieder seine Fußsohlen

BRUSCON

in diesem

WIRT

Utzbach

BRUSCON

in diesem Utzbach
wie Butzbach
zum Wirt
Verzeihen Sie
es ist nicht meine Art
es ist niemals meine Art
aber diese Schwüle
zu Sarah
Wenn du mir schon endlich meinen Mantel
ausziehen würdest
erhebt sich, Sarah hilft ihm aus dem Mantel

BRUSCON

Opfer unserer Leidenschaft
sind wir alle
gleich was wir tun
wir sind die Opfer unserer Leidenschaft
Sarah nimmt den Mantel und gibt ihn Ferruccio, der gibt den Mantel an den Wirt weiter, der ihn auf den Arm nimmt

BRUSCON

Wir sind todkrank
und tun so
als lebten wir ewig
wir sind schon am Ende
und treten auf
als ginge es immer so weiter
läßt sich auf den Sessel fallen
Sarah mein Kind
du mußt zu mir halten
gerade dann
wenn es die Hölle ist
komm her
zieht sie an sich, küßt sie auf die Stirn
Du bist dumm geblieben
aber ich liebe dich
wie kein zweites
plötzlich neugierig
Und Mutter
hat sie ihre Passage memoriert
Sarah nickt

BRUSCON

Deine Mutter
ist ein Antitalent
aber gerade deshalb
habe ich sie genommen
und weißt du wo

SARAH

An der Atlantikküste

BRUSCON

Richtig
an der Atlantikküste
in Le Havre ist es gewesen

Daß alle diese Küstenorte
immer eine so große Bedeutung für mich
gehabt haben
Le Havre Ostende
Kiel mein Kind
aber auch Palermo
zu Ferruccio
Du spielst heute Caesar
etwas gedämpft verstehst du
etwas gedämpft
Hitler etwas heiterer als sonst
nicht so melancholisch wie in Gaspoltshofen
Hitler war nicht melancholisch
etwas mehr Fleischeslust gehört in meinen Churchill
verstehst du
etwas mehr Fleischeslust
zu Sarah
Memoriert sagst du
die Mutter hat ihre Passage memoriert
und du hast sie abgehört
Sarah nickt

BRUSCON
Wahrscheinlich
war es wieder nicht gut
Sie ist nie gut gewesen
sie hat nie begriffen
was habe ich nicht alles in sie hineingeredet
nichts hat sie begriffen
Aber sie hat ein schönes Kind zur Welt gebracht
dich
zieht Sarah an sich und küßt sie wieder auf die Stirn
zu Ferruccio
Unser Bürgerlicher
Im Grunde bist du nicht für das Theater
Ich verstehe die Welt nicht
sage ich mir sehr oft
das ist unser Sohn
der das Poetische nicht begreift
der keine Ahnung hat
von Phantasie
keine Ahnung von Geist

keine Ahnung vom Schöpferischen
winkt ihn heran
Komm her
Es ist ja nicht so gemeint
Ferruccio geht zum Vater

BRUSCON
Du bist meine größte Enttäuschung
das weißt du
aber du hast mich nie enttäuscht
Du bist mein Nützlichster
Wirt verschwindet

BRUSCON *ruft ihm nach*
Die Frittatensuppe
könnte serviert werden mein Herr
um eine h e i ß e Suppe möchte ich bitten
meistens kommt sie lauwarm auf den Tisch
schaut um sich
Das ist die Rechnung
das haben wir davon
daß wir auf eure Mutter gehört haben
und auf Tournee gegangen sind
wegen ihrer Lungenflügel
Grauenhaft nicht wahr
Utzbach heißt dieser Ort
Utzbach wie Butzbach
drückt Sarah an sich
Die Welt ist grausam mein Kind
und verschont niemanden
keinen Menschen
nichts
alles wird von ihr zugrunde gerichtet
Wer glaubt
fliehen zu können
wird sofort eingeholt
eines jeden Ziel
ist das Unglück
und das Ende
Seht euch diesen entsetzlichen Saal an
das habe ich notwendig gehabt
Und dieser schäbige Wirt
der einen so üblen Geruch ausströmt

will auch noch Saalmiete von mir
Und der Feuerwehrhauptmann
bewilligt nicht
daß das Notlicht abgeschaltet wird
aber ich spiele nicht
habe ich gesagt
wenn das Notlicht nicht gelöscht wird
absolute Finsternis habe ich gesagt
Ich lasse mir doch nicht in diesem schauerlichen Utzbach
meine Komödie ruinieren
Diese Leute verdienen ja nicht
daß man ihren Ort überhaupt betritt
geschweige denn
daß eine Theatergruppe hier auftritt
und noch dazu der große Bruscon
zu Sarah direkt
Hast du die Perücke ausgebessert

SARAH
Ja

BRUSCON *zu Ferruccio*
Und du
hast du die Schuhe geflickt

FERRUCCIO
Ja

BRUSCON
Wir dürfen in unserer Intensität
ich meine in unserer Reiseintensität
nicht nachlassen
selbstverständlich spielen wir heute
die g a n z e Komödie
ich streiche heute nichts
gerade hier nichts
zu Sarah
Hat sie noch Husten die Mutter

SARAH
Sie hustet noch
sie hat auch in ihrem Text gehustet

BRUSCON
Das dachte ich mir
daß sie den Text verhustet
hat sie denn die Antihustenpillen nicht genommen

SARAH
Doch
BRUSCON
Warum hustet sie dann
Ein so schöner Text
eine solche herrliche Passage
und sie verhustet alles
Aber wir dürfen der Gewöhnlichkeit
nicht entgegenkommen
Das ist das Proletarische
daß sie alles Großartige zerstört
und sei es auch nur durch Husten
Eure Mutter ist Proletarierin
Aber ich liebe sie
das ist die Wahrheit
ich ärgere mich ununterbrochen über sie
aber ich liebe sie
Hat sie die Passage wie ich es verlangt habe
leise angesetzt
Sarah nickt
BRUSCON
Was heißt das
hat sie nicht
hat sie sie nicht leise angesetzt
wie ich es angeordnet habe
Daß sie mir die Passage nicht
wie in Gaspoltshofen spricht
das war ja zum Ausderhautfahren
Ich weiß
ihr beide seid ein Komplott
Du hältst zu mir
aber du läßt deiner Mutter die künstlerischen
Entgleisungen durchgehen
ihre künstlerische Unfähigkeit
in jedem Satz den sie spricht
merkt man
daß ihr Vater ein Maurerpolier gewesen ist
Maurerpolier ist keine Schande
aber daß man diesen Maurerpolier
der ihr Vater gewesen ist
noch heute in jedem Satz merkt

ist eine Niedertracht
Aber Tatsache ist doch
daß wir allen Schauspielern
gleich welchen
immer anmerken
was ihre Väter gewesen sind
das ist das Deprimierende mein Kind
Leider merkt man euch beiden nicht an
daß ihr Bruscon zum Vater habt
den großen Staatsschauspieler
den größten aller Staatsschauspieler
die es jemals gegeben hat
streckt die Beine weit aus, Sarah massiert die Fußsohlen
Ferruccio stellt sich hinter Bruscon auf und macht auf den väterlichen Schultern Massagebewegungen

BRUSCON

Ihr beide
seid die geborenen Massagekünstler
Ihr hättet Masseure werden sollen
da hättet ihr es weit gebracht
streckt die Beine noch weiter aus
Massage ja
Schauspielkunst nein
Die Menschheit weiß gar nicht
was das ist
eine ausgezeichnete Massage
Natürlich habe ich euch die Massage beigebracht
Eure Mutter war auch zur Massage unfähig
Langsam und ganz zart
schließt die Augen
Nichts ist notwendiger vor dem Auftreten
als eine gute Massage
regt die Phantasie an
erweckt alle guten Geister
ermöglicht Kunst
höchste Kunst
Wirt und Wirtin kommen herein und bringen die Frittatensuppe

BRUSCON

Was für ein Duft

zu Sarah
Hilf mir auf
Sarah hilft ihm auf
Wirt und Wirtin stellen die Teller auf den Tisch und schenken die Frittatensuppe ein

BRUSCON
Ist sie auch tatsächlich heiß

WIRT
Die Suppe ist ganz heiß

BRUSCON
Frittatensuppe Kinder
Nun helft eurem gebrechlichen Vater
an den Tisch
Ferruccio und Sarah nehmen den Vater in die Mitte und führen ihn zum Tisch
Erna kommt mit einem Reisbesen herein

BRUSCON
Kein Mensch kann sagen
woher die Frittatensuppe kommt
Wahrscheinlich aus Böhmen
Sarah schiebt Bruscon einen Sessel hin

BRUSCON *setzt sich*
Es ist ja auch gleichgültig
woher sie kommt
die Frittatensuppe
Agathe Bruscon tritt in einem dicken Schlafrock auf

SARAH *zu Bruscon*
Mutter ist da

BRUSCON
Was hast du gesagt

SARAH
Mutter ist da
die Mutter ist da

BRUSCON
Wo ist sie

SARAH
Da

BRUSCON
Da da
nimmt einen Löffel Suppe
ich sehe sie nicht

SARAH
Da ist die Mutter
da
BRUSCON *blickt auf*
Achja du
nimmt einen Löffel Suppe
Ausgezeichnete Suppe
ganz ausgezeichnete Frittatensuppe
So setzt euch doch
setzt euch doch
alle setzen sich, bis auf die Mutter
BRUSCON *die Mutter anherrschend*
So setz dich doch
was stehst du da
auf was wartest du denn
Agathe setzt sich Bruscon gegenüber
BRUSCON *nach einer Weile*
Du hast die Passage verhustet
ist das wahr
das kann doch nicht dein Ernst sein
die Passage verhustet
wie mir Sarah berichtet
das kann ja schön werden heute abend
gerade heute abend
wo ich die Absicht habe
mehr oder weniger eine Galavorstellung zu geben
löffelt Suppe
mehr oder weniger
du hast richtig gehört
eine Galavorstellung
Wirt und Wirtin gehen hinaus
in diesem entzückenden Ort
Die Kinder wollten an den Teich gehen
sie folgten einem Schild
auf dem steht Zum Teich
aber sie landeten in einer Mülldeponie
nach einer Pause
Utzbach
Utzbach wie Butzbach
Frau Bruscon anherrschend
So iß doch

eine so gute Suppe
hat es schon lang nicht gegeben
eine so gute Frittatensuppe
Erna fängt heftig zu kehren an und wirbelt ungeheueren Staub auf
Alle fangen zu husten an

Zweite Szene

Eine halbe Stunde später
Während Ferruccio auf einer Leiter stehend den Vorhang montiert

BRUSCON *auf einem Sessel sitzend, zu Sarah, die vor ihm kniet*
Leise mein Kind
du weißt
ich liebe es nicht
wenn du diesen Text zu laut sprichst
Heute wird in den Komödien geplärrt
Wohin wir gehen
überall hören wir nur Geplärr
Und nicht nur in der Provinz
auch an den großen Theatern wird nur geplärrt
Ganz leise diese Passage hörst du
du selbst glaubst
man hört dich nicht
aber man muß dich hören
du sprichst so leise daß du glaubst
du wirst nicht gehört
und sprichst ganz klar
macht es vor
Wenn wir die Schönheit nicht besitzen
und durch und durch ein kranker Geist
und mittellos bis in die Seele sind
Siehst du so
du sprichst so leise daß du glaubst
du wirst gar nicht gehört
aber das ist ein Irrtum

Der perfekt Sprechende wird auch gehört
wenn er so leise spricht
daß er selbst glaubt er wird nicht gehört

SARAH
Wenn wir die Schönheit nicht besitzen
und durch und durch ein kranker Geist
und mittellos

BRUSCON
Nicht ganz
noch einmal
Unbefangenheit einerseits
höchster Kunstverstand andererseits
du weißt
was gemeint ist
Nun

SARAH
Wenn wir die Schönheit nicht

BRUSCON
Achnein
begreifst du denn nicht
leise
Unbefangenheit einerseits
höchster Kunstverstand andererseits

SARAH
Wenn wir die Schönheit nicht besitzen
und durch und durch

BRUSCON *winkt ab*
Was hier fehlt
ist die Andacht
mit der du das sprechen mußt
die Andacht fehlt dir
du mußt das auch ganz andächtig sprechen
So
Wenn wir die Schönheit nicht besitzen
und durch und durch
leicht leise leicht
andächtig mein Kind
Nun

SARAH
Wenn wir die Schönheit nicht besitzen

BRUSCON *bricht ab*

Das ist ja unmöglich
als ob du nie etwas gelernt hättest
so unterscheidest du dich ja überhaupt nicht
von dem Dilettantismus
der heute überall herrscht
Die Leute können ja überhaupt nicht mehr sprechen
Selbst an unseren Staatstheatern
kann kein Mensch mehr sprechen
In den berühmtesten Theatern von Deutschland
wird heute gesprochen
daß einer Sau graust
Vielleicht bist du auch überfordert
Manchmal denke ich
du bist ganz die Mutterseite
Sarah steht auf

BRUSCON

Nach der Vorstellung kommst du zu mir
und wir probieren die Stelle
und wenn es zwei Uhr früh ist
Kein Pardon
Ich dachte immer
ich bin ein vorzüglicher Lehrer
aber das war ein abwegiger Gedanke
Von Ferruccio erwarte ich keine Höhenflüge
aber von dir mein Kind
Komm her
gib mir die Hand
Sarah gibt ihm die Hand

BRUSCON

Was ist dein Vater
was ist dein Vater

SARAH

Herr Bruscon

BRUSCON *stößt sie weg*

Unverschämtes Mädchen
was erlaubst du dir
Diese Frechheiten
werden dich noch teuer zu stehen kommen
Komm her
hierher habe ich gesagt

Sarah geht zu ihm

BRUSCON

Ich dulde keine Widerrede
und keine Gehorsamsverweigerung
nimmt ihre Hand und drückt sie so fest, daß es ihr weh tut
Nun also
was ist dein Vater
sag schon was dein Vater ist

FERRUCCIO *der die Szene beobachtet*

Sag ihm schon was er ist

BRUSCON *zu Ferruccio*

Du schweigst
Nichtsnutz
Antitalent
Ferruccio
weil ich Busoniverehrer bin
aber du gereichst Busoni dem Genie
nicht zur Ehre
drückt die Hand Sarahs noch fester
Also
was ist dein Vater

SARAH *widerstrebend*

Der größte Schauspieler
aller Zeiten

BRUSCON *stößt sie weg, daß sie stolpert*

Na also
Das wollte ich hören
Schließlich ist es mir heute
noch nicht gesagt worden
Davonlaufen wenn es darauf ankommt
das könnt ihr alle
Komm her
Du sollst herkommen
Dein Vater befiehlt dir
herzukommen
Sarah geht zu ihm hin

BRUSCON *nimmt ihre Hand*

Da ihr selbst
nicht auf die Idee kommt
mir zu sagen
wer ich bin

muß es erzwungen werden
Ich habe keine andere Wahl mein Kind
Wir führen ein verzweifeltes Leben
eine entsetzliche Existenz
Dazu haben wir auch noch
eine kranke dumme Mutter
die in die Hypochondrie geflüchtet ist
Und die ihren Text verhustet
Eine Katastrophe
wenn der Feuerwehrhauptmann
auf dem Gesetz besteht
und die absolute Finsternis in meiner Komödie
nicht zuläßt
Überall war es das Einfachste
hier ist alles das Komplizierteste
Als ob wir hier in Utzbach
in die Falle gegangen wären
zu Ferruccio
Hast du das Loch zugenäht

FERRUCCIO

Ja

BRUSCON

Samt mußte es sein
darunter stöhnen wir alle noch immer
Wo es Leinen hätte sein können
Leinen wäre sogar besser gewesen
Leinen öffnet sich besser
schließt sich besser
Nein Samt mußte es sein
Das ist der proletarische Größenwahn
eurer Mutter
Sie litt schon immer
an Verschwendungssucht
Wäre es nach mir gegangen
hätten die Kostüme ein Drittel gekostet
nein sie wollte alles aus Seide
Kunstseide habe ich gesagt
Seide hat sie gesagt
Leinen habe ich gesagt
Samt hat sie gesagt
Die Proletarier verlangen den Luxus

das ist es
das ist es
das uns an den Rand des Ruins bringt
Wenn die Proletarier auftrumpfen
dann trumpfen sie gehörig auf
Unsereiner begnügt sich mit einer einfachen Mahlzeit
sie hauen auf die Menupauke
wir bestellen ein einfaches Huhn
sie lassen sich eine Chinesische Jungfrau bringen
wir reisen zweiter Klasse
sie reisen in der ersten
wir fahren
wenn wir überhaupt wohin fahren
höchstens nach Meran oder ins Gebirge
sie reisen auf die Seychellen
Aber natürlich habe ich sie in der Hand
eure Mutter
sie hätte euch von Kindheit an
in Samt und Seide gesteckt
Baumwolle tat es auch
ihr könnt mir dankbar sein
daß ihr in Baumwolle aufgewachsen seid
wäre es nach eurer Mutter gegangen
nach der Tochter eines Maurerpoliers
sie hätte euch schon in der frühesten Kindheit
zutode verzogen
Seitdem die Proletarier die Welt beherrschen
geht es mit der Welt bergab
bergauf hatten sie versprochen
aber in Wahrheit geht es bergab
dazu braucht es keinerlei Beweise
nur einen klaren Verstand
sozusagen ein offenes Auge
Jetzt präsentiert uns der sogenannte Sozialismus
die Rechnung
die Kassen sind leer
Europa ist kaputt
Es wird hundert Jahre dauern
bis das Ruinierte
wieder hergestellt ist
Was mich am meisten schmerzt

ist die Tatsache
daß die Proletarier
auch das Theater zerstört haben
das ist die Wahrheit
Aber was unterhalte ich mich mit euch
die noch nie verstanden haben
was ich gesagt habe
zu Ferruccio
Um sechs Uhr machen wir eine Beleuchtungsprobe
Grünes Licht von oben
langsam auf Churchills Gesicht
nicht wie in Gaspoltshofen
wo überhaupt kein Licht
auf Churchills Gesicht gefallen ist
zu Sarah
Und du ziehst als Lady Churchill
die roten Schuhe an
Du glaubst ich sehe nichts
in Gaspoltshofen hattest du die schwarzen an
Die Lady Churchill in meiner Komödie
hat rote Schuhe an keine schwarzen
Das ist von größter Wichtigkeit
daß sie rote
und keine schwarzen Schuhe an hat
Niederträchtigkeiten ertrage ich nicht
Die roten Schuhe trägt Lady Churchill
Metternichs Geliebte hat die schwarzen an
Auch wenn du nicht verstehst warum
Ich weiß warum
das genügt
Wie wäre es wenn du mir etwas zu trinken
bringen würdest
ich verdurste ja hier
während es sich eure Mutter
schaut gegen die Saaldecke
da oben bequem macht
indem sie eine Verkühlung vortäuscht
verdurste ich hier
Vielleicht gibt es hier Römerquelle
schaut wieder gegen die Saaldecke
Eine Niederträchtigkeit

andauernd Krankheiten vorzuspielen
die sie gar nicht hat
ich brauche keinen Arzt
um festzustellen
daß sie vollkommen gesund ist
Hysterisch das ist es
Hustenvortäuschung
Asthmatheater
eure Mutter hat ein ungeheueres Reservoir
an Krankheitssymptomen
plötzlich zu Sarah
Was stehst du noch immer da
Römerquelle habe ich gesagt
oder Apollinaris
aber das gibt es sicher nicht
hier
in Utzbach
Sarah geht hinaus

BRUSCON *zu Ferruccio*
Ihr ganzes Talent
investiert eure Mutter
in ihre gespielten Krankheiten
anstatt in die Schauspielkunst
Daß sie meine Komödie haßt
weiß ich
sie haßt alles an mir
alles Geistige jedenfalls
Seid froh daß ihr mich habt
und nicht in einer Ehe ersticken müßt
Daß ihr Künstler seid
oder wenigstens dem Anschein nach
Künstler
davon haben doch die wenigsten eine Ahnung
Bühnenkünstler
wäre dieser Ausdruck nicht so abstoßend
ich benützte ihn öfter
aber er widert mich an
Ferruccio ist mit dem Montieren des Vorhangs fertig
und springt von der Leiter herunter

BRUSCON
Gelenkigkeit

die hast du immer gehabt
woher weiß ich nicht
Deine Mutter ist steif
und ich bin schwerfällig
immer bist du gelenkig gewesen
Allerdings
ich habe mir noch niemals
etwas gebrochen
Deine Mutter ja
die war immer brücheanfällig
Wirt und Wirtin tragen den Wäschekorb herein und stellen ihn ab

BRUSCON
Ach bitte
stellen Sie den Korb doch dahin
zeigt es mit dem Stock
Wirt und Wirtin befolgen, was Bruscon sagt

BRUSCON
Dahin
ja dahin
nein dahin
dahin
so ja
dorthin
dahin
Wirt und Wirtin stellen den Wäschekorb ab

BRUSCON
Diese Schwüle
Diese Schwüle einerseits
und dieses Gefühl
erfrieren zu müssen hier
andererseits
zum Wirt
Waren Sie schon beim Feuerwehrhauptmann

WIRT
Nein noch nicht

BRUSCON
Ja warum denn nicht
Wenn ich Ihnen sage
das Wichtigste ist das Notlicht
meine Komödie verträgt kein Notlicht

verstehen Sie
absolute Finsternis mein Herr
sagen Sie das dem Feuerwehrhauptmann
Ihrem Faßbinder
verstehen Sie mich richtig
und das soll keine Drohung sein
wir spielen nicht
wenn das Notlicht nicht abgeschaltet wird
ruft aus
Das ist ja wirklich lächerlich
auf dem Notlicht zu beharren
eine absolute Lächerlichkeit
Nun gehen Sie doch
und sagen Sie ich habe Sie geschickt
und daß es sich
um das Wichtigste überhaupt handelt
zu Sarah, die mit einem Glas Wasser
hereingekommen ist
Nicht wahr Sarah
zu Ferruccio
Nicht wahr mein Sohn
zum Wirt
Wir spielen nicht
wenn das Notlicht nicht ausgelöscht wird
Nun gehen Sie schon
wir verlieren zuviel Zeit
zur Wirtin
Wie sieht es denn mit dem Nachtmahl aus
Warmes Nachtmahl natürlich
Ein opulentes Schauspielernachtmahl
Was empfehlen Sie uns Großartiges

WIRTIN
Rindfleisch mit Semmelkren
Wasserspatzen mit Fleischsalat

BRUSCON
Wasserspatzen mit Fleischsalat
Rindfleisch mit Semmelkren
Kren
Sie meinen Meerrettich
Es ist aber auch möglich
daß ich mich nicht schon jetzt entscheide

Ist es wahr
daß Ihre Tochter ein schwaches Auge hat

WIRTIN
Den Grünen Star hat sie

BRUSCON
Den Grünen Star hat es das Kind
da wird es operiert werden müssen

WIRTIN
Der Doktor sagt
sie muß operiert werden

BRUSCON
Der Grüne Star muß operiert werden
Aber sie hilft Ihnen doch tüchtig
in der Küche Ihre Tochter nicht wahr

WIRTIN
Jaja

BRUSCON
Ein schönes Kind
schade daß es den Grünen Star hat
zu Ferruccio
Zieh den Vorhang zu
Wirt und Wirtin gehen hinaus
Ferruccio zieht den Vorhang zu

BRUSCON
Zieh ihn auf
Ferruccio zieht den Vorhang auf

BRUSCON *zu Sarah*
Stell dich hinter den Vorhang
ich will die Wirkung sehen
wenn du hinter dem Vorhang stehst
und der Vorhang geht auf
In Gaspoltshofen haben wir nicht einmal
eine Vorhangprobe gemacht
Sarah stellt sich mit dem Glas Wasser hinter den Vorhang
Ferruccio zieht den Vorhang auf

BRUSCON
Ja
so geht es auch
nicht ruckartig wie in Mattighofen
langsam

aber nicht zu langsam
zu Ferruccio
Mach ihn zu
und zieh ihn wieder auf
Ferruccio macht den Vorhang zu und zieht ihn wie- auf, während Sarah stehengeblieben ist und in der Nase bohrt

BRUSCON
Gut so
Mach ihn zu
Ferruccio macht den Vorhang zu

BRUSCON
Mach ihn auf
Ferruccio zieht den Vorhang auf

BRUSCON *nachdenklich*
Wie wäre es
wenn die Lady Churchill in der Nase bohrt
wenn der Vorhang aufgeht
Nein
keine Scherze
Weil du in der Nase gebohrt hast mein Kind
es war nur eine Idee
eine lächerliche Idee allerdings
allerdings eine lächerliche Idee
Wir haben alle möglichen Ideen
aber es sind größtenteils lächerliche
zu Ferruccio
Zieh den Vorhang wieder zu
Ferruccio zieht den Vorhang zu

BRUSCON
Zieh ihn wieder auf
etwas rascher als vorher
aber nicht zu rasch
Ferruccio zieht den Vorhang auf
Sarah zeigt Bruscon die Zunge

BRUSCON *zu Sarah*
Du glaubst
ich sehe nicht
daß du mir die Zunge zeigst
Ein billiger Effekt
um den Vater zu verärgern

darauf gehe ich gar nicht ein
zu Ferruccio
Nun gut
zieh den Vorhang wieder zu
daß ich dieses häßliche Kind
nicht mehr sehen muß
sinkt erschöpft auf dem Sessel zusammen
Ferruccio zieht den Vorhang zu

BRUSCON *ruft nach einer Weile zornig*
Römerquelle
Sarah mit dem Glas Wasser zu Bruscon

BRUSCON *trinkt einen Schluck, erkennt, daß es sich um gewöhnliches Wasser handelt, das Sarah gebracht hat, und spuckt es aus*
Gewöhnliches Wasser
Leitungswasser
hier in Utzbach
hier wo alles verseucht ist
wo alles eine Kloake ist
stößt Sarah mit dem Wasser weg,
das Glas fällt zu Boden
Römerquelle habe ich gesagt
Mineralwasser
Mineralwasser unter Verschluß
Und du getraust dich
deinem Vater ganz gewöhnliches und noch dazu abgestandenes
Utzbacher Wasser zu bringen
Eine Unverschämtheit
Sarah sucht die Scherben zusammen

BRUSCON
Dann wenigstens Bier
Aber nein
damit töte ich ja meine Komödie
trinke ich einen Schluck Bier
bin ich unfähig einen Satz zu sprechen
zu Ferruccio
Ferruccio
hör gut zu
Du gehst in den Ort hinein
und holst mir drei oder vier Flaschen Mineralwasser

in einer Gemischtwarenhandlung
denke ich
haben sie Mineralwasser vorrätig
wenn nicht
fährst du nach Gaspoltshofen
und holst mir ein paar Flaschen Römerquelle
In Gaspoltshofen hatten sie Römerquelle
Nun geh schon
Ich rekapituliere inzwischen mit Sarah
die Begegnung Metternich – Napoleon
auf Sansibar
herrscht Ferruccio an
Geh schon
Ferruccio geht

BRUSCON *zieht Sarah an sich*
Wie schön mein Kind
mit dir allein zu sein
wenn diese Fürchterlichen
alle weg sind
nimmt ein Tuch aus der Rocktasche
Sarah wischt ihm die Stirn ab
Mein Herz ängstigt mich
mein Kind
es ängstigt mich schon die ganze Zeit
Deine Mutter behauptet
sie sei herzkrank
aber i c h bin es w i r k l i c h
tätschelt Sarahs Hand
Wenn wir erst in Rouen sind
bekommst du auch das Ballkleid
das du dir wünschst
Rouen
ein Höhepunkt
Unter uns gesagt
ich bin ein Klassiker
bald wird
was bis jetzt nur unser Geheimnis ist
weltbekannt sein
Mein Gott
was ist Goethe mein Kind
Weißt du

daß ich allein an der Metternichszene
acht Monate gearbeitet habe
Agathe hat nie begriffen
warum ich mich mehr oder weniger
acht Monate in mein Zimmer gesperrt habe
mich ihr entsagt habe in dieser Zeit mein Kind
Acht Monate für die Metternichszene allein
Hohe Kunst
ist ein fürchterlicher Prozeß mein Kind
Ferruccio kommt mit zwei Flaschen Römerquelle herein

BRUSCON *Sarah wegstoßend*
Was soll das
Ferruccio öffnet eine Flasche und schenkt ein Glas ein

BRUSCON
Woher
hast du die Flaschen

FERRUCCIO
Von der Wirtin

BRUSCON
Von der Wirtin
Unsinn

FERRUCCIO
Von der Wirtin

BRUSCON *herrscht Sarah an*
Eine Unverschämtheit
mir gewöhnliches Wasser zu bringen
während es sogar Römerquelle hier gibt
nimmt von Ferruccio ein volles Glas
und trinkt es aus
Eine Wohltat
läßt sich von Ferruccio ein zweites Glas füllen
Ich glaube ein Gewitter
liegt in der Luft
Römerquelle
die Wahrheit ist
ich hasse Mineralwasser
Es ist eine Köstlichkeit
aber ich hasse Mineralwasser
Meine Leidenschaft für den Alkohol
habe ich der hohen Kunst geopfert

das ist die Wahrheit
seit dreißig Jahren kein Schluck Wein
kaum ein Glas Bier
Eine Verrücktheit
wenn nicht Wahnsinn
ein ganz und gar unsinniger Verzicht
Die hohe Kunst
oder der Alkoholismus
ich habe mich für die hohe Kunst entschieden
zu Sarah
Das mußt du büßen mein Kind
mir lauwarmes Utzbacher Kloakenwasser
zu bringen
während hier Römerquelle zu haben ist
läßt sich von Ferruccio ein drittes Glas füllen
Ich könnte auch sagen
es ist Champagner
zu Sarah
du steckst mit deiner Mutter
unter einer Decke
Für Scherze
die unter Umständen tödlich sein können
habe ich nichts übrig
geh und übe deinen Monolog
Du bist die größte Schwachstelle
in meiner Komödie
Also verschwinde
jagt sie mit dem Stock hinaus
zu Ferruccio
Wie schön
einmal mit dir allein zu sein
wenn sie alle zum Teufel sind
die uns zur Verzweiflung bringen
in Raserei hinein
Meine Tochter
wird mehr und mehr
wie ihre Mutter
ich sehe das ganz deutlich
immer ähnlicher wird sie ihr
das habe ich immer gefürchtet
daß sie so wird wie ihre Gebärerin

Tatsächlich Ferruccio
wir haben nichts zu lachen
stell dich dahin
zeigt mit dem Stock an, wo sich Ferruccio hinstellen soll
Ferruccio stellt sich hin

BRUSCON
Ja dort
Es stört mich immer
wenn du dich zu tief verneigst
wenn Napoleon hereinkommt
schließlich bist du der König von Sachsen
vergiß das nicht
Also bitte die Verneigung
Ferruccio verneigt sich

BRUSCON
Ja
verneigen ja
aber nicht unterwürfig
königlich mehr oder weniger
streckt den Oberkörper ganz vor, um Ferruccio besser beobachten zu können
Ferruccio verneigt sich

BRUSCON
Sehr gut
ganz ausgezeichnet
Zwischen den Akten
spielen wir heute Verdi
nicht Mozart
Mozart nicht
hast du den Apparat ausprobiert
Ferruccio holt einen Tonbandapparat und stellt ihn auf den Tisch

BRUSCON
Verdi
nicht Mozart
Mozart hier in Utzbach
das wäre abgeschmackt
Ferruccio spielt ein Stück

BRUSCON *hört aufmerksam zu*
Genug
Ferruccio stellt den Apparat ab

BRUSCON
Ich hasse diese Musik
ich hasse überhaupt Musik
auf dem Theater
wenn es sich nicht um Oper handelt
Aber die Leute müssen Musik haben
zwischen den Akten
anders geht es nicht
Noch einmal
Ferruccio spielt ein Stück
BRUSCON
Schlechte Musik
Verdi nun ja
Ich vertrage auch Mozart nicht mehr
Stell ab
Ferruccio stellt die Musik ab
BRUSCON
Die Leute wissen ja gar nicht
was sie hören
nur Musik muß es sein
ganz gleich was für eine Musik
der Stumpfsinn der Leute
ist schon so weit fortgeschritten
daß sie schon keine Minute mehr ohne Musik
sein können
Früher hat mich Musik interessiert
heute nicht mehr
Ich interessiere mich mehr
für das Schweigen
und für die Wortkunst natürlich
für die Wörter
und für das Schweigen dazwischen
das ist es
steht mühselig auf und läßt sich von Ferruccio an die
Podiumsrampe führen
mit ausgestrecktem Stock
Diese Geweihe
diese Bilder
alles muß weg
Die Wände müssen leer sein
die Wände müssen leer sein

ich habe immer nur in leeren Wänden gespielt
Diese Geschmacklosigkeit auf dem Land
ist beispiellos
In Gaspoltshofen habe ich keine Saalmiete bezahlt
Hier soll ich Saalmiete bezahlen
dieser ekelhafte Wirt
diese ekelhafte Wirtin
Der Wirt
hat einen ganz üblen Mundgeruch
geht ein paar Schritte nach rechts
Ein Alptraum
tritt vor und spricht in den Saal hinein
Lörrach wird fallen
geht ein paar Schritte nach links und spricht in den Saal hinein
Und Sie sprechen von Ruhrkohle
Herr Präsident
geht wieder zur Podiumsmitte
Vor die Säue
Auf dem Land
ist jedes Geistesprodukt
vor die Säue geworfen
Nicht einmal begraben
möchte ich auf dem Land sein
Und doch zieht es die Leute hinaus
diese verlogene Gesellschaft
setzt sich wieder auf den Sessel
Ein gewisses theatralisches Talent
schon als Kind
Ferruccio fängt an, die Geweihe von den Wänden zu nehmen, dazwischen auch immer ein Bild

BRUSCON

Konkret mit dem siebzehnten Jahr angefangen
mich mit der klassischen Literatur zu beschäftigen
begierig nach dem Geist
nach dem Schöpferischen
hält das Wasserglas hoch, das ihm Ferruccio einschenkt, trinkt es aus
Alle Geweihe herunternehmen
auch alle diese geschmacklosen Landschaften und Porträts
bis auf das letzte dort

siehst du
dieses
FERRUCCIO
Dieses nicht
BRUSCON
Dieses nicht
Es stellt Hitler dar
siehst du das denn nicht
Hitler
FERRUCCIO
Du glaubst
es stellt Hitler dar
BRUSCON
Du glaubst nicht
FERRUCCIO
Ich weiß nicht
BRUSCON
Es stellt Hitler dar
Hier stellen alle Männerporträts
Hitler dar
hier sind alle Männer Hitler
Ich finde
wir sollten das Bild hängen lassen
sozusagen als Demonstrationsobjekt
verstehst du mich
alle sind hier Hitler
Ferruccio schüttelt den Kopf
BRUSCON
Sozusagen schon damals die ersten Schritte
in die Geisteswelt hinein
mit siebzehn Jahren
früher noch
in die dramatische Geisteswelt
Man darf kein Angsthase sein
kein Angsthase
schaut in den Saal hinein und ruft
Rache Ihnen Fürst
zu sich
Sehr schlecht
Schmiere
Schmiere

sehr schlecht
deprimierend schlecht
ruft
Katastrophale Beziehungen
zwischen Ihnen und dem Geschlecht der Rohan
zu sich, als schämte er sich vor Ferruccio
Das hätte ich unterlassen sollen
Ich habe mich bloßgestellt
unglaublich schlecht
Plötzlich fallen wir
in hohem Alter
wieder in den Dilettantismus zurück
spricht in den Saal hinein
Majestät
wie grausam
aber naturgemäß ist das Volk
immer das dümmste
zu sich
Keinerlei Kraft mehr
In Gaspoltshofen habe ich
alles so leicht gesprochen
hier fällt es mir schwer
jedes Wort wie Granit
drückt alles zu Boden
Denken unmöglich
plötzlich zu Ferruccio
Hast du meine Leinenkappe
auch wirklich eingepackt
ich fand sie nicht

FERRUCCIO *der wieder auf die Leiter gestiegen ist, um den Vorhang zu straffen*
In deiner Rocktasche

BRUSCON
In meiner Rocktasche
greift in seine Rocktasche
Tatsächlich
setzt die Leinenkappe auf
zu Ferruccio
Was die Kunst betrifft
haben wir das weibliche Geschlecht
niemals gebraucht

im Gegenteil
es hinderte uns immer daran
an der Entfaltung
Wo wären wir heute
ohne sie
Ich habe mir die ganze Zeit nur vorgemacht
eine solche Tournee sei etwas
nichts als deprimierend ist sie
zu sich
Niederschmetternd
zu Ferruccio
Die Frauen haben keinen Kunstbegriff
den Frauen fehlt
gänzlich alles Philosophische
das ist es
philosophisches Gehirn fehlt
Bemühungen in diese Richtung ja
aber vergeblich
nicht ernst zu nehmen
Man sagt die Frauen seien
heute im Vormarsch
ja in die Katastrophe hinein
Bald kommt der weibliche Offenbarungseid
denke ich
Gefühlswelt
auch nichts als Lüge
plötzlich
Kannst du dir vorstellen
daß wir mit deiner Mutter
über Schopenhauer sprechen
Das hat es nie gegeben
Völlig geistlose Köpfe
oder über Montaigne
Dann machen sie sich lustig
wenn sie nichts verstehen
Die Leinenkappe klebt
auf meinem Kopf
als hätte ich sie angeklebt
wirkt nicht
wirkungslos
vollkommen wirkungslos

Wenn das so einfach wäre
Trotzhaltung
Pfefferminztee trinkt sie
läßt sich die Füße mit Kamille einreiben
Wagt es
mir im Falle Metternich zu widersprechen
Weigerte sich in Gaspoltshofen
mir die Schuhe zu putzen
ruft Ferruccio
komm her
Ferruccio springt von der Leiter herunter und stellt sich vor Bruscon auf

BRUSCON

Erst ein gebildeter Mensch
ist ein Mensch
in meinem Verständnis naturgemäß
nicht im Allgemeinverständnis
warum liest du nicht
was ich dir zum Lesen gebe
warum denkst du nicht
was zu denken wäre
Schwöre mir
daß du von heute an liest
was ich dir auftrage
daß du denkst
was ich dir sage
schwöre
Ich meine es ernst mit dir
ernst und gut
Dieser grauenhafte Ort
ist ein Schwurort
Schwörst du es
Schwöre
Schopenhauer
Spinoza
plötzlich verärgert
Ach geh weg
es ist alles umsonst
In Osnabrück habe ich dich schon schwören lassen
und es hat nichts genützt
Ferruccio will wieder auf die Leiter

BRUSCON *herrscht ihn an*
Auf die Leiter ja
an die Fenster ja
chauffieren
ruft aus
Du Handwerksidiot
Geh schon
mach weiter
Ferruccio steigt auf die Leiter
BRUSCON *zu sich*
Ein Genie wollte ich
einen guten Menschen habe ich
Nichts ist gefährlicher
als die guten Menschen
Ferruccio zieht am Vorhang
BRUSCON *zu sich*
Vorhangzieher
Drahtzieher der Dummheit
Ferruccio springt von der Leiter und nimmt wieder Geweihe und Bilder von den Wänden
BRUSCON *zu sich*
Fast nichts
von mir
in diesem Menschen
zu Boden schauend
Saalmiete bezahlen
ich bin ja nicht verrückt
Zweihundertdreißig Einwohner
das deckt ja nicht einmal
die Unkosten
Aber es gab schon Schlimmeres
In Meran kamen
nicht einmal drei Leute
nur ein Krüppel
der sich von der Garderobenfrau
in die erste Reihe hat fahren lassen
Das einzige Mal
daß wir nicht spielten
Saalmiete
In Gaspoltshofen hätten wir
noch einmal spielen können

An Utzbach gebunden
eine Verrücktheit
Wenn ich höchstpersönlich
ruft zu Ferruccio
Was hältst du davon
wenn ich höchstpersönlich sozusagen
den Feuerwehrhauptmann aufsuche
wegen des Notlichts
Mit Behörden ist nicht zu scherzen
eine Lächerlichkeit
weitet sich aus
zur Staatsaffaire
Dazu bin ich zu alt
und zu gebrechlich
um mich gegen den Staat einzulassen
Ein Feuerwehrhauptmann ist imstande
mich zu vernichten
diese Kreaturen haben alle Macht
Was denkst du
soll ich hingehen
Ferruccio zuckt die Achseln

BRUSCON
Nicht mit dem Staat anlegen
hat dein Großvater gesagt
Wirt erscheint im Türrahmen

BRUSCON *zu sich*
Dieser ekelhafte Mensch
zum Wirt
Nun was ist
was ist mit dem Notlicht
was sagt der Feuerwehrhauptmann
Wirt tritt an das Podium

BRUSCON
Was sagt er
der Feuerwehrhauptmann

WIRT
Er ist nicht zuhause

BRUSCON
Achwas
Er hat sich verleugnen lassen
Wahrscheinlich stecken Sie

mit dem Feuerwehrhauptmann
unter einer Decke
Nicht zuhause
wo soll er denn sein
hier
wo kann er denn hier
hingegangen sein

WIRT
Er ist nach Gallspach gefahren

BRUSCON
Warum sagen Sie das
nicht gleich
Warum sagen Sie nicht gleich
er ist nach Gallspach gefahren
Und wann kommt er zurück

WIRT
Um sechs

BRUSCON
Wenn er um sechs zurückkommt
gehen Sie um sechs zu ihm
und sagen Sie ihm
ich bestehe darauf
daß das Notlicht ausgelöscht wird
in der letzten Szene
ruft in den Saal hinein
Da haben Sie die vernichtete Menschheit
zum Wirt
Der entscheidende Satz
bevor es gänzlich finster ist
Lady Churchill verläßt ihren Mann Winston
und Stalin zieht seine Unterschrift zurück
dann hat es vollkommen finster zu sein
verstehen Sie
Und noch etwas
Ihre Tochter hat nur Staub aufgewirbelt
aber nicht sauber gemacht
auf den Fensterbrettern
liegt der Schmutz von Jahren
Wenn Sie mir einen Kübel heißes Wasser bringen
säubern wir alles selbst
wir sind nicht zimperlich

aber wo Staub ist
kann nicht gesprochen werden
bedeutet ihm mit dem Stock, zu gehen
Nun gehen Sie
wir sind gerade dramaturgisch beschäftigt
Wirt geht hinaus

BRUSCON *zu Ferruccio*
Wir unterschätzen die Dummheit
dieser Leute
wir denken s i e begreifen
weil w i r begreifen
Irrtum
sie begreifen gar nichts
In Utzbach deckt es ja nicht einmal
unser Essen
Wo wir die größten Schwierigkeiten haben
verdienen wir am wenigsten
Wo alles leicht geht
haben wir eine volle Kasse
es ist immer das gleiche
Aber schließlich spielen wir
für uns selbst
um uns zu perfektionieren
nicht für dieses Landpack
zu sich nachdenklich
In Gaspoltshofen
keine Saalmiete
in Gallspach
keine Saalmiete
in Ried im Innkreis
keine Saalmiete
nur hier in diesem
in diesem Utzbach
Ferruccio hat alle Bilder und Geweihe von den
Wänden genommen und ist vor dem Haufen
stehengeblieben

BRUSCON
Hinaus
mit dem Plunder
hinaus damit
Ferruccio packt soviel er kann und geht damit hinaus

BRUSCON
Einen Geigenabend geben
wäre besser
eine kleine Geige
unter dem Arm
sonst nichts
die Musiker haben
das große Los gezogen
Schauspielerei ist umständlich
alles widerwärtig
was damit zusammenhängt
nur eine Geige
sonst nichts
nicht einmal eine Frau
brauchen wir dazu
nur unser Gehör
und eine gewisse Fingerfertigkeit
Ferruccio kommt herein und holt wieder einen Haufen
Geweihe und Bilder und trägt sie hinaus
BRUSCON *zu sich*
Aber das Einfache
hat mich nie gereizt
Immer aus dem Widerstand existiert
aus dem Anstrengungsmechanismus
zu Boden schauend
Nur eine Geige
Ferruccio kommt mit einem Kübel heißen Wassers
und einem Fetzen herein und wischt nach und nach alle
Fensterbänke ab
BRUSCON
Das wäre
Frauenaufgabe
absolut Frauenaufgabe
Aber davor drücken sie sich
schaut gegen die Saaldecke
Im Bett liegen
und dem Nichtstun frönen
über Eingebildetes sinnieren
Füße in die Kamillenlauge stecken
am Fenster hocken
zu Ferruccio

Heute hat sie Husten deine Mutter
morgen Halsweh
übermorgen wieder Husten etcetera
zu Boden schauend
Krankheitsfetischismus
zu Ferruccio im Befehlston
Hierher hierher
Ferruccio geht mit Kübel und Fetzen augenblicklich zu Bruscon
BRUSCON *hebt seine Beine*
Hier mußt du sauber machen
hier hier hier
Ferruccio wäscht unter Bruscons Füßen auf

Dritte Szene

Eine halbe Stunde später
Kostüme von Nero, Caesar, Churchill, Hitler, Einstein und Madame de Staël auf Kleiderständern
Bruscon auf einem Sessel im Hintergrund des Saales
Ferruccio stellt einen barocken Paravent auf dem Podium auf
BRUSCON
Auf die Irritation
kommt es an
wir sind nicht dazu da
den Leuten
eine Gefälligkeit zu erweisen
Das Theater
ist keine Gefälligkeitsanstalt
mit dem Stock auf den Paravent zeigend
Wenn Metternich auftritt
kann Lady Churchill ohne weiteres
noch den Hut aufhaben
er fällt ihr erst vom Kopf
wenn sie sich gesetzt hat
Sarah hat das schon ganz gut gemacht

Sie setzt ihn aber gleich wieder auf
Metternich ist in Verlegenheit
weil er natürlich an Zar Nikolaus denkt
Metternich hilft ihr dabei
Du bist da immer etwas zu langsam
einerseits zu langsam
andererseits zu überstürzt
wenn er an Zar Nikolaus denkt
und gleichzeitig der Lady Churchill
für die er sich ja nicht wirklich interessiert
einen Gefallen erweisen will
darf er sich auch nicht abrupt bücken verstehst du
Immerhin ist er ja schon der Fürst Metternich
etwas Koblenzisches ist naturgemäß noch in ihm
Die Hutnadel liegt vor dem Paravent
etwa da
zeigt es mit dem Stock an

FERRUCCIO *verrückt den Paravent*
fragend
Da

BRUSCON
Etwa da
fuchtelt mit dem Stock herum
Da
da
Wir dürfen natürlich
nichts dem Gefühl überlassen
Wir haben alles ausgeklügelt
und sind doch immer wieder am Anfang
da

FERRUCCIO *fragend*
Da

BRUSCON
Ja da
Ferruccio stellt den Paravent ab

BRUSCON
Er tut so
als wisse er nicht
wo die Hutnadel liegt
alle Welt sieht
wo die Hutnadel liegt

aber er sieht sie nicht
macht der Lady Churchill vor
daß er sie nicht sieht
natürlich denkt Metternich schon
an den Einsteinauftritt
Ich weiß
damit hätte ich die Komödie auch zerstören können
Einstein auftreten lassen
gerade in diesem Augenblick
In Gaspoltshofen habe ich mit Absicht
Einstein gestrichen
während ich alles auf die Madame Curie gesetzt habe
deutet mit dem Stock auf eine Stelle auf dem Podium
Wo die Hutnadel liegt
weiß Metternich nicht
er fürchtet Einstein gewissermaßen
Der Zar hat ihn von diesem Machwerk
eines gewissen Dordijajew unterrichtet
aber er übergeht es geschickt
In dem Augenblick
in welchem sich die Lady Churchill bückt
gehe ich mit dem Licht zurück
Grünes Licht auf Metternich
während ich doch schon dabei bin
mich zu Napoleon zu machen
Dahin

FERRUCCIO *fragend*
Wohin

BRUSCON
Dahin
den Paravent dahin
Ferruccio rückt den Paravent dahin, wo ihn Bruscon haben will

BRUSCON
Wir hätten es doch mit Kreide
markieren sollen
Aber wir haben ja keine Kreide mehr
in diesen Nestern gibt es
nicht einmal Kreide
Also ich gehe mit dem Licht zurück
wenn ihr beide auf dem Boden seid

Ferruccio verschiebt den Paravent nach rechts

BRUSCON

Das ist zu weit
Damit gewinnen wir nichts
damit bekommt die Lady Churchill
einen zu fahlen Gesichtsausdruck
mit dem Stock anzeigend
Der Paravent muß wieder zurück
Ferruccio befolgt Bruscons Befehl

BRUSCON

Halt halt halt
Ferruccio holt Hammer und Nagel und nagelt den Paravent am Boden fest

BRUSCON

So ist es gut
Metternich kann viel freier agieren so
plötzliches anschwellendes Schweinegrunzen aus den umliegenden Ställen

BRUSCON *hält sich das Sacktuch vor die Nase und versucht, sich gleichzeitig die Ohren zuzuhalten*
nach einer Weile
Die Metternichsche Redeweise
ist keine gehetzte
eher ist sie eine gesetzte
und natürlich ist er in Anbetracht der Tatsache
daß die Lady Churchill weiß
daß der Zar diese Depesche an Napoleon abgeschickt hat
in geradezu idealer Geistesverfassung
nach einer Weile
Zuerst dachte ich
die Madame Curie von deiner Mutter spielen zu lassen
aber das ging nicht
Sarah ist allerdings auch nicht die Idealbesetzung
in gewisser Weise
ist alles ein Kompromiß
auch wenn wir die allerhöchste Perfektion
im Auge haben
ist alles ein Kompromiß
Intrige mußt du wissen
nichts als Intrige
In die Falle gegangene Menschheit

Könntest du mir den Gefallen machen
diesen Satz
in welchem sich der Charakter Napoleons
am deutlichsten zeigt
vorzusprechen
Ich glaube das ist absolut notwendig Ferruccio
Ferruccio tritt an die Podiumsrampe

BRUSCON
Für dich ist es eine Kleinigkeit
mich erleichtert es
wenn ich diesen Satz höre
Schweinegrunzen
Nun also
Letztenendes ist alles ein Kompromiß

FERRUCCIO *fragend*
Stehend

BRUSCON
Nein sitzend
sitzend natürlich
Ferruccio holt sich einen Sessel und setzt sich darauf

BRUSCON
Das Gewesene ist es
das Fortwährende Gewesene
von da an
also bitte

FERRUCCIO
Wir verhandelten ja nicht
ohne diese Dokumente

BRUSCON *Ferruccio anherrschend*
Aber nein
ich sagte doch von Das Gewesene Das Fortwährende Gewesene an

FERRUCCIO
Das Fortwährende das Gewesene

BRUSCON
Umgekehrt Ferruccio umgekehrt
Schweinegrunzen

FERRUCCIO
Das Gewesene Das Fortwährende Gewesene

BRUSCON
Idiot

Ich sagte doch von da an

FERRUCCIO

Von da an

BRUSCON

Von da an

FERRUCCIO

Also von da an

BRUSCON

Mit hochaufgerichtetem Kopf naturgemäß

FERRUCCIO

Mit hochaufgerichtetem Kopf naturgemäß

BRUSCON

Um Gottes willen das steht doch nicht in meiner Komödie
das sagte ich doch gerade
zu dir
Es ist Herbstzeit Ferruccio
vergiß das nicht
Erntezeit
Das Schweinegrunzen hat aufgehört
andererseits darf man das nicht bemerken
Jedenfalls in Madrid nicht
wo die Szene ja spielt
Pradoeröffnung verstehst du
Retiroparkvariationen im Hintergrund
steckt sein Sacktuch ein
Du mußt das wissen einerseits
völlig außer acht lassen andererseits
verstehst du
was ich meine
In England ist alles noch unberührt
von der Katastrophe
aber das ist es ja
Deine Erfahrung hast du sozusagen
aus Deutschland
holt wieder sein Sacktuch aus der Rocktasche
denke nur an Schopenhauers Parerga
Nietzscheeffekt
schneuzt sich
das wollte ich
indem die Lady Churchill
genau in dem Augenblick ihren Hut verliert

in dem Metternich auftritt
steckt das Sacktuch wieder ein
Ist alles klar
Nun also

FERRUCCIO
Das Gewesene ist es
das Fortwährende Gewesene

BRUSCON
Du mußt das viel bedeutungsvoller sagen
so wie wenn du sagtest
der Papst kommt um vier Uhr zum Tee
verstehst du
so wie wenn sich der Papst kurzfristig
angesagt hätte
also

FERRUCCIO
Das Gewesene ist es

BRUSCON *macht es vor*
Das Gewesene ist es
das Fortwährende Gewesene

FERRUCCIO
Das Gewesene ist es
das Fortwährende Gewesene

BRUSCON
Nein nein
Die Hutnadel ist ja schon gefallen
wenn du das sagst
ich meine nicht die Hutnadel
der Hut
der Hut ist schon gefallen
Metternich hat sich schon gesetzt
er hat sich bereits gesetzt
da sagt er
das Gewesene ist es
das Fortwährende Gewesene

FERRUCCIO
Das Gewesene ist es
das Fortwährende Gewesene

BRUSCON
Genau dazu hättest du Spinoza lesen müssen
diese Lektüre fehlt absolut

eine Peinlichkeit jedesmal für mich
das feststellen zu müssen
Du hättest dir und mir
viel Ärger erspart
wenn du Spinoza gelesen hättest
dann brauchte ich jetzt nicht
diesen stümperhaften Disput mit dir
Also Das Gewesene

FERRUCCIO

Das Gewesene ist es

BRUSCON

Nein nein
lassen wir das
Es wird nichts
eher verschlechtert sich alles
vielleicht ist auch alles schon überprobiert
andererseits dürfen wir
keine Verlotterung einreißen lassen
In der Nacht habe ich
mit deiner Mutter noch einmal die Grußszene
durchgenommen
auch nicht besser
dieses schwüle Wetter
ist nichts für das Theater
nachdem ein leiser Donner zu hören war
Es donnert schon hörst du
Wenigstens bringt es Abkühlung
ein Gewitter
steht auf und geht auf Ferruccio zu
Die Grußszene schließt an den
Spinozagedanken an
das ist eine schopenhauerische Finte
ich könnte auch sagen eine Brusconfinte
Manchmal glaube ich
ich bin Schopenhauer
Bruscon ist Schopenhauer
Schopenhauer ist Bruscon
Wiedergeburtsgedanke
Geisteshomosexualität denke ich
am Podium stehend
Naturgemäß löst sich zuerst die Hutnadel

dann fällt der Hut
zuerst das Lösen der Hutnadel naturgemäß
dann das Fallen des Hutes
Ich bitte dich
das Ganze noch einmal

FERRUCCIO *ist aufgestanden und setzt sich wieder*
Das Gewesene ist es
das Fortwährende Gewesene

BRUSCON *winkt ab*
Das Ganze gefällt mir nicht
Was ist
wenn wir diese zwei Sätze überhaupt weglassen
Dann sagst du ganz einfach
Hören Sie Metternich
die Gefahr ist gebannt
Das ist besser
wesentliche Verbesserung Ferruccio
Also

FERRUCCIO
Das Gewesene

BRUSCON *mit dem Stock in die Luft schlagend*
Um Gottes willen
weglassen habe ich gesagt

FERRUCCIO
Weglassen

BRUSCON
Das Gewesene weglassen

FERRUCCIO
Hören Sie Metternich
die Gefahr ist gebannt

BRUSCON *erleichtert*
Ausgezeichnet
Wir lassen Das Gewesene etcetera weg
und du sagst gleich Hören Sie
Also noch einmal

FERRUCCIO
Hören Sie Metternich

BRUSCON *winkt ab*
So ist es gut
bedeutet Ferruccio, er solle ihm Platz machen, und setzt sich auf den Sessel

Die Idee war ja
eine Komödie zu schreiben
in der alle Komödien enthalten sind
die jemals geschrieben worden sind
Eine absurde Idee zweifellos
Für Bruscon durchaus zu verwirklichen allerdings
vor sich hin
denkbar schlechteste Akustik
Hier morde ich
was ich geschrieben habe
vorsätzlich
aber meine Komödie trägt
auch unter den widrigsten Umständen
zu Ferruccio
Hören müssen die Leute
was gesagt wird
aber nicht zu viel hören
sehen müssen die Leute
was gezeigt wird
aber nicht zu viel sehen
wie alle große dramatische Literatur
existiert meine Komödie
aus dem Wort
greift sich an den Rücken, während es donnert
Nach diesem Abend
kann ich mich nicht mehr bewegen
Wie gesund bin ich aus Gaspoltshofen weg
wie wenn das mein Tod wäre in Utzbach
Utzbach wie Butzbach
Wenn wir schlechte Schüler sind
werden wir große Meister
sagte dein Großvater mein Vater
mütterlicherseits naturgemäß
Auf das Wort kommt es in meinem Rad der Geschichte an
es donnert
Die Kritiker haben sich
auf das stumpfsinnige Schauen verlegt
sie hören nichts mehr
Ferruccio bringt einen Empireparavent herein und
entfaltet ihn

BRUSCON
Wir geben das Äußerste
aber es wird nicht verstanden
je mehr wir uns entäußern
desto größer unsere Geistesanstrengung
desto verständnisloser die Kritik
lebenslänglich treten wir auf
und kein Mensch versteht uns
Frau Bruscon als Madame Curie mit Sarah als Lady Churchill treten auf und setzen sich auf mitgebrachte Sessel
Ferruccio setzt sich zu ihnen
BRUSCON *der gar nicht aufgeblickt hat*
Lebenslängliche Theaterkerkerhaft
ohne die geringste Begnadigungsmöglichkeit
Und doch niemals aufgegeben
Strafanstalt als Theater
Zehntausende Insassen
die alle keine Aussicht
auf Begnadigung haben
Nur die Todesstrafe ist ihnen allen sicher
es donnert
schaut plötzlich allen ins Gesicht
Wenn ich nur Bier ausschenken könnte
habe ich gedacht
weiße aufgekrempelte Wirtsärmel
und Bier ausschenken
Glücklichsein
Tatsächlich habe ich einmal Gastwirt werden wollen
bückt sich und prüft den Podiumsboden
Aber ich bin Schauspieler geworden
freiwillig in die Strafanstalt hineingegangen
auf lebenslänglich
es donnert
erhebt sich wie unter Schmerzen
Staatsschauspieler
Tourneetheater
mein Gott
schaut sich im Saal um
In gewisser Weise
haßte ich ja schon immer

das Logentheater
die Logentheaterleute
dreht sich nach den Seinigen um, ruft
Was sitzt ihr da
ich brauche euch nicht
jetzt nicht
ich will allein sein
also verschwindet
Alle stehen auf und verschwinden

BRUSCON
Talentlose Brut
es donnert
nachdenklich zu Boden schauend
Saalmiete kommt nicht in Frage
Hundertachtundneunzig Schilling
für das Nachtmahl in Ried im Innkreis bezahlt
prüft den Podiumsboden, indem er sich bückt und mit den Händen darauf drückt
es donnert
Alles verfault und vermodert
Wenn wir nur nicht durchbrechen hier
eigentlich sollte ich
Schmerzensgeld verlangen
weil ich hier auftrete
erhebt sich wieder
es donnert
Wenn wir auf Tournee gehen
hatte ich gedacht
ist es ein Erneuerungsprozeß
für das Theater
sozusagen
beugt sich zu Boden und bläst den Staub weg und erhebt sich wieder
Immer ganz und gar
gegensätzliches Theater gemacht
schaut unter dem Sessel durch in den Saal hinein
Tatsächlich dienen wir lebenslänglich
dem Unsinn
geboren zu sein
Fatale Weltkonstruktion
es donnert

Irrtümerexistenz
schaut um sich
kakophonisch
idiotistisch
setzt sich auf den Sessel und schaut um sich
Vielleicht ist sie gar nicht so gut
meine Komödie
Zweifelswelt
Wirt tritt im Hintergrund ein, ohne daß es Bruscon bemerkte

BRUSCON *nachdenklich*
Verplemperte Jahrzehnte möglicherweise
Gehörsturz dachte ich heute früh
wegen der Cortisontabletten
Mitten in der Komödie
versagte das Gehör
aber kein Stückabbruch
Wirt kommt langsam auf Bruscon zu

BRUSCON *sinnierend*
Keine Saalmiete
freie Station in Gaspoltshofen
der Doktor behandelte außerdem mein Ohr
chinesische Säfte eingeträufelt
schaut unter dem Empireparavent durch
Selbst in vollkommener Taubheit
könnte ich meine Komödie
zuende spielen
es donnert
Blindheit
das wäre schlimm
Taubheit nur halb so schlimm
Chinesisches ins Ohr geträufelt
Wirt hat sich an ein Fenster gestellt

BRUSCON *meditierend*
Nero Metternich Hitler
Geschichtskonstellation
Bindeglied Churchill
Selbstgestrickte Strümpfe von der Frau des Wirts
in Gaspoltshofen
freundliche
sehr freundliche Leute

Glücksfall
Wirt räuspert sich
BRUSCON *wie wenn er aufwachte, setzt sich gerade, zum Wirt*
Sie sind es
Heranschleichender Wirt sozusagen
es donnert
Wirt geht ein paar Schritte auf Bruscon zu
BRUSCON
Ein kleiner Schwächeanfall
zweifellos
nichts Außergewöhnliches
in meinem Alter
Eine kleine Textmemorierung etcetera
Nun
WIRT
Der Feuerwehrhauptmann läßt Ihnen sagen
daß das Notlicht gelöscht werden kann
BRUSCON
Gelöscht werden kann
Ja natürlich
Das wäre ja auch lächerlich
wenn sie hier in Utzbach
auf einem Verbot bestehen würden
auf dem noch kein Ort bestanden hat
auf einem der lächerlichsten Verbote überhaupt
es donnert
Ich dachte natürlich
daß das Notlicht gelöscht wird
Wirt nimmt die leeren Mineralwasserflaschen vom Tisch
BRUSCON
Ich trinke nur Mineralwasser
ein Geistesmensch
kann nicht anders
Wirt will hinaus
BRUSCON *hält ihn zurück*
In jedem Ort erkundige ich mich
ob der Friedhof feucht ist
ist der Friedhof hier trocken
WIRT
Der Friedhof ist durch und durch naß

BRUSCON
Warum eigentlich
auf einem trockenen Friedhof
mehr oder weniger ist doch ein durchnäßter
der ideale
Wirt kopfschüttelnd hinaus
BRUSCON
Zersetzungsfreundlich
schaut um sich
Es war nicht meine Idee
in dieses Utzbach zu gehen
Nicht unter vierhundert Einwohnern
es donnert
habe ich gesagt
Agathes Geldgier
Ich habe es ja geahnt
Frau Bruscon, Sarah und Ferruccio (als Metternich)
kommen in Kostümen, aber ohne Masken
herein und setzen sich wieder auf die Sessel
BRUSCON *der von ihnen keine Notiz nimmt, zu Boden*
schauend
es donnert
Möglicherweise streiche ich
den dritten Akt
die Churchillszene
siebzehnte Szene
neunzehnte Szene
In Utzbach muß nicht die ganze Komödie
gespielt werden
Vor die Säue
Aber es geht um den Selbsterhaltungstrieb
Chinesisches eingeträufelt
wollte kein Honorar nehmen
es donnert
Signiertes Exemplar
der Komödie
Es gibt noch anständige Leute auf dem Land
Gaspoltshofen war ein voller Erfolg
es donnert
In den Voralpen ist die Menschlichkeit noch zuhause
in den Alpen sind sie alle verdorben und verderbt

der Fremdenverkehr hat sie vernichtet
schaut auf die Uhr
Sieben Uhr
Um die Spannung gebracht letztenendes
Kein Notlichtverbot mehr
dreht sich um und schaut die Seinigen an
Darsteller
Hauptdarsteller
steht auf und geht in die Podiumsmitte
Über euch nachgedacht
nicht weitergekommen
Kein Kunstverständnis
Meine Schuld
Mein Größenwahn
Mein Verbrechen
winkt Ferruccio zu sich
Ferruccio tritt vor den Vater

BRUSCON
Wie in Gaspoltshofen
neunzehnte Szene gestrichen
siebzehnte Szene
die Churchillszene
den ganzen dritten Akt
Es ist Zeit
daß du die Vorhänge montierst
Ferruccio geht und montiert die Spezialvorhänge an allen Fenstern

BRUSCON *zu Frau Bruscon, die die ganze Zeit gehustet hat*
Der einzige Reiz an dir
ist der Hustenreiz
es donnert und fängt zu regnen an

Vierte Szene

Am Abend
Hinter dem Vorhang
Frau Bruscon als Madame Curie
Sarah als Lady Churchill
Ferruccio als Metternich
in Kostüm und Maske auf Sesseln

BRUSCON *als Napoleon am Vorhang*
durch einen Spalt in den Zuschauerraum schauend
ganz leise
Der Saal füllt sich
es donnert und schüttet zunehmend
Merkwürdig kleine Leute
merkwürdig klein
und dick
schaut auf seine Darsteller
In gewisser Weise
habe ich ja nichts
gegen diese Nester
Wo ein Wille ist
da ist auch ein Weg
schaut auf seine Schuhe und winkt Sarah heran
Komm komm
Sarah tritt zu Bruscon

BRUSCON
Du hast mir die Schuhe nicht geputzt
polier sie auf
rasch
es donnert
Bruscon schaut durch den Vorhangspalt, während ihm Sarah die Schuhe poliert
Frau Bruscon steht auf, streckt die Arme so weit wie möglich in die Höhe und bückt sich dann so weit wie möglich vor, so weit, daß sie den Boden berührt, hüstelt mehrere Male und setzt sich wieder
Ferruccio schüttelt den Kopf

BRUSCON *zu sich*
Kein Angsthase sein
schaut gegen die Saaldecke

Nur kein Angsthase
es donnert
zieht seinen rechten Fuß zurück
zu Sarah
Du tust mir ja weh
polieren
nicht zerquetschen
zu sich
Trostlosigkeit
es donnert
Ich selbst bin ja diesen trostlosen Gegenden
nicht abgeneigt
ja sage ich mir oft
schaut auf seine Darsteller
je trostloser
desto lieber
Wohin man schaut
keine Aussicht
Sarah hat aufgehört, Bruscons Schuhe zu polieren, und setzt sich auf ihren Sessel
BRUSCON *nachdem er durch den Vorhangspalt geschaut hat*
Nur weil wir an uns glauben
halten wir es aus
überstehen wir
es donnert
was wir nicht ändern können
weil wir an unsere Kunst glauben
tritt vor seine Darsteller
Hätten wir diesen Glauben nicht
und ist es auch nur die Schauspielkunst
wir wären schon längst auf dem Friedhof
es donnert
Es interessiert uns nichts
als unsere Kunst
nichts mehr
geht zum Vorhang
schaut durch
schaut auf die Darsteller
Narreteibesessene
in gewisser Weise schamlos
Über Leichen gegangen selbstverständlich

es donnert
Nichtsnutzig in gewisser Weise
unbelehrbar
schaut durch den Vorhang und dann wieder auf seine Darsteller
So entkommen wir
der Verkommenheit
der Staatstheater
zu sich
Niemehr auf ein Staatstheater
Wie ich das Wort Loge hasse
es donnert
schaut durch den Vorhang
An die zweihundert können ja hier
allein im Hintergrund stehen
Achthundertdreißig Zuschauer
in Gaspoltshofen
Aber Utzbach hat ja nur
knapp über zweihundert Einwohner
Meine Komödie ist so
daß auch noch der Letzte ganz hinten
alles versteht
meine Komödie ist hohe Kunst
keine Geheimniskrämerei
in gewisser Weise bin ich doch
ein Wahrheitsfanatiker
geht zu den Darstellern
tritt vor Frau Bruscon, die
die ganze Zeit gehüstelt hat
Die Madame Curie
war eine Polin
vergiß das nicht
Ich mag das polnische Volk nicht
es donnert
nicht unbedingt
Aufsehenmacher
Bigotterie
Katholische
abgeschmackte
aber die Madame Curie
habe ich immer geliebt

du spielst sie nicht so
daß ich sie lieben kann
aber ich lasse mir die Madame Curie
von dir nicht austreiben
Geschichtsfigur
ganz und gar großartige Geschichtsfigur
zu Frau Bruscon direkt
Nachlässige Schminke
Gerade die Madame Curie
verträgt viel Schwarz um die Augen
bedeutet Sarah, sie solle ihm die Schminkschatulle bringen
Also bring sie mir schon
die Schminkschatulle
es donnert
Sarah holt die Schminkschatulle und Bruscon zieht auf dem Gesicht der Frau Bruscon schwarze Schminke nach

BRUSCON
Mehr Schwarz um die Augen
ich weiß du scheust die schwarze Farbe
Es ist ekelhaft
jedesmal wieder die schwarze Farbe
nachzuziehen in deinem Gesicht
Frau Bruscon hustet

BRUSCON
Husten
eingebildeter
hypochondrierter
schminkt ihr Gesicht so lange, daß es beinahe zur Gänze schwarz ist
es donnert
Atomzeitalter meine Liebe
das ganze Atomzeitalter
muß in diesem Gesicht sein
es donnert fürchterlich
Mehr oder weniger
das Ende der Welt
in deinem Gesicht
schminkt ihr Gesicht schließlich vollkommen schwarz
Die Madame Curie

muß ein vollkommen schwarzes Gesicht haben
habe ich immer gesagt
Ich verstehe nicht
daß du meinen Befehl nicht befolgst
Frau Bruscon hustet

BRUSCON

Du liegst zuviel im Bett
Kaum kommen wir an
verkriechst du dich im Bett
während ich die ganze Arbeit
zu machen habe
Unglückliche Natur
Ehefrau
Das Haar sitzt
viel zu locker
läßt sich von Sarah einen Kamm geben
Streng gekämmt
habe ich dir immer wieder gesagt
du läßt es zerzaust
ganz streng gekämmt
auf die polnische Weise
die Polinnen haben ganz streng gekämmte Haare
alle Polinnen streng gekämmt
kämmt ihr Haar, bis es ganz glatt ist
die Madame Curie war häßlich
es donnert
ich weiß
du möchtest eine schöne Person sein
auf dem Theater
dann darfst du aber nicht
die Madame Curie spielen
Eine Pompadour habe ich nicht
in meinem Stück
In meinem Stück kommt keine Courtisane vor
Schließlich ist es kein Hurenstück
es ist ein klassisches
zieht an ihrem Kostüm, rückt ihre Ärmel zurecht,
tritt einen Schritt zurück
Wenn ich dir nur Leben
einhauchen könnte
leider bist du so steif geblieben

wie ich dich kennengelernt habe
es donnert
Ich könne dich lösen
habe ich gedacht
dir Leben einhauchen
Was für ein Irrtum
tritt noch einen Schritt zurück
Aber die Madame Curie
war auch eine steife Person
eine extravagante Polin
durch und durch steif
genauso wenig inspiriert letztenendes wie du
das ist die Wahrheit
äußerst langweilig
wie die Geschichte beweist
reizlos in gewisser Weise
und durch und durch polnisch
Nur hat sie das Atom gespalten
und du belästigst uns nur
mit deinem Husten
geht zum Vorhang und schaut durch
es donnert
Der Herr Bürgermeister ist schon da
Eine Schulgruppe merkwürdigerweise
dreht sich nach seinen Darstellern um
Eine Schulgruppe
schaut durch den Vorhang
Halber Preis
aber immerhin Interesse
Interesse immerhin
In Gaspoltshofen hatten sie hundert
Plakate drucken lassen
hier sind es nicht einmal dreißig handgeschriebene
unbeholfene Schrift
haarsträubender Text
zu seinen Darstellern
Ich heiße Bruscon habe ich
zum Wirt gesagt
nicht Buscon
wie auf den Plakaten
und Das Rad der Geschichte

wird mit einem weichen D geschrieben
nicht mit einem harten
schaut durch den Vorhang
Aber es wäre gelogen
es donnert
wenn ich behauptete
daß in Gaspoltshofen
meine Komödie verstanden worden wäre
Die Leute hielten sich nicht zurück
mit dem Applaus
Noch immer dieser penetrante
Schweinestallgestank
Seltsam verwachsene Menschen
Hochinteressante Verkrüppelungen
zu seinen Darstellern
Ein Gelähmter
in einem Gelähmtenwagen
merkwürdig
schaut durch den Vorhang
es donnert
Wir können das Rad der Geschichte
nicht zurückdrehen
habe ich zum Bürgermeister gesagt
Eine Geschichtsstandpauke ist mein Stück
habe ich zum Bürgermeister gesagt
es donnert
Revolutionär
in gewisser Weise
Wortspielkünstler
der auch den billigen Witz
nicht verabscheut
zu seinen Darstellern
Der Saal füllt sich
Wahrscheinlich Besucher
auch aus der Umgebung
sieht ganz danach aus
Bildungshunger
Zur Kultur strebendes Volk
geht zu den Darstellern
bleibt vor Ferruccio stehen
Mehr eine Karikatur

von Metternich
schlechte Schminke
außerordentlich schlechte Körperhaltung
sieht wie Metternich aus
könnte ich sagen
tatsächlich Ähnlichkeit
mit Metternich
winkt Sarah mit der Schminkschatulle zu sich heran
Sarah tritt zu ihm hin

BRUSCON *schminkt Ferruccio*
Nicht so schlaffes Gesicht
widerspricht dem Geist Metternichs
Metternich ist der Größte
wie kein zweiter unterschätzt
es donnert
und angefeindet
Elegante Haltung
Eleganz ist ja dem Geiste
nicht abträglich
das wäre ja absurd
Eleganz hebt ganz im Gegenteil
den Geist
hebt ihn
Geist ist Eleganz
tatsächlich
zieht an Ferruccios Kostüm
Ein kleines Nachtmahl denke ich
leichte Kost
bei dem schwülen Wetter
es donnert
Das wäre Wahnsinn gewesen
hier in in in

FERRUCCIO
in Utzbach

BRUSCON
Hier in Utzbach
Mozart zu spielen
als Zwischenaktmusik
Verdi tut es auch
auch Verdi tut es
Italianità

Italianità
zieht Ferruccios Schuhbänder fest und erhebt sich wieder
Als ob es mein Tod wäre hier
geht zum Vorhang und schaut durch
es donnert
Die Fleischhauer haben zur dramatischen Kunst
eine sehr schöne Beziehung
dreht sich nach den Darstellern um
Da ich in Gaspoltshofen
eine Ente gegessen habe
ist mir heute
nach einem schönen Stück Lungenbraten
Die besten Schauspieler
müssen täglich Fleisch essen
Das Vegetariertum
verträgt sich nicht
mit der Schauspielkunst
zu Frau Bruscon direkt
Nur du glaubst
auf die Dauer
mit Gemüse
und diesen scheußlichen Salaten
überleben zu können
Wie du aussiehst
Eine Schande für das Theater
eine Schande für das weibliche Geschlecht
Frau Bruscon wehrt ihn mit der rechten Hand schweigend ab

BRUSCON
Maurerpolierstochter
Meine Proletarierin
meine Lieblingsproletarierin
Frau Bruscon lacht plötzlich laut aus sich heraus

BRUSCON *faucht sie an*
ganz aufgebracht
Was unterstehst du dich
zu Sarah
Sarah mein Kind
unsere Mutter ist eine Verrückte
es donnert ganz gewaltig

schaut durch den Vorhang
Der Saal füllt sich
schaut auf die Uhr
Zehnvorhalbacht
Annähernd einhundert Leute
Ich litt aber auch tatsächlich
lebenslänglich darunter
Schauspieler sein zu müssen
Wenn wir nicht von uns selbst traktiert werden
erreichen wir nichts
möglicherweise
es donnert
bin ich größenwahnsinnig
dreht sich nach seinen Darstellern um
wie mein Stück
schaut durch den Vorhang
oder doch nicht
Aber wenn die Leute
meine Komödie verstehen
habe ich keine Lust mehr
sie zu spielen
es donnert
Unser Vorteil ist
wir klagen niemanden an
nur uns selbst
Selbstanklagebedürfnis lebenslänglich
dreht sich nach seinen Darstellern um
Shakespeare
Goethe
Bruscon
das ist die Wahrheit
als ob ihn fröstelte
Erfrierungsangst
schaut durch den Vorhangspalt
Bequemlichkeit haßten wir immer
Donnergrollen
Wir predigen
und sie begreifen nicht
winkt Sarah zu sich
Sarah geht zu Bruscon
beide schauen durch den Vorhangspalt

BRUSCON

Durch und durch
philosophisch mein Kind
fürchterliches Donnergrollen, das nicht mehr aufhört
Bruscon und Sarah schauen auf Frau Bruscon und
Ferruccio, die erschrocken aufgesprungen sind
Bruscon gegen die Saaldecke starrend, durch die es
schon hereinregnet, während im Saal laut gerufen wird
Der Pfarrhof brennt
der Pfarrhof brennt
es brennt
der Pfarrhof brennt
alle Zuschauer laufen davon
Bruscon und Sarah schauen durch den Vorhang, bis
der Saal leer ist

BRUSCON *nach einer Weile*

Der Saal ist leer
leer ist der Saal
vollkommen leer
es regnet auf alle herunter

SARAH *ihren Vater umarmend, ihn auf die Stirn küssend,*
sehr zärtlich

Mein lieber Vater
bringt ihm einen Sessel, auf dem er zusammensinkt

BRUSCON *nach einer Weile, in welcher sich*
Donnergrollen und Regen bis zum Äußersten
verstärkt haben

Als ob ich es geahnt hätte

Vorhang

Ritter, Dene, Voss

Darunter haben wir immer gelitten
unter diesen häßlichen Bildern

Herrschaftsvilla in Döbling

Speisezimmer

Personen

VOSS *ist Ludwig,*
DENE *seine ältere Schwester,*
RITTER *seine jüngere Schwester*

Vor dem Mittagessen

Blick in eine Teeküche mit Glasscheibenflügeltür
Eine zweite Tür, ein Fenster
Eine Kredenz, ein großer und ein kleiner Tisch
Viele Sessel
Eine große Lampe, eine pompöse Standuhr, ein Spiegel, ein Plattenspieler
Große Familienportraits an den Wänden

RITTER *auf einem Sessel am Fenster, zigarettenrauchend*
DENE *kommt aus der Küche und deckt auf*
Zu heißes Bad
das ist seine Gewohnheit
Interpretationsschwierigkeiten
Desinteresse
Katafalkismus wirft er uns vor

RITTER
Hast du ihm gesagt
daß nur der Doktor Frege in Frage kommt

DENE
Nein ich muß behutsam vorgehen
Gehen Sie behutsam vor Fräulein Worringer
hat der Direktor gesagt

RITTER
Nachbehandelnder Arzt Doktor Frege

DENE
Von Steinhof bis hierher
hat er nichts geredet fast nichts

RITTER
Auch nicht über Schopenhauer

DENE
Nein

RITTER
Und sein Deutschenhaß

DENE
Kein Wort über die Deutschen

RITTER
Und sein Halsweh

DENE

Abgeklungen
er hustet nicht mehr
Kein Wort über Frege
Ich habe keine Lust zu krepieren
um meinen Bruder zu retten
habe ich zum Direktor gesagt
schaut unter den Tisch und deckt dann weiter auf
Aus Selbsterhaltungstrieb nehme ich meinen Bruder nach Hause
habe ich gesagt
ich kann nicht jeden Tag nach Steinhof
ich bin ja selbst krank
Er schaute mich verständnislos an
Tun Sie was Sie für richtig halten hat er gesagt
aber vergessen Sie nicht daß Ihr Bruder
zuhöchst gefährdet ist
zuhöchst gefährdet

RITTER

Nur nicht nachdenken über Unzulässiges

DENE

Während du ihn nur einmal in der Woche besucht hast
bin ich täglich nach Steinhof gegangen

RITTER

Tagtäglich

DENE

Zerstörung Selbstzerstörung philosophische
hat er gesagt
das Wurstbrot in die Klosettmuschel geworfen
vor meinen Augen
Schopenhauer und Händewaschen
Wieder von seinem Blockhaus im Sognefjord gesprochen
redet andauernd von Norwegen in seinem Zimmer
ich wußte nicht wie ihn davon abbringen
noch am Vortag fortwährend das Wort Deutschenhaß

RITTER

Die norwegische Marotte

DENE *geht in die Küche*

RITTER

Drei Millionen in zwei Jahren bezahlt
weil wir keine Krankenkasse haben

zieht ihren linken Schuh aus und kippt ihn hoch über ihrem Kopf um
Katafalkismus
ein Stein fällt aus dem Schuh
Du hättest ihn in Ruhe lassen sollen
in Steinhof lassen sollen

DENE
Es ist ja nur ein Versuch

RITTER
Der jedesmal mit einer Katastrophe endet

DENE
Wo ist denn der Würfelzucker

RITTER *zieht ihren Schuh wieder an*
In der linken Lade

DENE
Hat sich vollkommen einschneien lassen in Sils Maria
kommt aus der Küche und deckt weiter auf
Alle Weihnachtsgeschenke verbrannt
höhnisches Gelächter
Atemnot Todesangst
Wieder Angst vor dem Zungenkrebs

RITTER
Zungenkrebs ist nicht erblich

DENE
Doch

RITTER *hat eine Zeitung genommen und liest*
Wie lang ist Vater tot

DENE
Zwanzig Jahre

RITTER
Er hatte den schönsten Tod
den ich mir vorstellen kann
ohne die geringsten Schmerzen
er schlief ein wie ein Kind
Zwei Tage vorher
waren wir noch in der Oper gewesen
Turandot

DENE
Wir sind von Henry James
nicht von unseren Eltern
hat er gesagt

Im Luxus erstickt
immer g e r a d e noch entkommen

RITTER
Du oder ich
bis heute
daran ändert sich nichts

DENE
Ich habe ihn ausreden lassen
Logische Abhandlung erster Teil
Logische Abhandlung zweiter Teil
endgültig abgeschrieben habe ich gesagt
die ganze Allee entlang
und wieder zurück
ohne Widerrede
ich sagte er solle auf dem Rücksitz Platz nehmen
er wehrte sich gar nicht
ganz von selbst stieg er ein
die Tabletten wirkten sofort
Er wollte die Höhenstraße fahren
beim Fischerhaus sind wir stehengeblieben
verlangte er auszusteigen
wir stiegen aus
wir gingen ein Stück
er wirkte ganz ruhig
er schaute auf die Stadt hinunter
wollte wissen wo unser Haus ist
er fand es nicht sofort
das ärgerte ihn
Da ist es sagte ich
das ärgerte ihn doppelt
daß i c h es vor ihm entdeckt habe
Ich hätte mich nicht geändert sagte er
Du auch nicht
die Schwestern sind das Unglück sagte er
bedankte sich für meine Schreibarbeit
da sah ich
daß er keine Socken anhatte
mit bloßen Füßen in den Schuhen
bedankte sich ein zweites Mal für meine Schreibarbeit
uns habe der Vater geliebt
ihn habe er nur gehaßt

plötzlich hat er seinen Lieblingssatz aufgesagt
den Schopenhauersatz
ganz ruhig ohne die geringste Erregung
Ich habe es so eingerichtet
habe ich gesagt
daß wir allein sind
bei seiner Heimkehr
nur wir Geschwister
ohne Personal
kein Mädchen
Wir brauchen ja nur die Teeküche
niemand außer uns
Allein ein Bad nehmen
hat er gesagt
ohne angestarrt zu sein
von einem Wärter
Er wollte einen kleinen Spaziergang machen
wir gingen ein Stück in den Wald
Ich sagte ich sei auf dem Friedhof gewesen
die Elterngruft sei verwahrlost
die Birke habe den Gruftdeckel zerrissen
das faszinierte ihn
daß und wie ich ihm die Gruft
beschrieben habe
geht in die Küche
Wir müssen es eben
darauf ankommen lassen
Einmal gehst du mit ihm in den Park
einmal ich

RITTER

Ich war dagegen
ich bin noch immer dagegen
ich hätte ihn nicht herausgenommen
jedenfalls jetzt nicht

DENE

Jetzt oder nie
habe ich gedacht
Jetzt hat er zugestimmt

RITTER

Du bist vollkommen auf Ludwig konzentriert
du hast dein Leben ganz auf ihn eingestellt

DENE

Mit seinem Einverständnis
bedenke doch
kommt aus der Küche heraus
jetzt wollte er nach Hause

RITTER

Ich hätte ihn nicht nach Hause genommen
gerade jetzt nicht
Jetzt trittst du doch wieder auf
spielst diese Blinde
das ist doch unsinnig

DENE

Gerade weil ich jetzt wieder auftrete

RITTER *lesend*

Selbstverwirklichung
was für ein scheußliches Wort
überall dieses widerliche Wort
Selbstverwirklichung
es gibt nichts Abstoßenderes
es gibt nichts Dümmeres
es heißt gar nichts
das Wort Selbstverwirklichung
aber alle plappern es nach
gleich was und wer einer ist
er ist ja verwirklicht
und er ist er selbst
es gibt kein unsinnigeres
und kein abstoßenderes Wort
als das Wort Selbstverwirklichung
und alle gebrauchen es fortwährend
Wahrheitsfunktion ist auch so ein Wort

DENE

Ich hasse diese Wörter
alle diese Begriffe
Er hat gesagt wir seien intelligente Geschwister
schaut auf die Uhr
Vielleicht gehst du mit ihm
zum Doktor Frege
morgen nachmittag

RITTER

Er spricht nur das A u s gedachte

DENE
Daß immer frische Milch im Haus ist
ist wichtig
ich werde mit ihm jeden Tag
in den Park gehen
habe ich zum Direktor gesagt
und die Tablettenvorschrift genauestens einhalten
Achten Sie darauf
daß er nicht allein ist
wenn er sich die Zehennägel schneidet
hat der Direktor gesagt
hängen Sie seine Mäntel immer so auf
daß das Futter nicht zu sehen ist
Sie müssen sich Zeit lassen mit ihm
Wenn er Ihnen seine Logik vorträgt
müssen Sie ihn anhören
schweigen müssen Sie
kein Kommentar verstehen Sie
keine Widerrede
als ob wir ihn nicht besser kennten
und sagen Sie nicht
Sie haben nicht verstanden
genauso wenig dürfen Sie sagen
Sie hätten verstanden
Was für ein abstoßender Mensch der Direktor
putzen Sie
ohne daß er davon Kenntnis hat
seine Brille sagte er
und zwar täglich
denn er putzt sie nicht und glaubt
erblinden zu müssen
er hat Angst vor Blindheit
und vor Zungenkrebs
Ich kann Sie beruhigen Zungenkrebs ist nicht erblich
Für Leute wie Ihr Herr Bruder sagte er
ist grobe Baumwollunterwäsche die geeignete
geben Sie ihm niemals Seidenunterwäsche
glauben Sie mir
ganz grobe Baumwollunterwäsche
ist am besten für ihn
Diese laute widerliche Direktorsstimme

habe ich von Anfang an gehaßt
aber diese Leute müssen in Kauf genommen werden
geben natürlich brauchbare Hinweise
sind diese Leute auch noch so widerwärtig
Sie tun gut daran Ihren Herrn Bruder
wenigstens einmal in der Woche
mit einem Frottierbadetuch abzureiben
sechs oder sieben Minuten lang
dazu spielen Sie ein Stück Eroica
Sie wissen ja
zu Beethoven hat Ihr Herr Bruder
eine ganz besondere Beziehung
zur Schwester direkt
und weißt du
was er noch gesagt hat
ganz ausdrücklich
geben Sie Ihrem Herrn Bruder niemals das Gefühl
daß Sie ihn beobachten
aber lassen Sie ihn nie aus den Augen
Es ist gar nicht schlecht
wenn wir ab und zu Gäste haben
irgendwelche Leute einladen denke ich
Gesellschaften sind ihm förderlich

RITTER

In London bleiben
und in London ersticken
damit hat er uns jahrelang gedroht
Ich habe mich gerettet
ich habe mir gesagt
mein Leben ist es
nicht das seinige
und wäre er halt in London erstickt
oder in Cambridge
oder in Norwegen in seinem Blockhaus
Du hast ihn abgeholt
nicht ich
Der Kontinent ist mein Tod
hat er so oft geschrieben auf seinen Karten

DENE *geht in die Küche*

RITTER *ruft ihr nach*

Ein Mensch der keine Schriften schreibt

sondern Überschriften
lebenslängliche Logik
zu sich
Nichts als Erpressungen
damit ist er immer gegen uns vorgegangen
ruft
ich habe mich gerettet
du bist ihm verfallen
zu sich
In London bleiben
und in London ersticken
ruft
und dann die norwegische Erpressung
das sogenannte gegen sich selbst entworfene Blockhaus
Sommerkleiderfetischismus
hat er mir vorgeworfen
den Tanzkurs verleidet
wenn ich Goethe gelesen habe
ohrfeigte er mich
in der Stadt lauerte er mir auf
bezichtigte mich der Lüge sooft er konnte

DENE
Du hast ihn immer gehaßt

RITTER
Das war schon immer deine Verleumdung

DENE
Du hast ihm jede Redewendung übel genommen
Du hast sein Denken immer gehaßt
gleich was er getan hat
du hast es gehaßt

RITTER
Sein Kinderhaß
war mir immer unheimlich

DENE *kommt aus der Küche heraus*
Ich frage mich
hat er absichtlich keine Socken angezogen
oder hat er vergessen sie anzuziehen
weißt du was der Direktor noch gesagt hat
Ich weiß Sie hassen wenn Ihr Herr Bruder Hosenträger benützt
bitte lassen Sie ihm die Hosenträger

RITTER

Die Ärzte denken immer an alles

DENE

Die ganze Zeit hat er
Wohltemperiertes Klavier gesagt
während ich den Revers unterschrieben habe
Ich frage mich ob der Doktor Frege
der richtige Arzt ist
aber wir haben keinen andern

RITTER

In London bleiben
und in London ersticken

DENE

Am Sonntag will er in den Musikverein
philharmonisches Konzert
weißt du was gespielt wird

RITTER *verneint*

DENE

Beethoven wahrscheinlich
und Schönberg
und Webern
gehst du mit

RITTER

Nein
ich hasse diese Konzerte
seit Jahren
sind es immer die gleichen Stücke
die gleichen Kapellmeister
die gleichen Leute

DENE

Aber mit Ludwig
ist es doch etwas ganz anderes
Der Direktor sagt
diese Konzerte sind notwendig
therapeutische Matineen sozusagen
wir können ihn nicht allein gehen lassen
Warum gehst du nicht wenigstens einmal mit
Du warst ja schon lang nicht im Musikverein
Wir setzen uns in die achte Reihe
auf unsere Plätze

RITTER

Mich langweilen diese Matineen

DENE

Aber diese Musik
kann doch immer wieder gehört werden

RITTER

Von mir nicht
es ist alles gehört
es ist letztenendes alles gehört
und alles gesehen

DENE

Das ist dein Größenwahn

RITTER

Laß mich in Ruhe

DENE

Ich decke den Tisch
und du sitzt da und liest Zeitung
als ob dich das alles nichts anginge
geht in die Küche

RITTER *ruft ihr nach*

Jetzt hast du deinen philosophischen Bruder im Haus
und mußt mit ihm fertig werden

DENE

Er ist auch d e i n Bruder

RITTER

Ja aber i c h habe ihn nicht aus Steinhof herausgenommen

DENE

Wir hatten doch gemeinsam
alles besprochen

RITTER

Aber d u hast entschieden
daß du ihn aus Steinhof herausnimmst
auf eigene Gefahr

DENE

Du willst doch auch
daß er zuhause ist
er ist auch dein Bruder

RITTER

Ja

DENE

Wenn wir zusammen

für ihn da sind
es ist ja nicht der erste Versuch
Er wünschte nichts mehr
als am Sonntag
in den Musikverein

RITTER

Beethoven
Brahms
dieser immer gleiche Schönberg
dieser langweilige Webern
Was bei Beethoven zu viel ist
ist bei Webern zu wenig
ich bitte dich
verschone mich
mit den philharmonischen Konzerten
nehmt euch doch den Doktor Frege mit

DENE

Wie ich ihm das Badewasser einlaufen habe lassen
hat er zweimal Gefriertechnik philosophisch gesagt
das wollte er gleich notieren
so rannte ich um seinen Notizblock
aber wie ich zurückgekommen bin
hat er mich angeschrien
er hätte niemals Gefriertechnik philosophisch gesagt
und auch nicht nach seinem Notizblock verlangt
er verlangte
daß ich so lange im Badezimmer bleibe
bis er vollkommen nackt war
ich sollte ihm sagen daß er häßlich sei
du bist nicht häßlich du bist schön
habe ich gesagt
und es war ja nicht gelogen
und er ist ja auch schön
Die Wärter sehen mich immer gern
auch die Ärzte
sagte er
perverse Brut
sie schlagen mich auch gern
und ich lasse mich gern von ihnen schlagen
und meine Mitpatienten sagte er
sehen mich auch gern

und schlagen mich auch gern
Aber ich schlage sie nie
ich schlage nie zurück sagte er
Der nackte Ludwig ist gern gesehen sagte er
und tauchte in der Wanne unter
Ich mußte schließlich dreimal sagen
daß er häßlich ist
nachdem er sich ganz hoch aufgerichtet hatte vor mir
und ich mußte es mit ernstem Gesicht sagen
und ich sagte es auch mit ernstem Gesicht
es war ja auch nicht zum Lachen

RITTER
Warum dreimal

DENE
Weiß ich nicht
dreimal mußte ich sagen
du bist häßlich
ich sagte es widerwillig
dabei berührte er

RITTER
Was

DENE
Ach immer bringst du mich so weit
alles zuzugeben

RITTER
Perverse Person

DENE
Und du

RITTER
Der Schwanz des Bruders
der dich beinahe wahnsinnig macht
nicht wahr

DENE *geht in die Küche*

RITTER *ruft ihr nach*
Du beschwörst es ja herauf
daß er sich dir gegenüber so benimmt
ihr seid beide in euerem Infantilismus steckengeblieben
aber das ist dein Problem
und sein Problem
liest
Eine Postkarte

die im Jahr einundzwanzig
also drei Jahre nach Ende des Ersten Weltkriegs
in Linz aufgegeben worden ist
ist gestern in Wien angekommen
ruft in die Küche
Das Badewasser ist es
du läßt das Badewasser ein
ganz heißes Badewasser
und er wird dadurch wahnsinnig
und du nützt das aus
das ist es
du legst es darauf an
liest
Gasexplosion im Dritten Bezirk
zwei tote Hausfrauen
bis zur Unkenntlichkeit verstümmelt
ruft in die Küche
Unsere Frühstücke haben sich
seit zwanzig Jahren nicht geändert
seit dreißig Jahren nicht
wir streichen seit dreißig Jahren
das gleiche auf das gleiche Brot
und wir trinken den gleichen Tee dazu
findest du nicht
daß wir uns umbringen sollten
allein aus dieser Tatsache heraus
Zwei Schauspielerinnen des Josefstädter Theaters
haben sich umgebracht
das wäre doch eine Schlagzeile
ruft in die Küche
Bratsche gespielt
hast du doch auch
ich Klavier
du Bratsche
weil Onkel Friedrich Bratsche gespielt hat
Aufgezwungenes
Achja
wirft die Zeitung weg, springt auf und geht
in die Küche

DENE *und* RITTER *kommen mit zwei großen*
Schüsseln und stellen sie auf den Tisch

RITTER

Aufgekochtes

DENE

Ja was sonst

RITTER

Selbstaufgekochtes immerhin

DENE *geht in die Küche*

RITTER *ruft ihr nach, während sie aufdeckt*

Seit zwanzig Jahren
schreibst du seine Manuskripte ab
ich bin überzeugt
daß sie eines Tages
auch gedruckt werden
in einem bedeutenden Verlag herauskommen
Logik I
Logik II
Das ist dein Verdienst
unter Mitarbeit meiner Schwester etcetera
kostet aus einer der Schüsseln
Ohne dich gäbe es ja
gar kein Manuskript von ihm
er denkt es sich aus
und du tippst es ab
ordnest es
auch orthographisch
du schreibst es ab
ohne dich gäbe es Ludwig gar nicht mehr
nichts von ihm
das ist dein Verdienst
einmal sagt er es sei Kunst
dann wieder
es sei Philosophie
oder er sagt es sei Unsinn
und wenn er dir diktiert
verachtet er dich
aber du tippst es doch gern ab
du bist ganz aufgegangen in seinem Diktat
Unser Bruder ist ein Genie
kein Narr
eines Tages arbeiten sie an allen Universitäten
über ihn

in Amerika
überall
obwohl er selbst
alles das er geschrieben hat
immer wieder
als Unsinn bezeichnet
nicht als Schwachsinn als Unsinn
Die Steinhofaufenthalte
sind seine Sommerfrischen
anstatt mit uns nach Sils Maria
geht er nach Steinhof
kostet aus einer der Schüsseln
anstatt mit uns nach Luzern
geht er nach Steinhof
Nicht einmal Weihnachten mit uns
unser Feiertagehasser
singt in Steinhof im Chor am Heiligen Abend
in der Anstaltskleidung
der Vater hat zu ihm gesagt
daß er nicht einmal zur Schauspielerei tauge
das war allertiefste Verachtung
Wird er nach seinen Verwandten gefragt
sagt er meine Schwestern sind Schauspielerinnen
an der Josefstadt
durchaus talentiert
mein Vater starb an Zungenkrebs

DENE *kommt aus der Küche*

RITTER

Schauspielerei
das blieb uns
nichts sonst
Ich hatte nie etwas werden wollen
und du

DENE

Ich weiß es nicht

RITTER

Eine Bühnenerscheinung

DENE

Ja vielleicht

RITTER

Komödiantin

Tragödin
DENE
Nur weil unser Onkel
Theaterdirektor gewesen ist
RITTER
Die Großindustriellentöchter Worringer
die zu ihrem Theaterdirektoronkel geflüchtet sind
aus Langeweile
aus Lebensüberdruß
ans Josefstädter Theater gekommen
DENE
Wenn du meinst
RITTER
Dich hat er immer als die Begabte bezeichnet
die Hoffnungsvolle
ich war immer die Untalentierte
die Hoffnungslose
Weil er uns geliebt hat unser Onkel
Feine Töchter feiner Damen
in abgeschmackten Stücken
mit Musik unterlegt
Und weil es unser Bruder gehaßt hat
sind wir zum Theater gegangen
das war ein entscheidender Grund
weil unser Bruder das Theater gehaßt hat
und weil unsere Eltern das Theater gehaßt haben
der Theaterhaß war der größte in der Familie
DENE
Vielleicht
RITTER
Und Ludwig ist den philosophischen Weg gegangen
selbstmörderisch
einzelgängerisch selbstmörderisch
Logik I
Logik II
abwechselnd in London und in Norwegen entstanden
von der Schwester abgetippt
das extravagante Lebenswerk
von der älteren Schwester natürlich
Die Präzisionsmaschine
als die er dich bezeichnet

bist du seit zwanzig Jahren
Wer Klavier spielt
kann nicht auf der Maschine tippen
das war mein Glück
aber Bratsche spielen und Schreibmaschinenschreiben
das geht

DENE
Aus dir spricht immer nur dein Unglück

RITTER *höhnisch*
Und aus dir nur das Glück

DENE *setzt sich an den Tisch und kontrolliert ihn*
Ich will ihm den Tisch so decken
wie er es liebt
wie ihn die Mutter gedeckt hat
wie ihn Vater geliebt hat
richtet Besteck gerade

RITTER
Geometriewahn selbst auf dem Speisezimmertisch
Unterwürfigkeitsübungen

DENE *schaut auf die Uhr*
Es ist ja nur ein Versuch

RITTER
Der achtzehnte
oder der neunzehnte

DENE
Hätte die Anna gekocht
wäre es natürlich besser
aber wir hätten sie in Kauf nehmen müssen
so sind wir allein
unbehelligt
zu dritt wie schon lange nicht mehr
Der erste Abend ist der allerschwierigste
Keine Kerze
er haßt Kerzen auf dem Tisch
Illuminationshaß
Er hat immer gern klare Suppen gegessen

RITTER
Mit bloßen Füßen in den Schuhen
und den Schopenhauersatz gesagt
und du mußtest dreimal sagen
daß er häßlich sei

DENE

Immer das Wort Antipathie
während ich mit ihm zum Auto zurück ging

RITTER

Ludwig ist ein Reinlichkeitsfanatiker
naturgemäß krankhaft
wie unser Vater
aber der hat es nicht so weit getrieben
der Vater ist auch nicht nach Steinhof gekommen
Der Großindustrielle Worringer
der sich dreißigmal am Tag
die Hände gewaschen hat
wovon niemand etwas wußte
außer uns
setzt sich an den Tisch

DENE

Das sogenannte Dualismuskapitel abgeschrieben
heute nacht
nicht geschlafen
nur gedacht
wie bringe ich ihn nach Hause
zweimal mit dem Direktor telefoniert
Und vergessen Sie nicht
dreimal zwei
nicht zweimal drei Tabletten
das hat mich schon verrückt gemacht
wie der Direktor fortwährend gescheiter Mensch sagte
Ihr philosophischer Bruder
ist aus der Krise hat er gesagt
aber bedenken Sie
daß er zeitlebens gefährdet ist

RITTER

In Zürich war es schön
erinnerst du dich
unbeschwert

DENE

Er diktiert nur das Ausgedachte
Unser Gegenkant
Es befriedigt ihn
wenn er mir diktiert
alles therapeutisch sagte der Direktor

Das ist meine Todesstrafe für dich
daß ich dir diktiere hat Ludwig gesagt
oder wenigstens und auf alle Fälle lebenslänglich
noch schlimmer
immer an der Grenze der Verrücktheit
niemals diese Grenze überschreiten
aber immer an der Grenze der Verrücktheit
verlassen wir diesen Grenzbereich
sind wir tot

RITTER

Nach Rom fahren jetzt
du brauchst mich ja nicht
du bist die Entscheidende für ihn
nicht ich
ich bin die Lästige
ich bin die nervös Machende
ich kann nicht einmal kochen
nicht einmal aufkochen kann ich
schaut sich im Zimmer um
Alles noch immer
elterliche Möblierung
nichts verändert
seit die Eltern tot sind
Ich hätte alles ausgeräumt
alles
du hast dich dagegen gewehrt
jetzt bist du schon bald erstickt hier

DENE

Du hättest ja weggehen können
nach Rom beispielsweise
oder nach Amsterdam
nichts hätte ich dir in den Weg gelegt
aber dann verlierst du dein Engagement

RITTER

Nicht weggegangen
das ist es
aber nicht Ludwig zuliebe wie du
aus Unfähigkeit
weil du mich immer gelähmt hast
angekettet hast
auch nicht wegen der Josefstadt

DENE

Ich dich angekettet
Du bist vollkommen selbständig
du hast immer tun können
was du wolltest
aber du wolltest ja nicht weggehen
Du machst mir den Vorwurf
du hast mir immer den Vorwurf gemacht
daß ich dich angekettet habe an dieses Haus
aber du hättest jederzeit gehen können
wohin immer

RITTER

Ja

DENE

Geh habe ich oft gesagt
du bist nicht gegangen
Mich haben die Männer nie interessiert
dich ja
trotzdem bist du geblieben

RITTER

Nicht wegen Ludwig

DENE

Ludwig Ludwig
ich bin für Ludwig da
du nicht
du bist geblieben
weil du nichts riskieren wolltest
wegen deiner Josefstadtbeziehung
das ist die Wahrheit

RITTER

Deine Wahrheit

DENE

Meine Wahrheit

RITTER

Ludwig ist für mich alles
hast du immer gesagt
Jetzt hast du ihn wieder in deinem Luxuskäfig

DENE *steht auf*

Und du

RITTER

Mein Lieblingsbruder

mein Lieblingsphilosoph
hast du immer gesagt
DENE *auf dem Weg in die Küche*
Mein Lieblingsbruder
mein Lieblingsphilosoph
RITTER
Dein Gegenkant
hebt die Zeitung vom Boden auf
DENE
Du hast Ludwig nur immer in Kauf genommen
dich nie wirklich um ihn gekümmert
aber du bist auch die jüngere Schwester
Was redest du immer von Rom
und von Paris
und gehst nicht weg
ich kenn dich nur im Bett liegend
essend was die Anna gekocht hat
Zeitunglesend
und immer enttäuscht was die Liebe betrifft
RITTER
Nach dem Tod der Mutter
hast du so geredet wie sie immer geredet hat
bis heute
dir ihren Gang angewöhnt
und du zupfst auch so an deinen Haaren
wie die Mutter
und du sagst auch immer so Das Nachtmahl
und dann sitzt du da und schweigst so wie die Mutter
und du sagst auch so Ludwig
immer wenn du Ludwig sagst
höre ich die Mutter wie sie Ludwig sagt
Nach Rom nächste Woche
steht auf und geht ans Fenster
oder in die Normandie
oder doch den Shakespeare in der Josefstadt
nur weg von hier
DENE
Und in ein paar Tagen
bist du schon wieder da
das ist ja dein Unglück

RITTER
Da hast du ganz recht
du bist meine Hellseherin
DENE
Immer alles
in dein Unglück hineingelenkt
Dein Bruder hat recht
du ziehst es an
das Unglück
Die einen ziehen es an
die andern stoßen es ab
RITTER *lesend*
Ich fühlte mich immer
hintergangen
von euch
In der Volksschule
warst du mir fünf Jahre voraus
das ganze Leben
aber unglücklich sind wir doch beide
du hast dein Unglück
ich das meinige
du kochst
wenn dir nichts anderes übrig bleibt
ich lese die Zeitung
Zeitungssucht
die du mir vorwirfst
ich mache dir niemals einen Vorwurf
mir selbst ja
dir nicht
Mit Ludwig nach Budapest
ohne ein Wort zu sagen
ich habe dir keinen Vorwurf gemacht
mit Ludwig in die Zauberflöte
alles hinter meinem Rücken
kein Vorwurf meinerseits
alles immer hinuntergeschluckt
wie gesagt wird
ich beobachtete immer alles
du hast es in Ordnung gebracht
ich weiß nicht
wer mehr darunter gelitten hat

Die Krankheit ist ein heiliger Prozeß
Religion hat er gesagt
du denkst ich sehe nicht
was du ihm bist

DENE

Wir kommen aus den Irrtümern
nicht heraus

RITTER

Fünf Hemden gekauft
die teuersten
und hinausgebracht nach Steinhof
und er hat nicht ein einziges angezogen
hat sie alle verschenkt
schließlich ist es
auch mein Geld
unser Geld
Renitenz
hat er mir auseinandergesetzt
bei meinem letzten Besuch
Schneefall vor dem Fenster
er sagte er erblinde jetzt rasch fortschreitend
klagte über Ungeziefer wie immer
daß die Terrassentür klemmt
die Fenster nicht schließen

DENE

Ich werde mit dem Doktor Frege telefonieren
Zehn Minuten siebenhundert Schilling
das sind die Ärzte
wir erbitten einen Hinweis Hilfe
aber sie weisen auf nichts hin helfen nicht
Aber der Doktor Frege
kennt ihn am längsten
erfahrener Arzt sozusagen
was Ludwig betrifft

RITTER

Er wünscht sich andauernd Anteilnahme
aber er stößt ja alle ab
stößt alle vor den Kopf

DENE

Philosophisches Desinteresse deinerseits
darauf ist er wieder zurückgekommen

die dumme Schwester
die bist du
ich bin die betuliche
geistlos sind wir beide
kommt mit einer Schüssel aus der Küche
Mich braucht er
auf mich ist er angewiesen
auf dich nicht
aber dich liebt er

RITTER *lacht auf*
Mich
dich liebt er
dich
die Nützliche
mich die Nutzlose
haßt er

DENE *wischt nacheinander das Besteck mit einer Serviette ab*

RITTER
Dich hat er immer bevorzugt
zuerst bevorzugt
dann geliebt
du bist ihm die nächste
Besteck Geschirr
alles muß perfekt sein
hebt eine Gabel gegen das Licht und kontrolliert sie
er sieht alles
und wir haben Angst
daß er etwas sieht
was er nicht sehen soll
legt die Gabel auf den Tisch und nimmt einen Löffel und hebt ihn gegen das Licht und kontrolliert ihn
Schon als Kind
Ekel vor schmutzigem Besteck
Immer eine frische Serviette
und höchster Anspruch die Mahlzeiten betreffend
legt den Löffel auf den Tisch
Dreimal am Tag ein frisches Hemd
Jeden zweiten Tag frische Bettwäsche
Alles haben die Eltern
in ihn investiert

er war ihr Kind
was waren wir

RITTER *lesend*

Wir waren
von Henry James
wir waren nicht ihre Kinder

DENE

Der Vater hat das immer gesagt
in seinem Verletzungsdrang
und Ludwig sagt es auch
der Vater hat genauso gedacht wie Ludwig

RITTER

Der eine war der Großindustrielle
der andere ist der Großphilosoph

DENE

Ach Unsinn
setzt sich
Ludwig ist so schwächlich und
so zerbrechlich

RITTER

Das glaubst du
so siehst du ihn
weil du Ludwig so sehen willst
weil du ihn so sehen mußt
diese Menschen erscheinen so schwächlich
und sind so stark wie keine anderen

DENE

Ich weiß doch ich sehe doch
wie hilflos er ist

RITTER

Er hat dich in seiner Gewalt
vollkommen
Ludwig ist ein Gewaltmensch
das ist die Wahrheit
und das weißt du auch
Gewalttäter mit philosophischen Absichten
aber das darfst du dir nicht sagen
damit wäre dein Konzept kaputt
liest vor
Noch nie
sind so viele Italiener

nach Wien gekommen
überschwemmen die Stadt
Alles Österreichische
fasziniert die Italiener
die österreichische Geschichte
die österreichische Kunst
alles Österreichische

DENE

Ohne Ludwig wären wir
gar nicht da
schaut um sich
wir wären nicht mehr da
es wäre alles verkauft worden
vielleicht wärst du in Rom
wer weiß wo ich wäre
Ludwig hält uns zusammen

RITTER

Er hat uns längst ruiniert
und vernichtet

DENE

Das glaubst du doch selbst nicht
das sagst du ihm nicht ins Gesicht
das ist auch eine Lüge

RITTER

Insoferne die Wahrheit
auch nur gelogen ist
alles ist gelogen
so Ludwig
gelogen und verlogen
wirft die Zeitung weg und springt auf und ans Fenster
zur Schwester direkt
Ludwig ist dein Besitz
wie umgekehrt
Ludwig besitzt dich
und ich bin dazu verurteilt
diese Schamlosigkeit anzustarren
Wie mir alles hier auf die Nerven geht
Du bist die Rücksichtsloseste
skrupellos rücksichtslos
schaut zum Fenster hinaus
Aber in Rom wäre es auch unerträglich

Weil wir schon alles gesehen haben
Woher nimmt unser Bruder das Recht
uns zu besitzen
plötzlich heftig
Die Josefstadt ist meine Rettung
Ich werde wieder spielen
gleich was ich spiele
Was du kannst
kann ich auch
Dem Theater den Rücken gekehrt
das war nur eine verlogene Pose
wegen eines philosophischen Gewaltverbrechers
dreht sich um, zur Schwester direkt
Wir müssen uns in acht nehmen
vor ihm
er legt es darauf an
uns völlig zu ruinieren
jahrelang
jahrzehntelang betreibt er sein Zerstörungswerk
Wir sind die Hilfsbedürftigen
nicht er
wir sind die Geschädigten
nicht er
uns müssen wir helfen
nicht ihm
geht auf die Schwester zu
Unser Geisteskrüppel
zerstört uns
hat uns schon fast zerstört
das ist sein Triumph
das ist sein Werk

DENE

Du regst dich auf
wo nur nüchterne Betrachtung
das einzig Richtige ist
du hast dich verrannt
in deinen Ludwigkomplex

RITTER

Das hat er gesagt
nicht wahr
nicht du

DENE

Auch wenn er es gesagt hat
du hast einen Ludwigkomplex
Wenn du endlich zur Einsicht kommen könntest
daß diese Sackgasse
die einzige Existenzmöglichkeit ist für uns
aber dazu bist du nicht bereit
und auch noch zu jung

RITTER

Dem Logiker
auf den Leim gegangen
das ist das Abstoßende

DENE *kontrolliert ein Messer*

RITTER

Wohltuende Atmosphäre
aus Geborgenheit und Wärme
hat unser Vater immer gesagt
Ludwig hat diesen Satz
oft wiederholt
den Vater verhöhnend
immer absurder
ist dieser Satz geworden
mit der Zeit
Nach und nach
ist dieses Haus uns
zur Hölle geworden
Als die Worringerhölle
hat es Ludwig selbst oft bezeichnet
zur Schwester direkt
Ja siehst du denn nicht
daß wir aus diesem Haus tatsächlich
diese Worringerhölle gemacht haben
und nicht einmal unschuldig
ganz bewußt haben wir aus unserem Elternhaus
diese Worringerhölle gemacht
Nur du willst nicht zugeben
wer der Teufel in dieser Hölle ist

DENE

Nach der Suppe ein Stück Melone
ich denke das ist nicht falsch
ich denke das ist nicht falsch

vielleicht solltest du darauf verzichten
Wein zu trinken
wenn er sieht
daß du Wein trinkst

RITTER

Schon gut
ich will mich beherrschen
aber nur dieses eine Mal
nur dieses erste eine Mal
Es wäre besser
die Anna wäre da
so läufst du die ganze Zeit
zwischen Speisezimmer und Küche hin und her
das haßt er doch
das hat er immer gehaßt
andauernd vom Speisezimmer in die Küche
rennende Hausfrauen
die verrückt machen

DENE

Du hast mich nie leiden können
schon als ganz kleines Kind
hast du mich gehaßt
Die klare Suppe liebt er
die sogenannte gebundene haßt er

RITTER

Zuerst haben ihn die Eltern
aufgepäppelt
dann wir
es ist ekelhaft
wie er von dir immer wieder
aufgepäppelt wird
Immer hat es geheißen
unser Schwächling
bis dieses Ungeheuer aus ihm geworden ist
aus dem kleinen Hilflosen
der Größenwahnsinnige
der Philosoph
Vor den Schwachen in acht nehmen
hat unser Vater immer gesagt
denn sie sind die eigentlich Starken
die Schwachen beherrschen uns

nicht die Starken
das Sogenannte beherrscht uns
nicht das Eigentliche das Wirkliche das Tatsächliche
geht zur Uhr und zieht sie auf
Wir schrecken andauernd
vor allem zurück
er schreckt vor nichts zurück
ihm ist nur sein Denken wichtig
aber wer sagt denn
daß sein Denken etwas wert ist
vielleicht ist alles nur Unsinn was er denkt
vielleicht hat er nur Unsinn gedacht bis jetzt
wo er doch tatsächlich verrückt ist
wo er doch Steinhof
als seine eigentliche Heimat bezeichnet
Mein Ludwig sagst du
und du denkst
mein Ludwig mein Philosoph
während er doch nur dein Narr ist
dein Lieblingsnarr
der Bruder als Lieblingsnarr
als Lieblingsperversität

DENE
Dazu gibt es nichts zu sagen

RITTER
Das ist deine Stärke
das hast du mit Ludwig gemeinsam
da nichts zu sagen
wo alles zu sagen wäre
nichts zu antworten da
wo alles gefragt worden ist
Ihr habt mich schon bald ganz zugedeckt
mit euerer Verlogenheit

DENE *geht in die Küche*

RITTER *ruft ihr nach*
Du rührst in der Suppe um
und denkst nur
wie du mich peinigen kannst
und unser Bruder amüsiert sich
an unserer Dummheit
setzt sich an den Tisch und ruft in die Küche

er ist philosophisch
um mich zu zerstören
und du rührst aus dem gleichen Grund
in der Suppe um

DENE *kommt mit einem Brotkorb aus der Küche heraus*
Seit dreißig Jahren
dieselbe Debatte
stellt den Brotkorb auf den Tisch
Genauso wie unser Vater
mit unserem Onkel debattiert hat
aber da ging es nicht um Ludwig
sondern um die Fabrik
es war genauso widerwärtig
nach einer Pause
So schön vorgestellt habe ich mir
diesen Abend
Nach Monaten zum erstenmal wieder
mit Ludwig zusammen nachtmahlen
wir drei allein
unbehelligt

RITTER
Geschwisterliebe
zu dritt
steht auf und richtet ein Bild an der Wand gerade und setzt sich wieder
Du hast immer alles
in deinem Kopf geplant
und mit allen Mitteln durchzusetzen versucht
ohne Rücksicht auf Andere
Du hast Ludwig aus der Anstalt herausgenommen
du hast die Anna weggeschickt
du hast diese Einteilung am Tisch gemacht
immer hast alles du gemacht

DENE *setzt sich an den Tisch*

RITTER
Und Ludwig weiß gar nicht
daß alles das er ist
von dir ist
Du hast dich für die Schreibmaschine entschieden
ich für das Klavier
was unsere zweite Kunst betrifft

Auf den Geschmack gekommen
das ist es
Du schreibst sein Ausgedachtes ab
Auf dem Höhepunkt der Verrücktheit
tippst du ab
was er sich ausgedacht hat
und ich spiele auf dem Klavier dazu
improvisiere sozusagen philosophisch
auf dem Klavier

DENE

In zwei Wochen
vier Paar Schuhe nach Steinhof gebracht
und er hat alle verschenkt

RITTER

Menschlichkeitsgrößenwahn

DENE

Du bist gegen alles
und jedes
das ist dein Unglück

RITTER

Dafür ist unser Bruder
unser Genie
das zwar in Steinhof beheimatet
aber an den englischen Universitäten
Gesprächsstoff ist
es zum Dissertationsphilosophen gebracht hat
nachdenklicher
Die Theaterflucht
hat uns nichts genützt
Schauspielerei am Ende
Als Gebrauchsgegenstände
bezeichnet er uns
dich die ihn beschützt
beschirmt sozusagen
als Gebrauchsgegenstand
und mißbraucht uns
lachend
dich
die sein Denken abtippt
die ihn so emsig vervielfältigt
die ihre Nächte opfert

für seine Gedanken

DENE

Fünf Hemden gekauft für ihn
und dann kommen mir alle diese Leute entgegen damit
Der Direktor hat Ludwigs Hut aufgehabt
während er mit mir gesprochen hat
wissen Sie Ihr Herr Bruder
hat mir seinen Hut geschenkt
da mußte ich ihn aufsetzen
eine Wette wissen Sie
ich wettete mit Ihrem Herrn Bruder
daß ich den Hut auf dem Kopf behalte
während Sie in meinem Büro sind
ich kann nicht sagen um was ich mit Ihrem Herrn Bruder
gewettet habe
aber wie Sie sehen
bin ich dabei
die Wette zu gewinnen
Denken Sie nicht gnädige Frau
hat der Direktor gesagt
ich sei verrückt
natürlich die Leute sagen
alle Irrenhausdirektoren sind verrückt
die Direktoren sind verrückter als die ihnen anvertrauten
Patienten
das sagen die Leute
weil es gern gehört wird
neinnein eine Wette
nichts weiter
Im übrigen hat der Direktor gesagt
hat Ihr Herr Bruder das Kierkegaardkapitel abgeschlossen
an dem er acht Monate gearbeitet hat
Steinhof als Philosophenklause hat er gesagt
mehrere Male
Steinhof als Philosophenklause
Ihr Herr Bruder wird einmal sehr berühmt sein
und dann wird es heißen
hier in Steinhof
ist sein Werk entstanden
und hoffentlich heißt es dann auch
hier in Steinhof hat er es vollendet

Diese widerliche Stimme du kennst sie ja
Ich unterschrieb mit zitternder Hand
Auf Ihre Verantwortung natürlich
sagte der Direktor
Plötzlich war Ludwig eingetreten
und hatte gesagt
Sie haben die Wette gewonnen Herr Direktor
Ludwig nahm den Hut vom Kopf des Direktors
und setzte ihn auf
Mir ist dieser Hut
absolut zu eng sagte Ludwig
nahm den Hut wieder ab
und setzte ihn dem Direktor wieder auf
Sie haben die Wette gewonnen
meine Hochachtung sagte Ludwig
dann füllte er einen Scheck aus
und steckte diesen Scheck in die Manteltasche
des Direktors

RITTER
Und was weiter

DENE
Nichts
ich sagte Ludwig komm
gehen wir
gehn wir schnell weg von hier
Der Direktor begleitete mich hinaus
Ludwig war vorausgegangen

RITTER *fragend*
Und

DENE
Er warf den Leuten
die überall herumstanden
weil ja Besuchszeit gewesen ist
Kußhände zu
und dann griff er auch noch in die Manteltasche
und holte ein Bündel Hundertschillingscheine hervor
und fuchtelte zuerst damit herum
und plötzlich teilte er das ganze Bündel
nach und nach unter den Leuten aus
Patienten und Besucher rissen sich um seine
Hundertschillingscheine

RITTER
Und du hast das nicht verhindert
DENE
Nein
Ich wollte ihn widerstandslos
aus der Anstalt hinausbringen
er war ganz ruhig
ab und zu rief ihm einer seinen Namen zu
seinen Vornamen
Ludwig
und er warf allen immer wieder die Kußhände zu
Der Dualismus ist es
rief er mehrere Male aus
Katafalkismus
Militarismus
er steigerte sich in diese Wörter hinein
dann umarmte er mich plötzlich und sagte
wie froh bin ich
daß du da bist
RITTER *steht auf und geht zum Fenster, schaut hinaus*
Du hast ihn abgeholt
nicht ich
mich kann er nicht beschuldigen
daß ich ihn abgeholt habe
War es nicht das
in dir
daß ich ihn mit dir abholen sollte
eine Art Mitschuld
wenn er erkennt
daß es falsch ist
ihn herausgenommen zu haben
zu diesem Zeitpunkt
DENE *hebt ein Messer auf und hält es gegen das Licht*
RITTER
Mitschuld
die wolltest du
deshalb der Vorschlag in der Frühe
mitzugehn
ihn mit dir abzuholen
neinnein
ich habe ihn nicht abgeholt

du hast ihn abgeholt

DENE

Warum denkst du immer
nur das Schlechteste
Was ich auch tue
es ist infam in deinen Augen
du existierst
in einem fortwährenden Verdachtzwang

RITTER

Du tust nichts
ohne Grund

DENE

Die Ältere ist
für alles verantwortlich
das ist es
damit gehst du gegen mich vor
solange ich denken kann
Neinnein
Ludwig ist ganz ruhig in das Auto gestiegen
der Direktor verbeugte sich noch immer
während wir schon mehr als hundert Meter weit
weg waren
Ob er auch alles eingepackt
und mitgenommen habe
fragte ich Ludwig
da waren wir schon auf der Höhenstraße
ja sagte er
alles

RITTER *plötzlich neugierig*

Was ist denn die Blinde
für eine Rolle
eine große Rolle

DENE

Ein kurzer Auftritt nur
zwei Sätze sonst nichts

RITTER

Daß du dir das antust

DENE

Immerhin vier Jahre
nichts gespielt
aber das interessiert mich

fasziniert mich
und es erschöpft mich auch nicht ganz

RITTER

Zwei Sätze
von einer Blinden gesprochen

DENE

Es geht mir nicht darum
eine große Rolle zu spielen
die hätte ich auch spielen können
neinnein zwei Sätze
aber wie

RITTER

Du warst immer ehrgeizig
auf der Bühne
hast du nichts riskiert

DENE

Alles meine Liebe alles

RITTER

Ja alles

DENE

Die vielen stummen Rollen
die ich gespielt habe
während ich doch die allergrößten
hätte spielen können
Es kommt nicht darauf an
wie lange ein Schauspieler auf der Bühne agiert
es kommt nur darauf an w i e
zwei drei Minuten exzellentes Theater

RITTER

Jaja

DENE

Unsere Auffassungen
waren immer nicht nur verschiedene
immer entgegengesetzte
Du wolltest immer nur die großen Rollen
das wollte ich nie
Der Unterschied ist
daß ich wegen Ludwig vier Jahre
nicht mehr aufgetreten bin
nicht wie du
weil ich keine große Rolle bekommen habe

ich hätte jederzeit eine große Rolle spielen können
Ludwig machte das unmöglich

RITTER

In jedem Fall
ein Ludwigopfer

DENE

Wie du glaubst

RITTER

Dein Talent ist das größere
dein Talent ist meinem entgegengesetzt
Du bist die geborene Theatermacherin
das ist nicht abwertend gemeint
im Gegenteil
du bist Schauspielerin durch und durch
mich kostet es jedesmal das Äußerste
dir fällt alles leicht
wie eben dem Genie alles leicht fällt

DENE *auflachend*

Dem Genie
Ein Schauspieler ist niemals ein Genie
Interpreten sind keine Genies
schon gar nicht Schauspieler
Und leicht gefallen ist mir nie etwas
das ist dein Irrtum
Ich weiß ich kann nur drei Minuten gut sein
und ich trete auch nur drei Minuten auf
Ein ganzes Stück eine sogenannte große Rolle
war nie mein Ehrgeiz

RITTER

Aber du hast auch die großen Rollen gut gespielt
auch die sogenannten abendfüllenden
gleich was
es war immer gut
keine hätte das so gespielt wie du
keine Frage

DENE

Was geht nur in meiner Schwester vor
daß sie so unglücklich ist
sie hat alles
alles was ein Mensch haben kann
und ist unglücklich

steht auf und holt die große Lampe, um sie in die Tischmitte zu stellen, tritt einen Schritt zurück, die Lampe betrachtend
Nein
neinnein
wie geschmacklos die Lampe ist
das ist mir nie aufgefallen
äußerst geschmacklose Lampe
nimmt die Lampe wieder an sich und stellt sie dort hin, wo sie sie vorher weggenommen hat, geht zum Fenster und schaut hinaus
Ich bin gar keine Schauspielerin
ich habe nur unter Menschen gehn wollen
das war der Grund
möglicherweise auch eine kleine Begabung
Spieltrieb wahrscheinlich
den hast du auch immer gehabt
aber nicht professionell
alles Professionelle hat mich immer abgestoßen
nur weil ich nicht vereinsamen wollte
das ist die Wahrheit
allein daß ich in der Schauspielschule
die Proben mitmachen durfte
war ja meine Rettung gewesen
nicht eigentlich Interesse an der Schauspielkunst

RITTER *ist aufgestanden*

DENE
Nein sicher nicht
Zusammensein mit Menschen Gleichaltrigen
schaut ihrer Schwester ins Gesicht
Und natürlich hat die Tatsache
daß unser Onkel Josefstadtaktionär
und dazu auch noch Schauspieldirektor gewesen ist
eine Rolle gespielt
ohne ihn hätte ich die Schauspielerei
später nicht mehr praktiziert
Im Shakespeare wird ein Mädchen gebraucht
du bist es mein Kind
das war alles
alles Weitere ist bekannt
geht zum Spiegel und schaut hinein

Du bist ein ganz anderer Fall
tatsächliche Schauspielerin ganz bewußt
mit dem höchsten Anspruch
dreht sich um
Du bist ja viel besser als ich
aber das Glück war dann doch immer auf meiner Seite
das ist es nichts Anderes
das scheinbare Glück
Unsere Rivalität auf dem Theater
ich habe sie nie ernst genommen
wenn du gut gespielt hast
hat es mir immer Vergnügen gemacht
schaut auf die Uhr, dann
Es ist Zeit
daß er kommt
geht hinaus und ruft so laut sie kann
Ludwig

Vorhang

Mittagessen

Die Teeküchenflügeltür ist jetzt links
Ritter und Voss am Tisch essend und trinkend
Voss sitzt dem Vaterportrait gegenüber, trinkt Wasser
Ritter trinkt Weißwein

VOSS *vorgebeugt*
Gerade gegangen
weißt du was das heißt
es gelang mir die ganze Zeit nicht
plötzlich wieder gerade gegangen
richtet sich auf
Vorschriftsmäßig
beugt sich vor und flüstert
Sie hat mir das falsche Papier gebracht
dadurch war es mir unmöglich
Kapitel sechs aufzuschreiben

alles verloren kaputt
ich hatte ihr gesagt das Papier
auf das ich Logik I geschrieben habe
aber sie hat nicht hingehört
richtet sich auf
In Glossop den Drachen steigen lassen
erinnerst du dich
Englandzeit schöne Zeit
Dann ist er nach England gegangen
und hat Mathematik studiert
hat der Direktor gesagt
Ich hörte natürlich alles
was er gesagt hat
nicht das norwegische Problem ist es
es ist das Cambridgeproblem sagte der Direktor
Immer wieder aus reichem Hause hat er gesagt
und freiwillig zur Armee gemeldet
Dann hat die Mathematik die Oberhand bekommen
denn was ist Philosophie anderes als Mathematik
alleräußerste Mathematik
beugt sich vor
Ich hatte ihm einmal das selbstkonstruierte Propellerblatt
aufgezeichnet auf Anstaltspapier
das hat ihn erstaunt
Kein Einzelzimmer habe ich gesagt
bitte kein Einzelzimmer
und dann doch
ein Einzelzimmer
bitte ein Einzelzimmer
Es ist nicht das Blockhausproblem hat er gesagt
es ist das Cambridgeproblem
Die Reichen haben eben
die größten Schwierigkeiten von allen
hat er gesagt
beugt sich vor
Unsere Schwester vertraute ihm an
daß ich mit achtzehn
schaut um sich
mit unserer Mutter geschlafen habe
Sie sagte das völlig ungeniert
das amüsierte den Direktor

Ich hätte das nicht gesagt
Geschwätzigkeit
richtet sich auf
Mit Drachen und Ballonen befaßt zuerst
hat sich dann den Antriebsmotoren zugewandt
sagte sie
sie vermutete mich in meinem Zimmer
während ich doch im Vorzimmer des Direktors stand
und auf sie wartete
was sie nicht wissen konnte
Sie besprach mit dem Direktor eine Madridreise
die sie machen will
allein
Wenn du aufgepaßt hättest
was ich gesagt habe
wäre mir jetzt nicht alles verloren
habe ich zu ihr gesagt
du hast mir alles zunichte gemacht
auf d i e s e m Papier kann ich nichts notieren
Verärgerung war die Folge
sie verließ mich augenblicklich
ich sah wie sie mich haßte
alles haßte sie als sie wegging
selbst meine Leidensgenossen verfolgte sie
mit ihrem Haß
Ich las die Zeitungen nicht
die sie mir mitgebracht hat
ich verteilte sie
das hätte ich nicht tun sollen
denn dann tanzten sie alle außer sich
vor Papiervergnügen
Sie denkt sie schreibt fehlerfrei
sie macht lauter Fehler
dabei ist doch nichts leichter
als eine präzise Vorlage abzutippen
Sie sagt sie spielt jetzt wieder
sie tritt wieder auf

RITTER
Ja

VOSS *beugt sich vor, flüstert*
Komödie nicht wahr

RITTER *nickt*

VOSS

Schwestern Schauspielerinnen
Theatervögel
Bühnengezwitscher
lacht
beugt sich vor, flüstert
Meine Idee war
weiter zu gehen
als alle Andern
über alle Andern hinaus
richtet sich auf
Wir sind an die Seltsamkeiten gefesselt
Verstehst du mich
an die Seltsamkeiten
und ersticken in Eintönigkeit

DENE *kommt mit einem großen Fleischteller herein und setzt sich*

RITTER *zu ihr*

Erinnerst du dich an Glossop

DENE

Ja natürlich

RITTER

Wie wenig haben wir nachher erlebt

DENE

Ach Gott

RITTER

Ludwig sagt
du hast ihm das falsche Papier gebracht
dadurch hat er viel Zeit verloren

DENE *teilt Fleischstücke aus*

RITTER

Wie lang ist das her
in Glossop

DENE

Zweiundzwanzig Jahre
ich weiß das genau
meine größte Enttäuschung

RITTER

Für dich
ich war in Glossop glücklich

DENE

Die Mozartbiographie gelesen
mit Halsschmerzen
die ganze Zeit im Bett gelegen
während du und Ludwig
mit dem Drachen experimentiert habt

VOSS

Mein Drachenexperiment
meine entscheidende Entdeckung
Aber ich entdeckte etwas ganz Anderes
als ich glaubte entdeckt zu haben
Jahre später wußte ich
ich habe in Glossop
etwas ganz Anderes entdeckt

RITTER

An dieser Entdeckung
hatte ich entscheidenden Anteil

VOSS

Natürlich

DENE

Ich war schrecklich krank

RITTER

Du wolltest nicht nach Glossop
du bist in Glossop krank geworden
weil du nicht nach Glossop wolltest
schon am ersten Tag hattest du Fieber

VOSS

Glossop hat mich entscheidend beeinflußt

DENE

Ja ihr habt euch regeneriert in Glossop
Aber ich bin eine Liebhaberin
von Künstlerbiographien
das war mein Vorteil
Mit Mozart war das Halsweh halb so schlimm
steht auf und geht hinaus

RITTER

Sie spielt eine Blinde
kurzer Auftritt
Zweidreiminutenauftritt
vielleicht leckt sie Blut
ich bin sicher

es tut ihr gut
Wie gut daß wir unsere Beziehungen
zu den Theaterleuten
nicht ganz abgebrochen haben
was mich betrifft
habe ich den Umgang mit den Theaterleuten
immer gepflegt
ich bin aber nicht bereit
alles zu spielen
aber wenn wir nicht auftreten
müssen wir uns doch auf der Höhe halten
ich arbeite täglich an meiner Kunst verstehst du

VOSS

Zwei Künstlerinnen als Schwestern
ich weiß nicht
hat mir das Glück gebracht
oder Unglück
mehr Unglück glaube ich als Glück
mit Sicherheit mehr Unglück

RITTER

Mein Ludwig
wie er denkt
unser Egoist
Willst du nicht noch ein Stück Melone

VOSS *beugt sich vor und flüstert*

Sie hat mir fünf Hemden gebracht
und ich habe sie alle verschenkt
das ärgerte sie natürlich
aber es ist ja mein Geld
Der Philosoph verschenkt seine Gedanken
es ist ja sein Denken
richtet sich auf, nimmt sich ein Stück Melone
In Skjolden dachte ich
es geht nicht weiter
Der Direktor sagte
das sei mein norwegisches Problem
die Blockhausidylle
Am Abend vor dem Zubettgehen
nehmen wir Aufstellung
und der Arzt verlangt
daß wir unseren Namen nennen

Er sagt Gute Nacht
darauf sagen wir Gute Nacht
das Licht wird automatisch gelöscht

DENE *kommt mit einer Salatschüssel herein*
und setzt sich

VOSS
Automatisch gelöscht
Kein schlechtes Essen
in der Anstalt
Jeder kann so viel essen wie er will
das Problem ist
daß ich in der Nacht keinen Gesprächspartner habe
denn sie schlafen alle tief
Die Nächte sind in Steinhof völlig ruhig

DENE
Jetzt bist du zuhause
und du kannst tun was du willst
legt Ludwig ein Stück Fleisch auf den Teller
Jetzt ist alles
das mit Steinhof zusammenhängt vorbei
vergiß es
willst du vielleicht Musik hören

VOSS
Nein

DENE
Ich habe eine neue Neunte gekauft

VOSS *fragend*
Ja
Gerade gegangen
weißt du was das heißt

DENE
Der Nachmittagsspaziergang
wird dir gut tun
oder was immer du wünschst
Vielleicht willst du lesen
musizieren vielleicht
oder wir laden Gäste ein

RITTER
Welche Gäste

DENE
Gäste

Leute
zu Ludwig direkt
Wen willst du denn sehen
Vielleicht ist es besser
nicht gleich Leute einzuladen
vielleicht ist ganz einfach ausschlafen das beste
Ruhe
Ruhe Ruhe Ruhe
will Fleisch austeilen, aber die Geschwister wollen kein Fleisch mehr
zu Ludwig direkt
Oder willst du mir diktieren
am Nachmittag
die ganze Nacht habe ich mit dir verbracht
mit dem Dualismuskapitel
wenn ich ehrlich bin
ich verstehe gar nichts davon

RITTER *zu Dene*
Ist das Haustor abgesperrt

DENE
Natürlich
steht auf und geht hinaus

RITTER *ruft ihr nach*
Es zieht
mach doch die Küchentür zu
zu Voss
Nicht wahr
es zieht
ich bin so zugempfindlich

DENE *macht die Küchentür zu*

RITTER
Sie ist die Kranke
nicht du
sie ist die Kranke
Gut daß du da bist
wir sind schon beinahe erstickt
in uns
Unsere Schwester leidet
unter Verfolgungswahn
unter uns gesagt
tyrannisiert die Anna

ist vom Putzfimmel besessen
keine Minute Ruhe
geht in ihrem Zimmer auf und ab
stürzt zu mir herein und fragt mich
ob ich auch Ohrenschmerzen habe
ich frage warum soll ich Ohrenschmerzen haben
darauf sagt sie
weil ich Ohrenschmerzen habe
fürchterliche Ohrenschmerzen
die ganze Nacht bin ich schlaflos
weil sie in ihrem Zimmer
hin- und herrennt
Gehe ich in ihr Zimmer
sitzt sie vor ihrer Schmuckschatulle
schiebt ihr Bett eigenhändig
einmal in die eine
dann wieder in die andere Ecke
Zwei Rutengänger waren da
dein Bett haben sie immer wieder
an einem anderen Platz aufgestellt
jetzt steht es wieder da
wo es immer gestanden ist
sie glaubt sie ist allein
und bürstet deine Kleider aus
stundenlang
während ich doch da bin
und sie beobachte
sie macht alle Laden in deinem Zimmer auf
nimmt alles heraus
wischt alle Laden aus
flüstert
wie ich in ihr Zimmer eintrete
vorige Woche
hat sie deine Frackhose angehabt
zu Tode erschrocken erklärte sie mir
sie wisse nicht
was sie dazu gebracht habe
deine Frackhose anzuziehen
fragt
Fleisch
flüstert

Völlig nackt sitzt sie am Fenster
und löffelt ihr Joghurt aus
und hört dazu Schumann
Klavierkonzert

VOSS

Ich will kein Fleisch mehr

RITTER

Ich weiß nicht
was sie in Madrid tut
sie hat nie etwas
mit Madrid Zusammenhängendes gesagt
flüstert
Sie hat einen Kaktus
in ihrem Zimmer
einen dreißigjährigen Kaktus

DENE *kommt herein*

RITTER

Bitte mach die Tür zu

DENE *macht die Küchentür zu und setzt sich an den Tisch, steht gleich wieder auf und räumt Geschirr ab, um es auf der Kredenz abzustellen, setzt sich wieder*

RITTER

Ludwig sieht gut aus
wie aus der Sommerfrische gekommen

DENE

Ja

RITTER

Er sieht gar nicht aus
wie ein Philosoph

VOSS

Wie schaut denn
ein Philosoph aus

DENE

Wie du
da du doch ein Philosoph bist

VOSS

Philosoph Philosoph
Antikünstler

RITTER

Aus der Sommerfrische gekommen
Während wir hier in dieser Schwüle

beinahe erstickt sind
war unser Ludwig in der Sommerfrische

DENE *zu Voss*

Ich habe dir das richtige Papier besorgt
Tausend Blatt
ein ganzer Stoß
auf deinem Schreibtisch
Deine Kleider habe ich ausgebürstet
die Hosen gebügelt
alles frisch gewaschen
Kein Steinhofgeruch mehr

VOSS

Kein Steinhofgeruch mehr

DENE *durchs Fenster schauend*

Und wenn es regnet am Nachmittag
ist es am angenehmsten
kein Gefühl
etwas unternehmen zu müssen

RITTER

Etwas lesen
wenn es sich verdüstert
Vorhänge zu
lesen

DENE

Die Frage stellt sich mir nicht
wo so viel zu tun ist
und alles mehr oder weniger
auf mich fällt

RITTER

Die Nachmittagsvorstellung
die uns als Kinder immer gerettet hat
kommt nicht mehr in Frage
der Nachmittagstee bei Tante Margarethe
wie leicht war es damals
der Verzweiflung zu entkommen
eine Schale Kakao
und die Landkarte auf dem Fußboden
das genügt nicht mehr
Bald wird es auch nicht mehr genügen
sich eine Biographie mit ins Bett zu nehmen

DENE

Musik ist sehr oft die Rettung

RITTER

Da hast du recht
aber bald können wir auch keine Musik mehr hören
wenn die Ohren aufeinmal und dann für immer
Musik hassen
weil wir sie mißbrauchen
für den Überlebenszweck sozusagen

VOSS

Davon ist Denken
völlig unbehelligt
wenn wir es noch so mißbrauchen
es ist immer möglich
alles geht uns auf die Nerven schließlich
nicht Denken
wer denkt
kann ruhig alt werden
Oder lebenslänglich
eine verrückte Idee haben
eine einzige verrückte Idee
Hören lesen schauen das ist alles nichts
gegen diese eine einzige verrückte Idee
das ist aber mein Problem

DENE *steht auf und geht mit ein paar Tellern hinaus*

VOSS

Eine mathematische Lösung naturgemäß
durch und durch mathematisch gelöst
Wie schlecht ich mich manchmal fühle
ganz wie ein Sterbender
dann ist plötzlich wieder alles in Ordnung
weil ich denke
ich überwinde alles nur
mit Denken
nicht mit Nachdenken
mit Denken
flüstert
Ich habe nicht die Absicht gehabt
hierher zu gehen
Meine Schwestern sind meine Zerstörerinnen
sie vernichten mich

sage ich mir immer
Ich habe zum Direktor gesagt
wenn meine Schwester kommt
sagen Sie ihr
daß ich nicht nach Hause will
gehe ich nach Hause
ist es mein Tod
Verwandtschaft bedeutet den Tod
und Freunde habe ich keine
wenn ich davon absehe
daß meine Mitpatienten meine Freunde sind
Aber sie hat nicht nachgegeben
ich wollte es nicht darauf ankommen lassen
mit ihr zu streiten
die Verständnislosigkeit ist das einzige
das mich an meine Schwestern bindet
habe ich gedacht
du verstehst mich doch
du hast mich immer besser verstanden
als deine Schwester
sie hat immer nur sich selbst verstanden
Aber ich bin doch nur die kürzeste Zeit zuhause
habe ich zum Direktor gesagt
beugt sich ganz vor
Zwei drei Tage
schon den vierten wäre ich ja tot

DENE *kommt herein und setzt sich*
Eine Schwalbe
war in der Küche
verletzte sich am Fenster
Die Anna macht nur Unordnung
ich bezahle den Höchstlohn
und sie macht nur Unordnung
nichts ist an seinem Platz
alles ist schmutzig
die Katastrophe ist
daß wir diesen Leuten ausgeliefert sind
sie nützen uns aus erpressen uns
verleumden uns auch noch
ziehen uns nur in den Schmutz
wo sie können

die Gemeinheit von unten
ist die niederträchtige
Vater hat recht gehabt
Einen Brief schreiben nach Irland
am Nachmittag
der ist längst fällig
Ich schreibe ihnen
sie sollen nicht kommen
was suchen sie hier
wir haben sie zwanzig Jahre nicht gesehen
ausgerechnet jetzt
ich habe unsere irischen Verwandten
nie leiden können
einen sehr höflichen Absagebrief
dafür ist der Nachmittag geeignet
teilt Kartoffeln, Reis, Salat aus
Ich habe dem Direktor gesagt
daß ich wisse
wie mit einem Philosophen umzugehen sei
behutsam habe ich gesagt
darauf hat er gelacht

VOSS

Gelacht

RITTER

Im Herbst spiele ich wieder
Shakespeare
so ist es geplant

VOSS

Meine Schwestern sind Schauspielerinnen
habe ich zum Direktor gesagt
wie ich ihn zum erstenmal gesehen habe
nehmen Sie sich in acht
sie haben Geld wie Mist
und sind Schauspielerinnen
Das hat mir noch gefehlt habe ich gesagt
daß meine Schwestern
dem Theater verfallen sind
nicht talentlos habe ich gesagt
aber ich hasse das Theater
nichts ist mir widerwärtiger
aber es ist doch so

daß wir uns gerade mit dem Widerwärtigsten
abfinden müssen
Denken Sie nicht
daß ich Selbstmord mache
wovor meine Verwandtschaft Angst hat
eine Idee ist es ja
aber ich fordere einen natürlichen Tod
was immer das ist
ich bringe mich nicht um
haben Sie keine Angst
So ließen sie mir schon gleich
bei meinem ersten Aufenthalt die Hosenträger
Wie Sie sehen
habe ich noch heute früh zum Direktor gesagt
habe ich mich nicht umgebracht
Sie kennen mich jetzt schon zwanzig Jahre
und ich habe mich bis heute nicht umgebracht
Wir sterben ja
wenn wir wollen
habe ich zum Direktor gesagt von selbst
wir müssen es nicht gewaltsam tun

DENE

Ein so schönes Stück Fleisch Ludwig
vielleicht ißt du es noch

VOSS *verneint*

Wir haben unsere Todeskrankheit
und wissen
daß wir an ihr sterben
wir können diesen Sterbensprozeß beschleunigen
aufhalten hinauszögern
wenn wir wollen
aber wir wissen natürlich
daß alles das nur eine Frage kurzer Zeit ist
und wir sagen uns
wenigstens diesen Gedanken noch fortsetzen
diesen verwerfen
diese Zeile aufschreiben
das Kapitel zu Ende führen
daran haben wir unser größtes Vergnügen
deshalb existieren wir noch
aus keinem anderen Grund

denn außer daß wir denken
und daß wir was wir denken festhalten
soweit es uns möglich ist
interessiert uns nichts mehr
ich meine m e i n Denken
und ich

DENE *legt ihm noch ein Stück Fleisch auf den Teller*
und gießt Sauce darüber

VOSS

Wir sind ja nicht nach England gegangen
auf eine Vergnügungsreise
sondern weil wir unser Denken
auffrischen wollten
Abgestandenes ersetzen wollten durch völlig Neues
ich bin nicht nach Cambridge
um den englischen Doktor zu machen
nicht wegen einer solchen Lächerlichkeit
sondern weil ich eine Chance gesehen habe darin
weiter zu denken
als es mir bis dahin möglich gewesen war
Alle Bindungen an Verwandtschaft etcetera abgebrochen
nur zu diesem Zweck
Wir können nicht denken
wenn wir an Menschen und ihre Bedürfnisse gebunden sind
Das heißt nicht
daß uns die Menschen nicht interessieren
im Gegenteil
weil wir alles mit der größten Intensität
auf sie gerichtet haben
müssen wir uns von ihnen befreien
Immer die Einfachheit gesucht
aber nie gefunden
alles unser Sterbensprozeß
der uns ermöglicht
Wir strengen uns unser ganzes Leben nur an
um zwei drei Seiten unsterblicher Schrift
mehr wollen wir nicht
aber es ist doch gleichzeitig das Höchste
Der Direktor hat nicht verstanden
was ich gesagt habe
die Denkweise des Direktors

ist nicht meine Denkweise
er ist nicht gewillt
mein Denken zu denken
obwohl es doch möglich wäre
daß er mein Denken denkt
Aber ich habe ja nur den Direktor in Steinhof
die Patienten sind absolut stumpfsinnig
das ist das Faszinierende
daß sie so grenzenlos stumpfsinnig sind
richtet sich auf
Endlich wieder gerade gegangen
wißt ihr was das heißt

DENE *gießt Sauce über das Fleisch, von dem Voss kaum gegessen hat*

VOSS
Nur wenn wir krank sind
sind wir glücklich
schaut sich um
Ich dachte
es wäre alles anders
aber ihr habt es nicht geändert
Alles wird anders sein habe ich gedacht
An allem festhalten
ist charakteristisch für euch
Es kann nur ein kurzer Besuch sein

DENE
Was sagst du

VOSS
Nur ein kurzer Besuch
Die Minderwertigkeit des Lebens
sie kommt ganz klar zu Bewußtsein
wenn wir in ein solches Haus zurückkommen
das wir für immer verlassen haben

DENE *wollte ihn mit der Hand berühren, er wehrte ab*

VOSS
Wir gehen zurück
wir gehen zurück
versteht ihr nicht
Lassen Sie meine Schwester ruhig in dem Glauben
ich kehrte nach Hause zurück
ich habe nicht die Absicht

habe ich zum Direktor gesagt
Steinhof den Rücken zu kehren
hier bin ich zuhause nirgends sonst habe ich gesagt
Mein Zimmer steht mir jederzeit zur Verfügung
ich habe mich an Steinhof gewöhnt
ich sterbe in Steinhof
nicht hier
es gibt nichts Abstoßenderes
als im Elternhaus zu sterben
tut das nur
zu euch paßt es
zu mir paßt es nicht
Einen Augenblick habe ich gedacht
es wird schön sein
nur einen Augenblick
Wir suchen immer den richtigen Weg
und befinden uns doch immer schon auf ihm
Kann sein ich bin verrückt
möglicherweise

DENE
Extra für dich gemacht Ludwig
deine Lieblingssauce

RITTER
Laß ihn doch in Ruhe

DENE *als einzige fortwährend und hastig essend*
Ich bemühe mich
aber es wird nicht geschätzt

VOSS
Es ist doch nichts anderes
als ein Verkümmerungsprozeß
unaufhaltbare Existenz
der Langeweile zu entkommen
aber es gelingt nicht
die Langeweile
die nur durch Todesangst
unterbrochen wird
endgültig allein sein
habe ich gedacht
aber es ist nicht gelungen
in Norwegen verkrochen
einer Unzulässigkeit zuliebe

eingesperrt in die Holzhütte
mit einer Idee
erfolglos
alles zunichte gemacht schließlich
jahrelange Züchtigung
jahrelange Beherrschung
in einem Augenblick alles verbrannt
Auch in Norwegen
verweigerte man mir den Eintritt
in das Gasthaus
ein Blick genügte um mich abzuweisen
Wer so anspruchslos ist wie ich
habe ich gedacht
der hat keinen Zutritt
Wir haben Millionen in der Hosentasche
und können nichts damit anfangen
ißt hastig ein paar Bissen
Das Nachdenken ist nicht erregend
sondern ekelhaft
das ist das Schlimme
aber es ist erst dann etwas wert
wenn es ekelhaft ist
ekelhafte Menschen
wertvolle Menschen
Wir haben alles versucht
und sind am Ende
immer alleingelassen
zur älteren Schwester
Mehlspeisen sind immer
deine Stärke gewesen
Kalbfleisch Rindfleisch Schweinefleisch
endeten immer
in einer Brat- und Panierkatastrophe
Die Mutter konnte nicht kochen
sie verabscheute die Küche
Aber da du aushilfsweise gekocht hast

RITTER

Sie hat es nur *auf*gekocht

VOSS

*auf*gekocht hast
ist es gar nicht so schlecht

DENE
Ich wollte nicht
daß die Anna da ist
wenn du heimkommst
VOSS
Heimkommst heimkommst
Ich bin hier nicht daheim
plötzlich ganz leise
Wenn wir uns einem chirurgischen Eingriff unterziehen
kann unter Umständen
unser Leben verlängert werden
aber das will ich nicht
Wahrscheinlichkeit hasse ich
DENE *will Sauce auf seinen Teller gießen, aber er wehrt sie ab*
VOSS
Wir gehen tatsächlich
auf einen Vertrag ein
aber wir brechen ihn
jeder Vertrag muß gebrochen werden
Wenn wir einen Vertrag unterschrieben haben
müssen wir ihn brechen
Verträge sind tödlich
hat schon längere Zeit immer wieder auf das Portrait des Vaters an der ihm gegenüberliegenden Wand geschaut
Entweder wir unterschreiben keine
oder wenn wir sie unterschrieben haben
müssen sie von uns gebrochen werden
die ganze Menschheit wird von Verträgen zusammengehalten
und wird von diesen Verträgen erstickt
steht auf und geht zum Portrait des Vaters, dreht sich nach den verblüfften Schwestern um und nimmt das Vaterportrait von der Wand herunter, es vor sich an seinem Körper haltend sagt er
Den Augenblick fürchtete ich
in welchem ich genau da Platz zu nehmen habe
wo ich die ganze Kindheit
und den Großteil meiner Jugend gesessen bin
meinem Vater gegenüber
Ich habe ihn immer gehaßt

Ich wünschte seinen Tod
sein Tod hatte auf meinen Haß keinen Einfluß
er stellt das Portrait zu Boden und sagt in Betrachtung der anderen an den Wänden hängenden Portraits
Alles widerliche Menschen
von welchen wir alles haben
Es gibt keinen Grund
den Kontakt mit den Toten wieder aufzunehmen
Unsere Erzeuger
haben es uns schlecht gelohnt
daß wir ihre Kinder waren
Wir sind ja nicht ihr Geistesprodukt
er setzt sich genau dem Platz gegenüber an den Tisch, an welchem er, bevor er aufgestanden ist, gesessen war
Es ist doch wahr
es ist nichts als ein Verhöhnungsprozeß

DENE *steht auf und bringt ihm Geschirr und Besteck von dem Platz, auf dem er vorher gesessen war*

VOSS *während seine Schwester ihm wieder Sauce auf seinen Teller gießt*
Das Speisezimmer
von dem alles Unheil ausgegangen ist
Vater Mutter Kinder
nichts als Höllendarsteller
in Suppen und Saucen ist immer alles
das etwas wert gewesen ist
ertränkt worden
hatte ich einen tatsächlichen
hatte ich einen wertvollen Gedanken
ertränkte ihn die Mutter in ihrer Suppe
hatte ich ein tatsächliches
hatte ich ein wertvolles Gefühl
deckte sie es mir mit ihrer Sauce zu
Und der Vater duldete skrupellos
was die Mutter in mir abtötete
deshalb habe ich dieses Speisezimmer
immer gehaßt
von diesem Platz aus
von dem Vaterplatz aus
sind nur Todesurteile gefällt worden

euer Schicksal war nicht anders
aber ich war nicht so durchtrieben wie ihr
ich war mehr oder weniger immer
mit klarem Verstand in die Falle hineingegangen
Die Eltern schämten sich nicht
nicht einmal die Mutter
obwohl Scham ihre Pflicht gewesen wäre
Ich mußte sie tatsächlich und lebenslänglich hassen
um mich erretten zu können
zuerst der englische
dann der norwegische Umweg
geglaubt die Universität in Cambridge ist es
dann geglaubt das Blockhaus im Sognefjord
wir geben alles auf
um alles zu gewinnen
und sind am Ende weniger wert als am Anfang
Daß wir zusammen Musik gemacht haben
als ob es Jahrtausende zurück läge
zur älteren Schwester
Was ist
spielst du noch ab und zu Bratsche

DENE

Neinnein

VOSS

Wir geben beinahe alles auf
wenn wir das Instrument
das wir gelernt haben
aufgeben
Schauspielerei
ist doch eine gemeine Kunst
ein Instrument spielen ist etwas ganz anderes
spricht ein Schauspieler
habe ich fortwährend das Gefühl
die Welt ist eine vulgäre
ganz anders
wenn ein Bratschist die Bratsche spielt
meinetwegen auch nur Klavier
wenn es gut gespielt ist natürlich
zur älteren Schwester
Noch vor ein paar Wochen
hatte ich die Idee

zurückzugehen nach Norwegen
jetzt bin ich aber zu schwach dazu
Und ich habe ja auch keine Ursache
nach Norwegen zurückzugehen

DENE

Warten wir doch ab
was der Doktor Frege sagt

VOSS

Frege
wie kommst du auf den Doktor Frege

DENE

Ich habe dich angemeldet
für morgen nachmittag

VOSS

Unsinn
das hat doch keinen Wert
daß ich zum Doktor Frege gehe
der Mann ist ein Dummkopf
er ist noch schlimmer als alle andern
er hat auch die Eltern frühzeitig
zu Tode gebracht
es gibt Ärzte
die beschleunigen die Krankheiten nur
ruft aus
Frege was für ein Stümper
zu seiner Schwester
Und du hast mich angemeldet
für morgen nachmittag
Da gehe ich nicht hin
zur jüngeren Schwester
Was sagst du dazu
deine Schwester bestimmt ganz einfach
daß ich morgen nachmittag
zum Doktor Frege gehe
Ich gehe zu keinem Doktor mehr
ich suche keinen Doktor mehr auf

DENE

Willst du nicht weiter essen

RITTER

Laß ihn doch in Ruhe
es ist ja nicht so ausgezeichnet

daß man es essen muß

DENE

Sicher nicht
Ihr habt ja beide
fast nichts gegessen
steht auf und fängt an, abzuräumen

VOSS

Ich erinnere mich
als Frege zum letztenmal hier im Hause war
und ich dabei war
war auch dieser Erzbischof da
diese Leute passen gut zusammen
ein Mann wie Frege
rücksichtslos stumpfsinnig
und ein Mann wie dieser Erzbischof
durch und durch abgefeimt
Diese Frege etcetera
sind entsetzliche Menschen
die wir fortwährend fliehen
die uns aber immer wieder einholen
zuerst sind es die Eltern
dann sind es unsere Lehrer
dann sind es diese Frege etcetera

DENE *geht hinaus*

RITTER *steht auf und geht ihr nach*

VOSS *ruft ihnen nach*

Vor diesem Frege müßt ihr euch in acht nehmen
vor diesen Doktoren und Primaren
insbesondere vor den Spezialisten
Alle diese Leute verfinstern
worin wir immer weniger
Bewegungsfreiheit haben
schaut um sich
Immer gehaßt
immer verabscheut
Jugendstilperversität
steht auf und geht ans Fenster, schaut hinaus, hält sich mit beiden Händen den Kopf
Die englische Intensität
die norwegische Konzentration
dreht sich um und schaut dahin, wo die Schwestern

verschwunden sind
ruft
Ich gehe nicht zum Doktor Frege
Du wagst es
mich bei Doktor Frege anzumelden
erregt
Mich mit Doktor Frege zu hintergehen
preßt beide Hände an seinen Kopf
Konzentrationsunfähigkeit
setzt sich wieder an den Tisch, ruft
Kann ich denn in diesem Haus
kein Glas Wasser haben

DENE *kommt und gibt ihm ein Glas Wasser*

VOSS
Frege dieser mörderische Frege
trinkt das Glas Wasser gierig aus
Keinen Arzt bitte
bitte keinen Arzt
alle haben sie mir nur Unglück gebracht
ich will allein krepieren
ohne Ärzte

DENE *Geschirr abräumend*
Deine Erschöpfungszustände
nach dem Essen
nimmt ihrem Bruder das Glas ab

VOSS
Nicht Frege
richtet sich hoch auf
Frege nicht
sinkt zusammen

DENE
Der Direktor meinte
die ersten Tage sind die schwierigsten
Du solltest dich nach dem Essen hinlegen
Ich habe eine wunderbare Mehlspeise gemacht
allein
nicht Anna
ich
Brandteigkrapfen
deine Lieblingsmehlspeise

RITTER *kommt mit einem großen Teller mit Brandteigkrapfen herein und stellt ihn auf den Tisch*
Ganz frische Brandteigkrapfen
RITTER *setzt sich*
DENE
Bald ist alles eingespielt
alles braucht seine Zeit
sie stellt Mehlspeisteller auf den Tisch
Natürlich bist du erschöpft
VOSS
Ich bin ja nicht erschöpft
was heißt das erschöpft
richtet sich hoch auf
eine Erregung
sinkt zusammen
ist ja keine Erschöpfung
richtet sich auf
Man hätte den Namen Frege
nicht aussprechen dürfen
sinkt zusammen
DENE *setzt sich*
VOSS
Dieser Frege
DENE
Ich habe mit dem Direktor gesprochen
ich habe gesagt
was für ein Arzt ist für meinen Bruder der beste
in diesem jetzigen Zustand
sie teilt die Brandteigkrapfen aus
Frege hat der Direktor gesagt
mein Kollege Frege natürlich
VOSS
Kein Arzt
richtet sich auf
schon gar nicht Frege
zieht ganz leicht an der Tischdecke
Inkompetente Leute
Der Direktor ist auch inkompetent
sie nehmen Unsummen
und sind völlig inkompetent
zieht an der Tischdecke

Von Großmutter
nicht wahr
gestickt

DENE

Natürlich
von Großmutter
alle unsere schönen Tischdecken
hat unsere Großmutter gestickt
in der Sommerfrische

VOSS

In der Sommerfrische
haben sie alle gestickt
und Musikerbiographien gelesen
nicht wahr
zieht noch mehr an der Tischdecke
Neinnein
Beherrschung ist alles
nur nicht die Beherrschung verlieren
wir hassen alles Gestickte
auch wenn es die Großmutter gestickt hat

RITTER *lacht laut auf*

VOSS

Die einen sticken
die andern philosophieren sich
durch das Leben
alle haben nur eine Sinnlosigkeit
und natürlich eine Geschmacklosigkeit
als Vorwand
zieht ganz leicht an der Tischdecke

DENE

Ganz frische Brandteigkrapfen
die du so liebst

VOSS

Brandteigkrapfen
die ich liebe
Ludwig
der die Brandteigkrapfen liebt
der die Brandteigkrapfen liebt wie nichts sonst
Die ganze Zeit in Steinhof habe ich an nichts anderes
als an die Brandteigkrapfen gedacht
schaut um sich

Wie in einer Gruft ist es hier
wir sind ja schon begraben
eine köstliche Gruft
in der Brandteigkrapfen serviert werden
riecht an seinen Brandteigkrapfen
der typische Brandteigkrapfenduft
zur jüngeren Schwester
nicht wahr
nicht wahr
für uns werden sie frisch gemacht
damit wir sie aufessen
ruft aus
Die höchste Kunst ist die Backkunst

RITTER *lacht laut auf*

VOSS *riecht wieder an seinen Brandteigkrapfen*
Wenn wir sie das erstemal essen ja
aber dann
dann werden sie immer abgeschmackter
und schließlich hassen wir sie
und dann hassen wir nichts mehr
als Brandteigkrapfen
auch wenn uns andauernd gesagt wird
daß wir die Brandteigkrapfen lieben
wie nichts sonst
zur älteren Schwester
Du denkst ich esse die Brandteigkrapfen
ja vielleicht esse ich sogar einen Brandteigkrapfen
vielleicht
der Teufel sagt
iß den Brandteigkrapfen
den deine Schwester gebacken hat
der Teufel sagt es
der Teufel sagt es
und Ludwig ißt ihn

RITTER *lacht auf*

VOSS
Ludwig ißt den Brandteigkrapfen
den seine Schwester gebacken hat
die ältere hat ihn gebacken
die jüngere hat ihn aufgetragen
und jetzt warten sie beide darauf

daß ich ihre Brandteigkrapfen esse
überdeutlich
Vorgesetztbekommenes
Wenn wir in Betracht ziehen
daß wir mit allen diesen Brandteigkrapfen
mit allen diesen Suppen und Saucen
alt und häßlich und stumpfsinnig und wertlos geworden sind
ist es doch ganz und gar logisch
daß wir auch diese Brandteigkrapfen essen
alle Brandteigkrapfen
die uns jemals auf den Tisch gestellt werden
packt einen Brandteigkrapfen von seinem Teller und ißt ihn wie ein Tier in einem Zuge auf, würgend
Wir fressen ihn auf den Brandteigkrapfen
den unsere Schwester gebacken hat
wir machen den Mund weit auf
und stecken den Brandteigkrapfen hinein
und würgen ihn hinunter
zur älteren Schwester, den Brandteigkrapfen hinunterwürgend
Siehst du wie ich deinen Brandteigkrapfen
hinunterwürge
ein so ekelhafter Brandteigkrapfen
ein so widerwärtiger Brandteigkrapfen
meine Lieblingsmehlspeise
siehst du

DENE *springt auf und will hinauslaufen, bleibt aber erschrocken an der Tür stehen, wie sie sieht, daß ihr Bruder auch noch einen zweiten Brandteigkrapfen in den Mund steckt*

VOSS
Und jetzt den zweiten Brandteigkrapfen
die Lieblingsmehlspeise
meine Lieblingsmehlspeise
die mir meine Schwester immer gemacht hat

RITTER *ißt von ihren Brandteigkrapfen*

VOSS
Meine Lieblingsmehlspeise
meine Lieblingsmehlspeise
er würgt so lange, bis er die Hälfte des Brandteigkrapfens geschluckt hat, und spuckt die

zweite Hälfte blitzartig aus und schlägt mit beiden Handflächen wütend auf die Tischplatte

DENE *dreht sich um und rennt davon*

VOSS *zu Ritter*

Meine Lieblingsmehlspeise
er schlägt mit dem Kopf auf der Tischplatte auf

RITTER *ist aufgesprungen und zu ihm hingegangen*

VOSS *bewegungslos*

Weg
weg mit dir
rühr mich nicht an

RITTER *tritt zurück, schaut in die Küche hinein, geht auf ihren Platz zurück, setzt sich und ißt ihren Brandteigkrapfen zu Ende*

VOSS *richtet sich ganz auf und reißt die Tischdecke an sich und damit alles auf dem Tisch zu Boden*

DENE *stürzt herein*

VOSS *ihr ins Gesicht*

Eine Etude mein Kind
damit ich nicht aus der Übung komme
nur eine Etude
er senkt den Kopf und legt ihn auf die Tischplatte

DENE *und* RITTER *bücken sich und heben Geschirr und Besteck vom Boden auf*

DENE *läuft hinaus und kommt mit Bartwisch und Kübel zurück, kehrt alles auf und wirft es in den Kübel*

VOSS *nach einer Pause unbeweglich*

Ich denke die ganze Zeit
wie spät es ist
preßt beide Hände an den Kopf und lallt
Dem Leben einen Sinn geben

DENE *und* RITTER *gehen hinaus*

VOSS *lallend*

Dem Leben einen Sinn geben

DENE *stürzt herein und holt das Tischtuch, drückt es an sich, dreht sich um und läuft damit hinaus*

VOSS *hebt den Kopf und schaut ihr nach*

Wie sie sich aufregen die beiden
zischend
Parasiten

schreit
Theatermacherinnen perverse
er packt die große Lampe und schleudert sie gegen die Teeküchenflügeltür

Vorhang

Nach dem Mittagessen

Wie vor dem Mittagessen
VOSS *sitzt am Tisch, dem Mutterportrait gegenüber*

RITTER *zigaretterauchend, Weißwein trinkend auf einem Sessel an der Wand*
Du hast richtig gehört
einundfünfzig Prozent
mit diesen einundfünfzig Prozent
hat uns unser Vater
in die dramatische Kunst eingekauft
vorausblickend sozusagen
Vater war ja ein kaufmännisches Genie
und er wußte was für uns lebenswichtig ist
Nur mit dir konnte er nichts anfangen
zeitlebens nicht
macht einen Schluck
Mit diesen einundfünfzig Prozent
bestimmen wir noch heute
wann wir auftreten
und wann nicht
ob in einem Shakespeare
oder nicht
VOSS
Eingekauft in die dramatische Kunst
das ist eine gute Bemerkung
RITTER
Die einundfünfzig Prozent
machen es möglich

daß wir unser Talent nur dann einsetzen
wann es uns paßt
Wir lassen uns nicht willkürlich
und schamlos besetzen
wir lassen uns nicht skrupellos ausnützen
und zugrunderichten
Der Schauspieldirektor hängt sozusagen von uns ab
nicht wir von ihm
macht einen Schluck
Und wenn wir jahrelang keine Lust haben zu spielen
spielen wir nicht
und wenn wir Lust haben
spielen wir Shakespeare etcetera
oder eine Blinde in einem abgeschmackten Stück
einen Zweiminutenauftritt
Die Theaterkunst ist nur da unabhängig
wo sie einundfünfzig Prozent Anteil besitzt
ehrlich gesagt
mich reizt es nur alle paar Jahre einmal
aufzutreten
aber das heißt nicht
daß ich auch nur einen einzigen Tag
mein Talent vernachlässige
seit zwei Monaten übt unsere Schwester die Blinde
vor dem Fenster
und da sie in diesen zwei Minuten eine Minute
zu tanzen hat
besucht sie einen Tanzkurs
wo sie erlernt
wie eine Blinde tanzt
das ist gar nicht so einfach wie du denkst
wahrscheinlich sind wir die einzigen
die sich auf das exakteste auf ihren Auftritt vorbereiten
macht einen Schluck
Wir haben Zeit
uns zu intensivieren
VOSS *der immer wieder auf das Mutterportrait schaut*
Wir drei
haben nie zusammen gepaßt
zu exaltiert
zu außergewöhnlich

Intelligenzgeschwister
tatsächlich von allen verabscheut
oder wenigstens beargwöhnt immer
Unheimlichkeit
was sie uns immer vorgeworfen haben
meine Geisteszertrümmerung zweifellos
Höchstanspruch
Menschensehnsucht selbstmörderische
alle drei
Da wo wir glauben
uns beruhigen zu können
regen wir uns auf
Vermögen zugefallenes
das alle Andern inkompetent gemacht hat
lassen uns beschwätzen
reden uns ein
gerettet werden zu können
Menschensehnsucht selbstmörderische
nimmt ein Notizbuch aus der Rocktasche, schlägt es auf und liest
Alles bis heute falsch gemacht
Zwölfter Juli
also vor zwei Tagen
steckt das Notizbuch wieder ein
So viele Irrtümer angehäuft
steht auf und geht zum Portrait der Mutter
zeigt auf eine Stelle in ihrem Gesicht
Hier
das hast du auch
Darüber denken wir nach
lebenslänglich
über nichts anderes
bis wir aufgeben
weil es keinen Sinn hat
keinen Sinn ergeben kann
flüstert
Unter uns gesagt
Ich gehe nicht zu Frege
ich hasse Frege
ich hasse die Ärzte
aber den Doktor Frege

hasse ich am tiefsten
Diese Leute decken uns fortwährend
mit ihrem Unrat zu
sehen nichts denken nicht
handeln mörderisch
und nennen sich Hausarzt
schaut auf das Mutterportrait
Die Mutter
war die Böswillige
nicht der Vater
die Mutter ist die Schuldige
nicht der Vater
setzt sich
Ein Stück mit Schopenhauer gegangen
mit Nietzsche
fatale Freundschaften
Papierbindungen
Bücherbrüder
gedruckte Liebesverhältnisse
Schließlich nichts
als ekelerregend
In Bücher gehen wir hinein
wie in Gasthäuser
hungrig durstig
ausgehungert mein Kind
Zuerst werden wir freundlich empfangen
bedient
aber immer schlechter bedient
immer noch schlechter bedient
und schließlich verjagt
oder wir selbst verlassen diese Gasthäuser augenblicklich
weil wir ihren Gestank nicht mehr ertragen
das Schlechtgekochte
das Miserabelservierte
aber natürlich nicht
ohne eine ungeheuerliche Rechnung zu bezahlen

RITTER *macht einen Schluck, schenkt sich selbst wieder ein*

VOSS
Wir gehen in diese Philosophien hinein
wie in offene Gasthäuser

und setzen uns gleich an den Stammtisch
und wundern uns
daß wir nicht gleich zur vollsten Zufriedenheit
bedient werden
Wir sind durch und durch verärgert
auch über die widerlichen Leute
die sich mit uns in diesem Gasthaus breitgemacht haben
Wir rufen nach dem Wirt
aber der Wirt kommt nicht
und sind wir möglicherweise
zuerst begeistert gewesen
möglicherweise von der Ausstattung des Gasthauses
so widert es uns schon nach kurzer Zeit an
wir sitzen schlecht
es zieht
ein übler Geruch macht sich breit
wo wir den feinsten Bratenduft erwartet haben
Kleine ekelhafte Kellner bedienen uns
die nichts gelernt haben
die fortwährend stumpfsinnig hin- und herrennen
und alles an den Tisch bringen schließlich
nur nicht das
das wir bestellt haben
Die Speisen sind ungenießbar
die Getränke vergiftet
und dann
wenn wir den Wirt zur Rechenschaft ziehen wollen
heißt es
der Wirt sei schon lange gestorben
So gehen wir in die großen Namen hinein
die uns eine philosophische Mahlzeit versprechen
und sie ist immer nur ungenießbar
Wir gehen in Bücher hinein wie in Gasthäuser
das ist unser Unglück

RITTER *macht einen Schluck*

VOSS

Schließlich meiden wir alle Gasthäuser
gehen in kein Gasthaus mehr hinein
das Schild mag leuchten wie es will
wir laufen daran vorbei
nach einer Pause

Es stellt sich heraus
daß es gar keine Wirte mehr gibt
nur noch skrupellose Pächter
nach einer Pause, nachdem er auf das Mutterportrait geschaut hat
Die Mutter
liebte euch zwei mehr
als mich
Der Vater haßte mich
aber ich liebte ihn
das ist die Wahrheit
Die Jüngste wird immer am meisten
geliebt
verhätschelt
das ist ihre Todesstrafe
ruft aus
Autark
das war es
was der Vater am Ende
immer gesagt hat
Für drei kommende Winter
den Kohlenvorrat in den Kellern haben
ich höre ihn wie er das sagt
und auch
Philosoph Philosoph
der taugt ja nicht einmal
für einen Schauspieler
Gerissene Schwestern
die am Ende viel klüger waren
als er
Großindustriellenkopf
hat ihn sein Bruder genannt

RITTER *fragend*
Onkel Friedrich

VOSS
Nein Onkel Karl
Der humorvolle Kopf
zum Unterschied
vom Humorlosen
schaut abwechselnd auf zwei Portraits an der Wand
Auch die Maler sind stumpfsinnig

auch wenn sie hochbezahlt sind
auch wenn sie hochberühmt sind
Onkel Friedrich
ist auf dem Bild der Humorvolle
Karl der Humorlose
gerade umgekehrt stimmt es
Die Maler haben keinen Blick
schaut nacheinander alle Portraits an den Wänden an
Sie haben sich alle malen lassen
die Dummköpfe
steht auf und nimmt das Mutterportrait von der Wand herunter
während er es in beiden Händen fest an sich drückt
Da gehört es hin
nicht da
hängt es dort auf, wo vorher das Vaterportrait an der Wand war, und hängt das Vaterportrait dort auf, wo er gerade das Mutterportrait von der Wand genommen hat
Es ist doch eine Perversität
daß die Bilder
genau gegenüber hängen
dreißig Jahre auf diese perverse Weise
an der Wand
nicht ein einziges Mal herunter genommen
Aber jetzt ist es auch pervers
findest du nicht
daß sie gegenüber hängen
schlecht gemalt
sehr schlecht gemalt
berühmte Künstler
aber schlecht gemalt
miserabel gemalt
nimmt das Mutterportrait herunter und lehnt es an die Wand und nimmt auch das Vaterportrait herunter und lehnt es an die Wand
Portraitfimmel
Ahnenkult
nimmt das Portrait des Onkels Karl von der Wand und danach das Portrait des Onkels Friedrich und hängt es dort auf, wo er das Portrait des Onkels Karl

herunter genommen hat, und nimmt das Karlportrait und dann auch wieder das Friedrichportrait und setzt sich erschöpft an den Tisch
Darunter haben wir immer gelitten
unter diesen häßlichen Bildern
Die Bilder sind ein Vermögen wert
ein Millionenvermögen
aber sie sind häßlich
einmal sind sie mehr
einmal weniger in der Mode
aber sie sind immer Millionen wert
wie häßlich diese Bilder sind
Unsere Mutter war doch
eine schöne Frau
anziehend
aber auf dem Bild ist sie abstoßend
sie war bösartig
aber auf dem Bild ist sie liebenswürdig
der Vater war kein Grübler
wie auf dem Bild
Die Künstler mißbrauchen alles
schamlos malen sie für Millionen
eine Unerträglichkeit nach der andern
Eine musikalische Familie
wie immer gesagt worden ist
das ist in keinem dieser Bilder
auch nur angedeutet
Malen lassen
das geisterte in ihren Köpfen herum
steht auf und fragt seine Schwester direkt
Ihr habt euch doch nicht auch malen lassen
ihr seid doch nicht
auf einen solchen malenden Scharlatan hereingefallen
Habt ihr euch malen lassen oder nicht
wütend
Ihr habt euch malen lassen
ihr seid schamlos genug
und habt euch malen lassen
von diesen Antikünstlern
die heute überall auftreten
und sich anbiedern

und Millionen für ihre abstoßende Schmiererei verlangen
Ihr habt euch malen lassen

RITTER

Und wenn schon

VOSS

Das hat mir noch gefehlt
daß sich meine Schwestern
malen lassen
in dieser Antikunstzeit
in dieser Dilettantismusepoche
Wo sind denn diese Machwerke
wo sind die Machwerke

RITTER

Auf dem Dachboden
bist du jetzt zufrieden

VOSS

Auf dem Dachboden
auf dem Dachboden
gehören Portraits auf den Dachboden
Portraits gehören nicht auf den Dachboden
ihr habt sie auf dem Dachboden versteckt
damit ich sie nicht sehe
um sie mir zu verheimlichen
wahrscheinlich hängen sie die ganze Zeit
die ich nicht da bin
irgendwo hier an der Wand
ihr habt sie heruntergenommen
und auf den Dachboden befördert
bevor ich hierher gekommen bin
noch gestern
noch heute früh
das ist die Wahrheit
setzt sich erschöpft

RITTER

Die Bilder sind schlecht gemalt

VOSS

Natürlich sind die Bilder schlecht gemalt
Portraits sind immer schlecht gemalt
außer sie sind von Goya
aber Goya hat euch nicht gemalt
in Wien hat Goya nie gemalt

nie in Wien gemalt Goya
plötzlich hoch aufgerichtet
Ich will sie sehen
her mit den Bildern
augenblicklich die Bilder her
RITTER *ist aufgesprungen*
VOSS
Die Bilder her
her mit den Bildern
augenblicklich
RITTER *macht einen Schluck*
VOSS
Was stehst du da
ich habe gesagt die Bilder her
her mit den Bildern
die ein Vermögen gekostet haben wahrscheinlich
RITTER *geht hinaus*
VOSS *zu sich*
Malen lassen
für ein Vermögen malen lassen
für so viel Geld malen lassen
ruft hinaus
Millionen Kinder verhungern in Afrika
und ihr laßt euch malen
zu sich
Malen lassen
meine Schwestern lassen sich malen
wie ihre Eltern sich haben malen lassen
Mäzenatentum widerliches
ruft hinaus
Her mit den Bildern
ich will die Bilder sehen
zu sich, um sich schauend
Leere Wände habe ich immer geliebt
leere Wände
Diese Galerie von Scheußlichkeit
hat mir schon immer den Magen verdorben
steht auf und hängt das Vaterportrait dort hin, wo er das Onkelfriedrichportrait heruntergenommen hatte, und hängt das Karlportrait dort auf, wo er das Vaterportrait heruntergenommen hatte.

Zu sich
Häßliche Bilder
unkünstlerisch
abgeschmackt
Malen lassen
lassen sich malen
Malkunst
niedrige Kunst
ganz und gar niedrige Kunst
setzt sich
Mit Malern gemein gemacht
ruft aus
Mit Malern
sie werden vermögend und reich
und machen sich mit den Malern gemein
Dann sitzt dieses Gesindel überall herum
und verpestet die Luft
Malerausdünstung
künstlerischer Anstrich
steht auf und nimmt ein Mädchenportrait von der Wand
Vielleicht das
begutachtet das Bild
möglicherweise
begutachtet es intensiv
kann sein
nein
keine Kunst
keine Kunst nein
legt das Bild unsanft auf den Tisch
setzt sich
Musik ja
Malerei nein
schaut nach und nach alle Bilder an
Alles Kunstgewerbe
zeitentsprechend

DENE *und* RITTER *kommen mit ihren Portraits herein*

VOSS
Ihr habt euch malen lassen
malen lassen

DENE *und* RITTER *zeigen nur die Rückseite der Bilder*

VOSS

Warum dreht ihr sie denn nicht um
dreht sie doch um
wenn es sich doch um Kunstwerke handelt
wahrscheinlich
von einem berühmten Künstler
Zeitgenössisches
hat mich immer abgestoßen
Zeigt euch her
wie seht ihr aus
wie hat euch euer Künstler gemalt

RITTER *und* DENE *zeigen ihm die Vorderseiten ihrer Portraits*

VOSS

Und diese Geschmacklosigkeit
soll ich meinen Schwestern verzeihen
dazu habe ich keine Lust
ekelhafter Manierismus
ich frage nicht
was diese Scheußlichkeiten gekostet haben
als hätte sie einer von diesen
Rolls Royce-Fahrern gemalt

RITTER *und* DENE *stellen die Portraits an der Wand ab*

VOSS

Malen lassen
und mit der Schamlosigkeit gemein gemacht

RITTER

Ich finde die Bilder nicht so schlecht

VOSS

Nicht so schlecht
du findest sie nicht so schlecht

RITTER

Du hast nie eine Beziehung
zur Malerei gehabt

VOSS

Nicht gehabt nie gehabt
nie gehabt

RITTER

Nie gehabt

VOSS

Und warum habt ihr die Bilder

auf dem Dachboden versteckt
doch nicht
weil sie so großartig sind
Häßlich
und nicht einmal eine Ähnlichkeit
mit euch
und unkünstlerisch

RITTER
Ein junger Künstler
ein ganz junger Maler

DENE
Ein Freund von Doktor Frege
hat ihn Frege vermittelt

VOSS
Frege vermittelt

RITTER
Ein junger Amerikaner

DENE
Dessen Großeltern
nach Amerika ausgewandert sind
aus Deutschland

RITTER
Ein begabter Künstler

VOSS *steht auf und nimmt die Schwesternportraits und betrachtet sie*
Das ist ja eine Bankrotterklärung
eine Bankrotterklärung
wirft die Schwesternportraits auf den Tisch
Ein Vermögen
für eine Gemeinheit
schaut die Bilder auf dem Boden an
Da sind ja diese Machwerke
noch Kunstwerke
setzt sich

DENE *nimmt die Schwesternportraits*

RITTER *bedeutet ihr, damit hinauszugehen*

DENE *geht damit hinaus*

VOSS
Ich kann nicht einmal sagen
bis zur Unkenntlichkeit verstümmelt
denn das wäre dann doch etwas

RITTER

Es ist ja nur einem jungen Künstler
geholfen worden

VOSS

Jungen Künstlern ist nicht zu helfen
es gibt keinen größeren Unsinn
als jungen Künstlern zu helfen
überhaupt Künstlern zu helfen
ist Unsinn
Die Künstler sollen sich selbst helfen
vor allem die jungen Künstler
sollen sich selbst helfen
dadurch wird ja aus den jungen Künstlern nichts
weil ihnen andauernd geholfen wird
wer einem Künstler hilft
vernichtet ihn
vor allem wer einem jungen Künstler hilft
zerstört und vernichtet ihn
das ist die Wahrheit
Das Mäntelchen des Mäzenatentums umhängen
es gibt nichts Abstoßenderes
Aber was gesagt wird
wird nicht gehört
Mich hat das Mäzenatentum
immer abgestoßen
Reiche Leute
Mäzenaten
verlogene
stützt seinen Kopf mit beiden Händen
Den Bruder in Steinhof besuchen
alles Heuchelei
ihn hintergehen zuhause
sich malen lassen
sich malen lassen
und das Gemalte auch noch aufhängen
und wenn der Bruder nach Hause kommt
das Aufgehängte von den Wänden herunter nehmen
und auf dem Dachboden verstecken
plötzlich
Es war ihre Idee
nicht wahr

nicht deine

RITTER

Es war meine Idee
Doktor Frege

VOSS

Doktor Frege
hat es euch vorgeschlagen

RITTER

Ja Doktor Frege

VOSS

Doktor Frege Doktor Frege Doktor Frege
Nicht genug daß er eueren Bruder ruiniert hat
laßt ihr euch noch
auf seine Vermittlung hin malen
Aber während diese Scheußlichkeiten
in die Kunstgeschichte eingegangen sind längst
schaut die Bilder auf dem Boden an
gehen diese Machwerke nicht in die Kunstgeschichte ein
diese Zeit geht nicht in die Kunstgeschichte ein
als weißer Schandfleck ja
als Katastrophe ja
als Kunstkatastrophe
als ein riesiger Kunstkrater
in den die Leute in hundert Jahren hineinschauen
und aus dem es nur herausstinkt
sonst nichts
sonst nichts
sonst nichts
schaut um sich
Leere Wände habe ich immer gesagt
mein norwegisches Blockhaus
ist ja ganz leer
kein Bild nichts
Leere Wände
steht auf und nimmt die restlichen Bilder von den Wänden und stellt sie nacheinander auf den Boden
Aber es muß natürlich
ausgemalt werden
oder tapeziert werden frisch
fünfzig Jahre ist nicht ausgemalt worden
nicht tapeziert worden

dieser Geruch
sieht sich die Tapete da an, wo er die Bilder heruntergenommen hat
So war sie einmal
die Tapete
Auch nicht besser
Das Neue ist ja noch abstoßender
Und überhaupt gehört hier
einmal etwas geändert

DENE *kommt herein*

VOSS
Es ist unser Haus
nicht mehr das der Toten
will die Kredenz anschieben, aber es gelingt ihm nicht
So helft mir doch
helft mir doch

RITTER *und* DENE *versuchen mit ihm, die Kredenz anzuschieben, aber es gelingt ihnen nicht*

VOSS
So schiebt doch an
schiebt doch an

RITTER *und* DENE *wollen anschieben, aber es geht nicht*

VOSS
Einen halben Meter nach links
einen halben Meter
einen halben Meter nur
Alle schieben an, aber die Kredenz rührt sich nicht

VOSS
Nur einen halben Meter
vielleicht ist sie angenagelt
bückt sich und schaut unter die Kredenz
erhebt sich wieder
Schiebt an
nur einen halben Meter
die Kredenz rührt sich nicht
Anschieben
Konzentrieren und anschieben
Alle schieben ruckartig an und in der Kredenz fällt Geschirr durcheinander

RITTER *lacht laut auf*

DENE
Entsetzlich
VOSS
Das ist die Folge
leicht ganz leicht anschieben
habe ich gesagt
nicht ruckartig
kräftig aber nicht ruckartig
setzt sich erschöpft an den Tisch
DENE *macht die Kredenztüren auf und nimmt nach und nach einen Haufen Scherben heraus*
Die schönen Herendteller
die schöne böhmische Teekanne
mein Gott
dreht sich nach ihrem Bruder um
Die schönsten Stücke zerbrochen
RITTER *hat sich auf den Sessel vor dem Fenster gesetzt und eine Zigarette angezündet*
DENE
Die schönsten Stücke
VOSS
Leicht habe ich gesagt
kräftig aber leicht
nicht ruckartig
DENE *geht hinaus und kommt mit Schaufel und Bartwisch zurück und kehrt die Scherben zusammen*
VOSS *der längere Zeit auf die Uhr geschaut hat*
Wenn wir die Uhr
nur einen halben Meter weiter nach links stellen
ist es schon besser
aber das mache ich allein
DENE
Warum willst du denn die Uhr wegstellen
VOSS
Solange ich denken kann
stört es mich
daß die Uhr dort steht
Nur einen halben Meter nach links
vielleicht nur auf Probe
geht zur Uhr und schiebt sie ein wenig nach links und tritt zurück und betrachtet sie

geht so weit als möglich zurück und betrachtet sie
Nein
nicht gut
nicht gut
geht zur Uhr und schiebt sie wieder auf ihren ursprünglichen Platz und tritt einen Schritt zurück und beobachtet sie
Wahrscheinlich
gehört die Uhr
gar nicht ins Speisezimmer
es ist ja eine Gemeinheit
eine Uhr im Speisezimmer
Was sagt ihr dazu
wohin stellen wir die Uhr
aber die Uhr muß hinaus
ich ertrage den Anblick der Uhr nicht
setzt sich an den Tisch

DENE *mit den Porzellanscherben hinaus*

RITTER
Vielleicht in den kleinen Salon
im kleinen Salon ist keine Uhr

VOSS
Ja im kleinen Salon ist keine Uhr
Da paßt sie hin
in den kleinen Salon

RITTER *steht auf und drückt auf den Plattenspieler und setzt sich wieder*
Beethovenstreichquartett ganz leise

VOSS *die Uhr anstarrend*
In den kleinen Salon
du hast recht
da gehört sie hin
im Speisezimmer ist sie abgeschmackt
und sie geht ja auch gar nicht richtig
sie geht eine halbe Stunde vor
und sie muß jeden zweiten Tag aufgezogen werden

DENE *kommt herein und setzt sich auf einen Sessel ziemlich weit von* RITTER *entfernt*

VOSS *auf die Decke schauend*
Eines Tages stürzt sie ein
und tötet euch

Aber das erlebe ich nicht mehr
schaut die Wände entlang
Kalk ist gesund
frischer Kalk
weißer frischer Kalk
Schon unser Vater litt unter Tapetenhaß
Die Frauen sind für die Tapeten
hassen Kalk
die Frauen hassen Kalk
das ist erwiesen

DENE *steht auf und hebt zwei, drei Scherben vom Boden auf, die sie vorher übersehen hat*

VOSS
Die einen hassen die Tapeten
die andern hassen den Kalk
wir können die Menschheit
ohne weiteres in diese zwei Teile teilen
in den Teil der die Tapeten haßt
und in den Teil
der den Kalk haßt
plötzlich
Die Streichquartette
haben mich immer beruhigt
ich darf sie mir spielen
sooft ich will
hat der Direktor gesagt
auch bestechlich
Unsummen ihm in die Manteltasche gesteckt
diese Leute nehmen jede Summe
ich darf die Streichquartette hören
ich darf lesen
ich darf mich g e i s t i g b e s c h ä f t i g e n
wie der Direktor immer sagt
Die Reichen leben von der Bestechung
Und gegen acht höre ich die Eroica
unter Knappertsbusch
nimmt sein Notizbuch aus der Rocktasche und liest
Siebenundzwanzigster Mai Eroica
achtundzwanzigster Mai Eroica
neunundzwanzigster Mai Eroica
dreißigster Mai Eroica

einunddreißigster Mai Eroica
erster Juni Eroica etcetera
schlägt ein paar Seiten weiter auf und liest
Ältere Schwester
Logik eins
brav abgeschrieben
schlägt das Notizbuch zu
Exakte Buchführung
außerordentlich exakte Buchführung
schlägt das Notizbuch auf, blättert, liest
Ältere Schwester
geschmacklos gekleidet wie immer
sitzt stundenlang da
redet nichts
versteht nichts
jüngere Schwester
nie gesehen auf dem Theater
sicher untalentiert Rufzeichen
wie die ältere Rufzeichen
kommen aber immer wieder zum Zuge
weil unser Vater einundfünfzig Prozent
der Anteile des Theaters
in dem sie von Zeit zu Zeit
in Klammer aus Langeweile auftreten
gekauft hat
Vorkriegsaktien
schlägt das Notizbuch zu, steckt es wieder ein
Eine Kostprobe

DENE *geht hinaus*

RITTER *zündet sich eine Zigarette an*
Unser Grübler
unser Alleswisser
unser charmanter Notiziar

VOSS
Bin ich in London
sage ich mir
Norwegen ist das Richtige
bin ich in Norwegen
sage ich mir London
dann gehe ich wenn ich nicht weiter weiß
nach Steinhof

Aber ich bin nicht entmündigt
das müßte euch doch zu denken geben
ich bin der einzige in Steinhof
der nicht entmündigt ist
ich genieße die Narrenfreiheit kleine Schwester

RITTER

Möglich

VOSS

Möglich sagst du
möglich
immer denke ich du bist völlig untalentiert
und dann doch immer wieder
du bist die Talentierteste
auf dem Theater
Sie ist so leicht verletzt
deine Schwester
eine Geringfügigkeit
und sie ist beleidigt
angerührt
überhaupt
wir tun den Menschen nichts
und sie sind uns böse
wahrscheinlich wäscht sie ab
bügelt

RITTER

Sie hat sich sehr bemüht
dir eine Freude zu machen
deine Rückkehr
verschönern wollen

VOSS

Verschönern wollen
Freude machen
weibliche Unsinnigkeiten
Ich habe gesagt
ich gehe nur auf ein paar Tage nach Hause
nur ein paar Tage habe ich gesagt
wie es hier ist
wollte ich sehen
aber es ist
wie ich es mir vorgestellt habe
Und weil ich ein Buch suchte

ein ganz bestimmtes Schopenhauerexemplar
aber ich finde es nicht
viele fehlende Bücher
weiß Gott wo die Bücher hingekommen sind
Ich will mit ihr sprechen
und sie hat es eilig
Getuschel hinter meinem Rücken mit dem Direktor
wegen Frege
diesem Mann ausliefern
der sich Hausarzt nennt
Wir gehen hin
weil uns die Blase weh tut
und er schaut uns in die Ohren
wir sagen es schmerzt uns im rechten Knie
er klopft uns auf der Brust ab
weil wir keine Krankenkasse haben
tragen wir ein Vermögen zu diesen Leuten
ungeheuerer Spezialistenverschleiß
die Medizin ist eine perverse Denkmalpflege
Da es jetzt wieder modern ist
die Haare kurz zu schneiden
lasse ich sie mir wachsen
ich gehe nicht mit der Mode
Mode habe ich immer gehaßt
ihr geht mit der Mode
streckt die Beine aus, nimmt sein Notizbuch aus der Rocktasche, blättert, liest
Eine Welt die fortwährend
Ursache mit Wirkung verwechselt
Leide an Größenwahn
das ist richtig
vertraute Schopenhauer
vertraute Nietzsche
vertraute mir nie
war plötzlich immer wieder
von allen verlassen
Darunter steht
Schuhe geputzt um halb drei Uhr nachts
macht das Notizbuch wieder zu, steckt es ein
Schauspielerei
Ehrabschneidung

Unterhaltsamkeitswelt
RITTER *zündet sich eine Zigarette an*
VOSS
Deine Schwester
leidet unter Verfolgungswahn
Geschirrfetischismus
Porzellankrankheit
Eine Freude machen
indem sie mir Brandteigkrapfen
auf den Tisch stellt
und nicht hören will
was ich sage gleichzeitig
verachtet mein Innerstes
aber fordert
daß ich ihre Brandteigkrapfen esse
Ich esse sie ja wie du siehst
mit Abscheu
Gehe nicht zu Doktor Frege
Frege ist schuld
daß ich überhaupt krank bin
fragend
Bin ich krank
ich bin krank
ich bin nicht krank
Ich sage zu deiner Schwester
ich will in ein Konzert
und sie kauft ein ganzes Abonnement
ich sage ich will einen Brandteigkrapfen
und sie setzt mir Dutzende vor
ich sage ich will meine Ruhe haben
und sie fragt mich andauernd
ob ich Ruhe haben will
Haben wir einen Fehler gemacht
haben wir Tausende Fehler gemacht
sind wir einmal in den Bach gefallen
sind wir sehr oft in den Bach gefallen
haben wir einmal gelogen
haben wir immer gelogen
Was wir auch tun und was wir auch sagen
es wird auf das teuflischste vervielfältigt
Aber sie schreibt meine Manuskripte sorgfältig ab

das muß ich ihr lassen
flüstert
Aber ich halte mich zurück mit Lob
loben wir
werden wir sofort ausgenützt
sagen wir etwas Lobendes
wird es uns sofort heimgezahlt
richtet sich auf und schaut auf die Decke
Ein Erdbeben wirkte sich allerdings
verheerend aus
aber die alten Häuser
stürzen ja nicht ein
siehe San Francisco
siehe San Francisco
ich wünschte dieses Land
verschwände eines Tages
oder noch besser
urplötzlich in der Nacht
durch ein Erdbeben
vom Erdboden
dieses scheußliche Vaterland
Dann denke ich wieder
daß wir kein besseres haben
steht auf und geht zu seiner Schwester und zeigt ihr seine Hand
Hier siehst du
habe ich mich verbrannt
eine Brandwunde
nicht unabsichtlich
ich hielt das Kerzenlicht
so lange unter meiner Hand
bis sie halb durchgebrannt war
und hier am Hals
zeigt es
habe ich noch den Beweis
für meinen Strangulierungsversuch
Was ist denn das
hat der Assistenzarzt gefragt
auf seine gefinkelte Weise
Ein Strangulierungsversuch
in der vergangenen Nacht

habe ich geantwortet
darauf hat er laut aufgelacht
Ja warum haben Sie sich denn nicht ganz aufgehängt
hat der Assistent gesagt
Ich bin ja nicht verrückt
habe ich ihm geantwortet
ich hänge mich doch nicht auf
das wissen Sie doch
ein Strangulierungsversuch sagt ja noch nicht
daß ich die Absicht habe
mich aufzuhängen
neinnein habe ich gesagt
wie Sie wissen
bleibt alles
was mich betrifft
in einem Versuch stecken
darauf hat der Assistent wieder laut aufgelacht
Da haben Sie einen Tausendschillingschein
habe ich zu ihm gesagt
und verschwinden Sie
er nahm den Tausendschillingschein
und verschwand
flüstert
Die Assistenten sind bestechlich
und am bestechlichsten
sind die Assistenten der Assistenten
Nur weil ich sie alle mit Tausendschillingscheinen füttere
existiere ich noch
Steinhof ist eine Bestechlichkeitsanstalt
Die kein Geld haben
überleben nicht lange
das ist die Wahrheit
sie hassen jeden Neuangekommenen
auf mich freuen sie sich
Worringer kommt
geht wie ein Lauffeuer durch Steinhof
das schallt durch die ganze Anstalt
der Millionär Worringer kommt
heißt es
da stürzen alle diese weißen Kittel herein
und verbeugen sich

und lassen sich von mir füttern
Wenn ich sagen würde
sie sollen mir den Hintern auswischen
wie ich es will
natürlich wie ich es will
sie rissen sich darum
Dafür lasse ich ihnen das Schimpfwort Philosoph
das sie sich mir gegenüber angewöhnt haben

DENE *kommt mit einem Haufen langer Baumwollunterhosen herein*

VOSS
Was ist denn das

DENE
Ich habe dir neue Unterhosen gekauft

VOSS *kontrolliert die Unterhosen*

DENE
Frisch gewaschen und gebügelt

VOSS
Das sind ja wunderbare Baumwollunterhosen
Ob sie auch passen

DENE *nimmt eine Unterhose und gibt sie ihm*
Es ist deine Größe

VOSS
Meine Größe

RITTER *lacht auf, steht auf und stellt das Streichquartett leiser*

VOSS
Meine Größe sagst du
meine Größe
er hält eine Unterhose vor sich hin, schaut zu Boden
Meine Größe
mag sein meine Größe

RITTER *setzt sich wieder*

VOSS
Aber sind sie nicht zu weich
ich hasse weiche Unterhosen
ich habe sie immer gehaßt
das ganze Leben
hatte ich zu weiche Unterhosen

DENE
Du hast immer Seidenunterhosen angehabt

VOSS

Weil sich das meine Mutter
in den Kopf gesetzt hatte
und ich hatte es mir zur Gewohnheit gemacht
und immer nur Seidenunterhosen

DENE

Ganz grobe Baumwollunterhosen

VOSS

Ja

DENE

Aus der Schweiz

VOSS

Schweizer Baumwollunterhosen
sogenannte Gebirgsbaumwollunterhosen

RITTER

Die bewährte Montblanchose

VOSS

Montblanchose
natürlich
die bewährte Montblanchose
sie paßt wirklich
am liebsten würde ich sie sofort anziehen
fragend
ja

DENE

Neinnein
hier nicht
nicht jetzt
nicht hier
doch nicht im Speisezimmer
hier
jetzt

RITTER

Warum denn nicht
Wenn er es will
warum soll er denn nicht jetzt und hier
die Unterhose anziehen
steht auf und betastet die Unterhose, die Voss noch immer in Händen hat, ruft aus
Phantastisch
die bewährte Montblanchose

Zieh sie doch an hier
warum denn nicht

DENE
Das geht doch nicht

VOSS *zieht seinen Rock aus und legt ihn auf den Tisch und knöpft sich schon die Hose auf und will sie ausziehen*

RITTER
Das ist doch lächerlich
warum soll er denn nicht jetzt
die Unterhose anziehen

DENE
Ohne mich
das geht doch nicht
gib her
sie reißt ihm die Unterhose aus den Händen
sei vernünftig

RITTER
Warum hast du die Unterhosen hereingebracht jetzt
wenn er sie nicht anziehen darf

VOSS
Nicht darf
nicht darf
darf nicht

RITTER *zu ihm*
Du darfst nicht
du hast ja gehört
du darfst nicht

DENE *zu ihrer Schwester*
Schamlose Person
dreht sich um und geht hinaus

RITTER *ruft ihr nach*
Dumme Gans
zu ihrem Bruder
Sie liebt dich
unglücklich
nach wie vor
sie hat sich nicht geändert
sie hat herausbekommen
daß du lange grobe Baumwollunterhosen liebst
sofort hat sie einen Haufen

dieser langen groben Unterhosen gekauft
VOSS *knöpft sich die Hose wieder zu*
RITTER
Warum hast du die Unterhose
nicht angezogen
du hättest die Hose ausziehen
und die Unterhose anziehen sollen
Ach ihr widert mich an
geht auf ihren Platz zurück und setzt sich und zündet sich eine Zigarette an
Du hättest die Unterhose anziehen sollen
diese falsche verlogene Scham
VOSS *zieht seinen Rock an*
RITTER
Von Kindheit an verlogen
über ihre Schwester
Was glaubst du was sie jetzt tut
stellt das Streichquartett ab
Sie steckt ihr Gesicht
in die Unterhose
die du in den Händen gehabt hast
Bringt ins Speisezimmer deine Unterhosen
und hindert dich daran
die Unterhose anzuziehen
plötzlich aufgeregt
Wo hast du dich verbrannt
Wo
zeig her
ich will es noch einmal sehen
zeig her
VOSS *geht zu ihr hin*
RITTER *nimmt seine Hand und schaut auf die Narbe*
Ein großes Loch
schaut in sein Gesicht
Mit der Kerze sagst du
selbst in die Hand hineingebrannt
selbst
In der Nacht wahrscheinlich
VOSS *nickt*
RITTER
Tat es sehr weh

VOSS *nickt*

RITTER

Aber ganz durch
gelang dir nicht
das wäre ein Triumph gewesen
die Hand ganz durchgebrannt selbst

VOSS *nickt*

RITTER

In aller Heimlichkeit
sie zieht ihn an sich und will ihn küssen
zuerst weigert er sich, dann drückt er sie fest an sich,
um sie zu küssen, bis sie ihre Schwester kommen hören

RITTER *stößt ihn weg*

Bist du wahnsinnig
du brichst mir ja das Genick

DENE *ist eingetreten, fragt*

Trinken wir
Schwarzen Kaffee

RITTER

Ja natürlich
nicht wahr Ludwig

DENE *geht wieder hinaus*

VOSS *setzt sich an den Tisch*

RITTER

Hast du sie dir genau angeschaut
geht zum Plattenspieler und legt die Eroica unter
Knappertsbusch auf
Was ich gesagt habe
Die Eroica ganz leise
Sie hat ihr Gesicht
in deine Unterhosen gesteckt
Das gehört doch
zur Therapie
nicht wahr
Solange der Vater gelebt hat
durfte die Eroica nicht gespielt werden
Im übrigen haßte er Knappertsbusch
er liebte Furtwängler
setzt sich wieder und streckt die Beine aus
Die Wiener haben alle
einen Beethovenkomplex

einen Schubertkomplex
oder einen Beethovenkomplex
darunter leiden sie alle
im Cottage leiden sie alle darunter
ruft aus
Wir sind Cottagegeschöpfe
Cottagegeschöpfe sind wir
Ludwig
wir sind Cottagegeschöpfe
Geschirrgeklirr, wie wenn die ältere Schwester hinter der Teeküchentür hingefallen wäre

RITTER *springt auf*
Jetzt ist sie auch noch hingefallen
die dumme Gans

VOSS *will hinaus*

RITTER *stößt ihn zurück*
bleib da
sie macht die Tür auf
Hast du dich verletzt
du blutest ja
komm

VOSS *beobachtet, wie die jüngere die ältere Schwester vom Boden aufhebt*

DENE *nachdem sie aufgestanden ist*
Gestolpert

RITTER
Ja

DENE
Mich macht alles verrückt

RITTER
Du mutest dir einfach zu viel zu

VOSS *dreht sich um und geht zum Tisch und dreht sich wieder um und beobachtet die beiden*

DENE
Schade um den Kaffee

RITTER
Achwas
um das Geschirr ist schade
um das Geschirr

DENE
Das schöne Großmuttergeschirr

RITTER

Ausgerechnet das böhmische Großmuttergeschirr

VOSS

Die Nervosität ist ein Übel

DENE *und* RITTER *schauen auf ihren Bruder*

VOSS

Wahrscheinlich ein Wetterumschwung
Zusammenziehung von Unheil
wahrscheinlich

RITTER *und* DENE *klauben die Geschirrscherben zusammen*

VOSS

Was wir lieben
aufeinmal liegt es auf dem Boden
das schöne Großmuttergeschirr
Fatalitätsmechanismus
schaut um sich, während die Schwestern alle Scherben zusammenklauben
Zu Frege gehe ich nicht
nicht zu Frege
nimmt sein Notizbuch aus der Rocktasche, schlägt es auf, blättert und liest
Schwestern rotunterstrichen
Infantilismus
exzessiver Infantilismus
klappt das Notizbuch zu und steckt es wieder in die Rocktasche
Das Jahrhundert der Unsicherheit
nach einer Pause
Totale Verdummung an der Jahrtausendwende

RITTER *und* DENE *sind mit den Scherben aufgestanden*

VOSS

Verlogene Glaubensgemeinschaft
Anhaltender Lebensüberdruß
Der Direktor hat gesagt
es wird eine Zeit kommen
in der es auch in Steinhof
keine Erbsensuppe mehr gibt

RITTER *und* DENE *gehen hinaus*

VOSS *ruft ihnen nach*

Reichtum verpflichtet vergeßt das nicht

setzt sich an den Tisch und starrt auf die Kredenz
Um einen halben Meter nach links
Zuerst ausräumen
dann schieben
schaut auf die Uhr
Die Uhr muß weg
hundert Jahre gegen den Analphabetismus gekämpft
und nichts erreicht
schaut auf die Speisezimmerdecke
Wenn wir es veröffentlichen
sind wir tot
schaut um sich
Immer Vorliebe für Baumwolle gehabt
steht auf, geht zum Plattenspieler und dreht die
Eroica so laut als möglich auf und hängt nacheinander
alle vorher von ihm von den Wänden herunter-
genommenen Portraits wieder auf, alle seitenverkehrt,
und stellt die Eroica dann ganz ab
setzt sich danach völlig erschöpft auf einen Sessel
an der Wand
Das Doktorat haben sie mir nicht gegeben
in Cambridge
alle waren gegen mich
obwohl ich das Doktorat haben wollte
ich sagte immer ich will es nicht haben
und wollte es doch
ich will es nicht
es sei eine Lächerlichkeit
und wollte es doch
sehr deutlich
Nicht gegeben
mir
Wir gehen mit Schopenhauer in die Irre

RITTER *und* DENE *kommen mit Kaffee herein und*
decken den Tisch

VOSS

Großes Geometriebedürfnis
großes Kaffeebedürfnis
kein Gesellschaftsbedürfnis

DENE

Ich verlangte Größe Fünf

die hatten sie nicht
ich hatte drei Tage warten müssen
alle wollen sie jetzt
diese Baumwollunterwäsche

RITTER
Wo wir so viel Geschirr haben
macht es nichts

DENE
Ja

VOSS
Viel Zucker bitte

RITTER
Wo ist der Zucker

DENE
Ich geh schon
geht hinaus

RITTER *zündet sich eine Zigarette an*
fragt
Hast du das norwegische Blockhaus noch

VOSS *nickt*

RITTER
Ich dachte
du hast es verkauft

VOSS *schüttelt den Kopf*

RITTER
Und wann gehst du wieder nach Norwegen

VOSS
Ich weiß es nicht

RITTER
Da müßtest du ja auf einen Felsen hinaufsteigen
um überhaupt hinzukommen
das kannst du ja gar nicht mehr
dazu bist du doch viel zu schwach
setzt sich an den Tisch
Du bist der einzige Privilegierte in Steinhof
Du kannst dort machen was du willst
f a s t alles
Du bezahlst ja auch siebentausend am Tag
du kannst noch jahrelang in Steinhof bleiben

DENE *kommt mit einer Zuckerdose herein und stellt sie auf den Tisch*

RITTER *zu ihr*

So setz dich endlich
du bist ja die Nervosität selbst
Ludwig ist es nicht
du bist es

RITTER *und* DENE *entdecken, daß die Bilder jetzt seitenverkehrt an den Wänden hängen*

RITTER *schaut zum Fenster hinaus*

Verregneter Nachmittag wahrscheinlich
da ist es im Bett am besten

DENE

Ich werde bügeln

RITTER

Es gibt nichts Schöneres
als einen verregneten Nachmittag im Bett
Alle drei trinken Kaffee

Vorhang

Ritter, Dene, Voss, intelligente Schauspieler. Während der Arbeit, die ich zwei Jahre nach dieser *Notiz* abgeschlossen habe, waren meine Gedanken hauptsächlich auf meinen Freund Paul und auf dessen Onkel Ludwig Wittgenstein konzentriert gewesen.

Th. B. Juni 1984

Einfach kompliziert

Für Minetti

He was in the right; and so, indeed, it is.
King Richard the Third

Ein Jahr Ludwigshafen
das erniedrigte dich
das hätte dir beinahe den Kopf gekostet

Personen

ER, *ein alter Schauspieler*
KATHARINA, *neun Jahre alt*

Verwahrlostes Zimmer

Ein Sessel links, ein Sessel rechts an der Wand
Ein Fenster rechts, eine Tür links
Ein Tisch mit einem Sessel
Eine Kiste
Ein Nachttopf
Ein Kübel
Ein Eiskasten
Ein Tonbandkasten auf dem Boden

Erste Szene

In der Frühe

ER *kniet in einem schäbigen schwarzen Anzug und in großen Filzhausschuhen mit Leiterschnalle und mit einer am Hals hängenden Brille auf dem Fußboden und nagelt eine Sesselleiste an*
Nachdem er sich mehrere Male im Zimmer umgeschaut hat
Wenn mich jemand sieht hier
in dieser Pose
betrachtet den zuletzt eingeschlagenen Nagel
Mittäterschaft
Handwerkergeringschätzung
schaut um sich
Wir haben alle unsere Talente
verkümmern lassen
Ausgezeichnet für Verschrobenes
doktoriert in Mathematik
Ehrengast auf der Insel Man
Neben dem Vizekönig von Indien gesessen
betrachtet den zuletzt eingeschlagenen Nagel
Noch einen Schlag
einen Schlag noch
schlägt auf den Nagel
schaut um sich
Mäuse
Wer hätte das gedacht
Wie wir hier eingezogen sind
gab es keine Mäuse in der Hanssachsstraße
Die Mäuse sind übriggeblieben
Alle weggestorben
ausnahmslos
zuerst die Schwestern
dann der Bruder
Zuerst Angst vor Kopfbedeckungen
dann die Kopfbedeckung
zur Voraussetzung gemacht
Kein medizinisches Problem

habe ich gesagt
sie glaubten mir nicht
Immer pünktlich gewesen
Verläßlichkeitsfanatiker
Jede Verabredung eingehalten
Pünktlichkeit zur Methode gemacht
Niemals unpünktlich
Entweder wir verkommen
oder wir sind pünktlich
Sterbenschronologie
zuerst der Großvater
dann die Großmutter
dann die Mutter
dann der Vater
jedes Jahr eine Schwester
und der Bruder
schaut um sich
Aus dem Staub gemacht
ich bin der Dummheit davongelaufen
Schulisches
Außerschulisches Entsetzen
Aber wenn wir unsere Krämpfe nicht gehabt hätten
hebt den Hammer hoch in die Luft und betrachtet ihn
Aus dem Herzen eine Mördergrube gemacht
Intelligenzlerleben
Kein Fürsorgecharakter
läßt die Hand mit dem Hammer fallen, erschöpft
Wir bereiten uns unser Unglück selbst zu
wie eine unappetitliche Suppe
und löffeln sie aus
unersättlich
schaut zur Tür
Geschmacksache hat er gesagt
Ich bin ihm auf die Schliche gekommen
Wir lieben den Bruder bis an unser Lebensende
auch wenn wir ihn jeden Augenblick hassen
hassen mußten
mußten
schaut zum Fenster
Das Wort Kapitulation
nie ausgesprochen

nie aufgegeben
Auf in den Kampf
betrachtet den zuletzt eingeschlagenen Nagel
Im Prinzip
bin ich immer ein Feinschmecker gewesen
naturgemäß nicht
auf die primitive Weise
Feinschmecker des Geistes
Alle verkümmerten
ich nicht
alle sind sie abgestorben
ich nicht
Ich bin ein Genie
habe ich mir immer wieder gesagt
gegen alle Widersprüche
Wir verzweifeln schon sehr früh
Die Verzweiflung ausgenützt
mich aus Verzweiflung
zum Genie gemacht
Wo die Lüge alles beherrscht
entwickelt sich das Genie unauffällig
Ich bin kein Idiot
habe ich gesagt
ich bin renitent
aber kein Idiot
will aufstehen, aber es gelingt ihm nicht
In Frankreich an der Sorbonne studiert
in Göttingen
in Cambridge
alles nichts genützt
Bücherverächter
Wissenschaftsverluderer
Charakterzertrümmerer
will aufstehen, bleibt aber knien und schaut auf die Tür
Die Sommer
waren die günstigen
wenn ich mich gehenließ
Sie langweilten sich zutode
während ich mich philosophisch entwickelte
Ich schrieb Grundsätzliches
während sie ihr Schweinefleisch verdauten

philosophische Kräche durchaus
schaut um sich
Immer die Rolle des Unglücklichmachers gespielt
die Wahrheit zu sagen versucht
und mit der Lüge auf die Straße gegangen
Ein Komplott zuerst gegen die Eltern
dann gegen die Andern
Hofnarrenexistenz
schlägt ein paarmal völlig ermüdet auf den zuletzt eingeschlagenen Nagel und schaut dann auf das Fenster
Sie starben alle weg
alle
ich nicht
Sie starben
ich ging forschen Schrittes
Habe ich mir ein Buch gekauft
haßten sie mich
Aber Lesen ist Unsinnigkeit
Zeitvergeudung
Zwei volle Jahre
nur mit Shakespeare verbracht
eingesperrt mit Shakespeare
und mit Schopenhauer
Wir dulden nichts anderes
wir kerkern uns mit Shakespeare
und mit Schopenhauer ein
Wir vertragen nicht einmal Musik
will aufstehen, bleibt aber knien
Die Lust nicht verloren naturgemäß
aber die Elastizität
Mit achtzehn Jahren
die Krähe gesungen
mich mit Schubert in Szene gesetzt
italienische Arien mit Vorliebe
Sie dachten naturgemäß nicht
daß ich alles wahrmache
sie schüttelten ihre Köpfe
Ich ging hinaus
und hatte sie hinter mich gelassen
Zähigkeitsfanatiker
steht auf und streckt sich

Gewöhnlichkeit
ist mir immer verhaßt gewesen
Biertrinker immer gehaßt
Klarwasserfanatismus
geht zum Fenster und schaut hinaus und dreht sich um und schaut auf die Tür
Die Wünsche aufgegeben
aber mich selbst
habe ich nicht aufgegeben
Wir schulden niemandem etwas
Alle schulden uns alles
aber wir schulden niemandem etwas
Zu bequem
um sich heiße Suppe zu kochen ja
zu bequem
um sich ein Stück Brot abzuschneiden ja
zu bequem
um die Welt als Wille und Vorstellung aufzuschlagen ja
Wir könnten uns alles leisten
wir denken nicht daran
Du gehst deinen Weg
habe ich gesagt
ich gehe meinen Weg
ihr alle geht euren Weg
indem ich meinen Weg gehe
Der gegangene Weg
das ist es
Zu bequem
um sich Hühnersuppe zu kochen
Wir wollen uns ins Bett legen
und sind zu bequem dazu
Wir haben uns abgedeckt in der Nacht
und wir erfrieren beinahe
und sind zu bequem
uns die Decke überzuziehen
Den Vater gehaßt
die Mutter gehaßt
Ringelspiel gehaßt
Sauerkraut gehaßt
Quietschende Türen gehaßt
Falle gestellt

und der Großmutter aufgelauert
und das Rindfleisch nicht gegessen
Die Kindheit hat uns abgestoßen
geht und betrachtet den zuletzt eingeschlagenen Nagel
schaut um sich
In dieser Lächerlichkeit ertappt
ertappt ertappt
Für gewöhnlich trug sie am Sonntag
das blaue Kleid
das ich ihr in Konstanz gekauft habe
sie fürchtete
sie könne aus dem Kleid herauswachsen
mit siebenundsechzig fürchtete sie das
Wehleidiger Charakter
mit siebenundsechzig bezichtigte sie mich der Lüge
Immer alles gehabt
auf meine Kosten
Im späteren Frühjahr Redezwang unausgesetzter
schlägt auf den zuletzt eingeschlagenen Nagel
nach einer Pause
Mausgift kaufen
steht auf und geht zum Tisch und legt den Hammer hin und nimmt einen Schreibblock aus der Lade und schreibt darauf
»Mausgift kaufen«
Mausgift kaufen
schaut um sich, schaut auf den Schreibblock
Hundertdreiundzwanzig Mäuse
vom dritten Januar bis vierundzwanzigsten Dezember
geht zum Bett und bückt sich um den Nachttopf, der dort steht, und trägt ihn hustend hinaus, drückt auf die Wasserspülung und kommt gleich wieder mit ausgeleertem Nachttopf herein
Mausgift kaufen
stellt den Nachttopf unter das Bett, geht ans Fenster
und schaut hinaus
Beinahe nichts mehr zu tun damit
Es geht uns nichts mehr an
nicht das geringste
dreht sich um und schaut auf die Tür
Sie verleumdete mich
sie drehte den Spieß einfach um
Wir sind nicht ungestraft

auf die Welt gekommen
lehnt sich an die Wand und schaut auf die Tür
stumpfsinniger Wissensdurst
Papierkrieg fürchterlicher schließlich
geht zum Tisch, setzt sich, zieht die Lade und nimmt eine Zeitung und eine große Daguerreotypie von Schopenhauer heraus und betrachtet die Daguerreotypie eindringlich
Zur Unzucht verleitet immer wieder
zur Geistesunzucht
nimmt den Hammer und einen Nagel und steht auf
und schlägt den Nagel in die Wand und hängt
die Schopenhauerdaguerreotypie auf
geht drei Schritte zurück und betrachtet
die Schopenhauerdaguerreotypie
Es ist gleichgültig
wem wir folgen
gleichgültig
geht noch zwei Schritte zurück
Wenn wir von unserem Großvater
nichts als Schopenhauer erben
können wir uns in jedem Fall
glücklich schätzen
Die sogenannte Urphilosophie
immer gehaßt
dreht sich um und schaut auf die Tür und ruft
Ausmalen
was für ein Wahnsinn
Daran gedacht
auszumalen
Das wäre ja Wahnsinn
hier auszumalen
greift sich an den Kopf
Wahnsinn
Wahnsinn
Wahnsinn
schaut zu Boden
Wenn wir nicht einmal imstande sind
ohne Angst haben zu müssen
daß uns der Schlag trifft
einen Nagel einzuschlagen
ruft

Ausmalen
ausmalen
schaut auf das Fenster und dann auf die
Schopenhauerdaguerreotypie
Unzucht philosophische
Wahrsagerei höhnische
Weltverhunzung
Weltschweinerei
Weil wir die Daguerreotypie
von unserem Großvater
geerbt haben
hängen wir sie an der Wand auf
immer wieder hängen wir sie an der Wand auf
bis wir abhängig sind davon
geht zum Tisch und setzt sich und schaut
zu Boden
Ein Lebensmalheur
ein philosophisches Lebensmalheur
Wenn wir noch einen Direktor hätten
könnten wir ihn zur Rede stellen
aber wir haben keinen Direktor mehr
wir haben nicht einmal mehr einen Direktor
Herr Direktor sage ich
befreien Sie mich von Schopenhauer
und befreien Sie mich auch von Descartes
und von Voltaire Herr Direktor
Ich habe keinen Direktor mehr
schaut um sich
Wenn wir den Mäusen Namen geben
sind wir zweifellos verrückt
schaut in die Zimmerecken nacheinander
Admiral Nelson
Admiral Dönitz
Feldmarschall Kesselring
oder ganz einfach Hans
oder Franz Josef
oder Minna
steht auf und geht zur Sesselleiste, die er vorher angenagelt hat,
und prüft sie, dann
Kein Mauseloch mehr
keine Maus mehr

schaut um sich
Wir können sagen
daß wir in unserem Leben
mehr oder weniger jeden zweiten Tag
eine Maus gefangen haben
steht auf
Wir fangen sie von jetzt an nicht mehr
wir vergiften sie
geht zum Tisch und setzt sich und nimmt aus der Lade
ein Buch und liest
Sehr zarte Mütter bekommen oft
schwergewichtige Säuglinge
das ist eine Tatsache
klappt das Buch zu und legt es in die Lade und schiebt
die Lade zu
schaut zur Tür
Die ganze Nacht habe ich gedacht
ich lasse ausmalen
ja ich habe sogar gedacht
ich male selbst aus
Überheblichkeit
Selbstüberschätzung
Wir sind ja schon völlig erschöpft
wenn wir einen einzigen Nagel in die Sesselleiste schlagen
schaut auf die Schopenhauerdaguerreotypie
Wir kommen nurmehr noch schwer in Gang
Herr Schopenhauer
zieht die Lade auf und legt den Schreibblock hinein und macht die Lade zu und macht sie wieder auf und nimmt den Schreibblock heraus und schreibt noch einmal groß »Mausgift kaufen« *darauf, reißt das mit* »Mausgift kaufen« *beschriebene Blatt herunter und steht auf und steckt es auf einen Nagel an der Wand, tritt zwei Schritte zurück und liest*
Mausgift kaufen
Wir müssen ja auf die Straße gehen
wenn wir nicht verkommen wollen
betrachtet seine Füße
Wir biedern uns ja nicht an
wenn wir hinausgehen
wir biedern uns nicht an
Wir sagen Mausgift

und meinen Mausgift
ein Paket Mausgift sage ich
und ich lasse mir ein Paket Mausgift einpacken
Wir müssen der Ungeduld
einen Strich durch die Rechnung machen
Ein Verhöhnungsprozeß wohlgemerkt
schaut auf die Tür, geht dann zum Spiegel und schaut hinein
Wir fragen nicht
was zulässig ist
wir bemühen uns
um ein ansprechendes Äußeres
wir rekapitulieren jeden Tag
unsere Unzurechnungsfähigkeit naturgemäß
Werden wir nicht verstanden
lassen wir es sein
Aufklärung ist Unsinn
geht ganz nahe an den Spiegel heran, berührt beinahe
mit dem Kinn den Spiegel
Keine Schonzeit
Um richtige Zungenstellung habe ich mich
mein ganzes Leben bemüht
wie Amsterdam richtig auszusprechen ist
im Gegensatz zu Rotterdam
Memel Etsch Belt
das war es
Heiterkeit vermittelt
aber nicht zuviel
Tragisches
aber nicht zuviel
Philosophisches
aber nicht zuviel
Das Wort Weltstädtisch
dreitausendachthundertmal ausgesprochen
im Hotel Krasnapolski
Ich ging nicht darauf ein
was sie sagten
ich hielt mich aber auch nicht zurück
ich war in Moskau sagte ich
ich war in Helsinki sagte ich
ich war in New York sagte ich
ich war in São Paulo

Große Gesellschaften kürzte ich unweigerlich ab
Ich verstehe nicht das geringste von Surrealismus
sagte ich
Bertrand Russell ist ein Scharlatan sagte ich
Mit Beethoven können Sie mir nicht kommen
sagte ich
Die Bankleute sind alle Aasgeier sagte ich
In meiner Jugend habe ich Baßgeige gespielt
naturgemäß sagte ich
nicht Klavier
streckt die Zunge heraus und zieht sie wieder zurück
Lourdes sagte ich
hat mich geheilt
in gewisser Weise wahrscheinlich mehr noch Fatima
Mit dem Kardinal Wischinski
redete ich über polnisches Saatgut
Möglichst Schopenhauer nicht erwähnen
habe ich mir immer gedacht
dreht sich nach der Tür um
Philosophischer Drahtzieher
geht zum Tisch, nimmt den Hammer, kniet sich vor die Sesselleiste, die er gerade angenagelt hat, und schlägt auf den Nagel, den er gerade eingeschlagen hat
prüft die Sesselleiste und sagt ganz leise
überdeutlich
engstirnig
das ist es
steht auf und legt den Hammer auf den Tisch
und setzt sich
Wenn wir keinen Brief mehr beantworten
bekommen wir keinen mehr
Dreizehn Jahre habe ich
keinen Brief mehr beantwortet
schaut um sich
Eine Verrücktheit
sich die Zeitung zu abonnieren
um die Stellenangebote zu studieren
mit zweiundachtzig Jahren
nimmt die Zeitung und schlägt sie auf und liest
Hotel im Schwarzwald
sucht Lohndiener mittleren Alters

kräftig
und mit guten Manieren
blickt von der Zeitung auf und schaut auf die Tür

Zweite Szene

Gegen Mittag

ER *sitzt am Tisch, ohne Jacke, mit einer alten Decke auf der Schulter*
Geregelte Arbeit
sagten sie
Das Widernatürliche in meinem Denken
haßten sie
Ging ich rasch
war es nicht recht
ging ich langsam
war es nicht recht
Du ein Krüppel Schauspieler
der Vater
du dieser Nichtsnutz Schauspieler
die Mutter
Nächstenliebe forderten sie
atmet tief ein
In Badgastein überdonnerte der Wasserfall
ihr Geschwätz
Wir laufen aus Angst
den ersten Preis heraus
aus Angst
nach einer Pause
Ich werde sie aufsetzen
ich werde die Krone aufsetzen
steht auf und geht zur Kiste und öffnet sie
schaut auf die Tür
Im März habe ich sie zum letztenmal aufgesetzt
am siebenundzwanzigsten März
es regnete

zuerst regnete es
dann starker Schneefall
bückt sich und holt aus der Kiste eine Krone und geht mit der Krone zur Tür und wieder zurück und schaut zum Fenster hinaus und geht wieder zur Tür und setzt die Krone auf
Möglicherweise irrtümlich
in dieser Verfassung
keinerlei Skrupel
drückt sich die Krone auf den Kopf
Fester
drückt die Krone fester auf seinen Kopf
fester
drückt die Krone noch fester auf seinen Kopf
noch fester
drückt die Krone noch fester auf seinen Kopf
Zuerst regen wir uns auf
dann beruhigen wir uns
Nein kein Zufall
hat mich auf die Idee gebracht
habe ich gesagt
ich war schon Schauspieler
bevor ich auf die Idee gekommen bin
Im Bauch meiner Mutter
war ich schon Richard der Dritte
schaut sich um
Kein Glaskäfig
Dagegenrennen bedeutet den Tod
drückt die Krone fest auf seinen Kopf
Erst wenn der Kopf blutet
sitzt die Krone richtig
erst wenn der Kopf blutet
drückt die Krone so fest wie möglich auf seinen Kopf und drückt sie noch fester, während er sich vor dem Spiegel aufstellt. Nach einer Pause
Immer abgelehnt
mit zuviel Weiß im Gesicht
Gegen alle gespielt
Mich nie in den Vordergrund gedrängt
Wir können nicht sagen
daß wir zufrieden sind
Wir machen eine Reise

und kommen erschöpft an
Wir gehen aus dem Haus
und kommen zerstört zurück
Wir telefonieren auch nicht mehr
wir haben das Telefon abgemeldet
abgemeldet
Die Zeitung abonniert
aber das Telefon abgemeldet
Zuviel Weiß im Gesicht
immer abgelehnt
Alle haben sich immer wieder
in Widersprüche verwickelt
Theaterkunst
Terrorismus
Wir haben nichts geglaubt
aber alles für wahr genommen
Wir haben uns alles einreden lassen
und haben es ausgespuckt
ausgespuckt
ausgespuckt
ausgespuckt
spuckt auf den Boden aus
schaut wieder in den Spiegel
Husten gelernt
wochenlang
wie ein König hustet
acht Wochen lang Husten gelernt
acht Wochen lang gelernt
wie ein König hustet
hustet
Husten gelernt
Wir haben hingehört
es war unbrauchbar
was wir gehört haben
alles eingeredet
primitive Mathematik
hohe Kunst
alles unbrauchbar
Während wir uns das Nachtmahl gemacht haben
dachten wir
es ist unbrauchbar

was wir den ganzen Tag gehört haben
das ganze Leben
nichts als Unsinn gehört
schneidet eine Grimasse im Spiegel
Immer wieder eine Grimasse gemacht
eine ungehörige
als Kind schon
der geborene Grimassenschneider
dreht sich um und schaut auf das Fenster
Und dann plötzlich die ganz große
klassische Attitüde
schaut wieder in den Spiegel und streckt die Zunge heraus
Wir existieren nur
wenn wir sozusagen
der Mittelpunkt der Welt sind
geht zum Tisch und setzt sich, während er die Krone fest auf seinen Kopf drückt
An einer einzigen Szene erkrankt
jahrelang zu Bett gelegen
wegen dieser einzigen Szene
Immer wieder die Krone aufgesetzt
ohne weiter zu kommen
Wenngleich ich nicht wußte
warum mir alles zerbröckelte
Zuviel an Shakespeare gedacht
während ich Shakespeare spielte
zuviel an die Krone gedacht
während ich Richard den Dritten spielte
zuviel an die theatralische Kunst gedacht
während ich spielte
Wir dürfen nicht an die theatralische Kunst denken
wenn wir spielen
wir dürfen nicht an Shakespeare denken
wenn wir Shakespeare spielen
wir haben die Krone auf
aber wir dürfen nicht denken
wir sind ein König
Ein armer Hund der denkt
er sei ein armer Hund
Viel zuviel nachgedacht
viel zuviel rekapituliert

Viel zuviel umhergereist
geglaubt
ich müßte die Erdteile kennenlernen
was für ein Unsinn
Jahrelang erkrankt
an dieser einzigen Szene
Und niemals erklären können
was die Schauspielkunst ist
die Leute fragen
wir antworten
aber wissen nichts
drückt die Krone fest auf den Kopf
Unter der Krone beruhige ich mich
Ich hätte auch das Kostüm bekommen
wenn ich den Wunsch geäußert hätte
ich wollte die Krone
Sie dachten
ich sterbe mit siebzig
aber ich bin schon zweiundachtzig
sie dachten
sie feierten meinen siebzigsten
als meinen letzten Geburtstag
aber sie hatten auch meinen achtzigsten zu feiern
Ich habe die Krone haben wollen
nicht das Kostüm
Ich bin Meinesgleichen
verstehst du
Ich hatte den Wunsch geäußert
und ich habe die Krone bekommen
Hinterlistigkeit
habe ich mir
immer nachgesagt
Verschlagenheit
steht auf und geht zur vorher angenagelten Sesselleiste
bückt sich und prüft die Sesselleiste
Auch von den Handwerkern
haben wir genug
Gerade auch
von den sogenannten einfachen Leuten
die komplizierten haben wir immer gehaßt
aber jetzt hassen wir auch die einfachen

wir vertragen weder die komplizierten
noch die einfachen
Wenn wir auf die Straße gehen
ekelt es uns vor allen
das ist die Wahrheit
drückt sich die Krone auf den Kopf
Wahrheitsfanatiker
Aber das Unrecht ist ja überall
wie die Lüge
prüft die Sesselleiste
Ausmalen
was für ein Wahnsinn
wo ich kaum mehr imstande bin
mir eine Schale Tee zu kochen
Zwanzig Jahre habe ich gedacht
ich werde noch einmal ausmalen
schaut um sich
Aber ich male nicht mehr aus
Es entspricht mir so
wie es ist
schaut auf die Zimmerdecke
Es ist ja auch ganz gleich
ob ausgemalt ist
oder nicht
ich sehe ja gar nicht mehr
ob ausgemalt ist
oder nicht
Zwanzig Jahre
daran gedacht
Nach ihrem Tod werde ich ausmalen
habe ich gedacht
zwanzig Jahre
Jetzt
wo niemand mehr kommt
Zwei Tage vor ihrem Tod
sagte sie noch
ich sei bösartig geworden
ich sei auf einmal nicht nur eigenartig
ich sei dazu auch bösartig
schaut auf die Tür
Sebastian sollte

unser Sohn heißen
Rodrigo sagte ich
ist doch ein schöner Name
ich flehte sie an
dann war es eine Fehlgeburt
So viele Schwestern
und nur einen Bruder
und alle degeneriert
unentschlossen aufgewachsen
plötzlich gestorben
Mich haben sie zurückgelassen
mit diesem Familienscherbenhaufen
will aufstehen, aber es gelingt ihm nicht
Die Katastrophe war ja
daß ich sie alle überragte
in geistiger Hinsicht
ich war krank
ich war durch und durch krank
aber ich überragte sie alle
in geistiger Hinsicht
Wir liebten uns
und haßten uns
will aufstehen, aber es gelingt ihm nicht
Ganz entgegengesetztes
zentrales Nervensystem
Familienzerbrochenes überall
steht auf
Kardinal
das hätte ihnen gefallen
den Schauspielerberuf
haßten sie
aber ich habe ihn auch immer gehaßt
geht zum Spiegel und schaut hinein
Im Thüringer Wald
haben sie mich drei Monate
allein gelassen
sich nicht um mich gekümmert
und ich war noch nicht elf Jahre alt
Wir verzeihen ihnen nicht
dazu sind wir nicht befähigt
den Eltern ist nicht zu verzeihen

Das Geborenwerdenverbrechen
ist nicht zu verzeihen
es wird an die Tür geklopft
zu sich
Wir entgehen
unserem Schicksal nicht
unweigerlich
drückt sich die Krone fest auf den Kopf, dreht sich um und macht zwei Schritte gegen die Tür
Im Vertrauen auf mich
habe ich alle Beziehungen
abgebrochen
flüstert
Richard der Dritte
unzugänglich
vollkommen unzugänglich
Unerträgliches Versmaß
schlampig übersetzt
es wird an die Tür geklopft
Wir wollen allein gelassen sein
und man läßt uns nicht allein
Wir brechen alle Brücken hinter uns ab
und wir werden belästigt
wir wollen unsere Ruhe haben
und man klopft an die Tür
flüstert
Unzugänglich sein
niemandes Partner
es wird an die Tür geklopft
Vorschnell gealtert
sind sie alle
weggestorben
über Nacht
nach einer Pause fragend
Bist du es Katharina

KATHARINA

Ich bin es
Katharina

ER

Achja mein Kind
geht zum Fenster und schaut hinaus und dreht sich wieder um

Einen Augenblick
nur einen Augenblick
drückt sich die Krone fest auf den Kopf
Nur einen Augenblick
Ich lese gerade in einem Buch
Schopenhauer
Schopenhauer
geht zum Bett und setzt sich darauf
Schopenhauer mein Kind
will die Krone vom Kopf nehmen, nimmt sie aber nicht ab
Einen Augenblick
er zieht sich die Jacke an
Ich ziehe mir nur die Jacke an
Ich habe Schopenhauer gelesen
und ziehe mir die Jacke an
Warum kommst du jetzt
elf Uhr haben wir gesagt
jetzt ist es halb zwei
Achja
einen Augenblick
er steht auf und geht zur Tür und macht auf

KATHARINA *tritt mit einer halbgefüllten Milchkanne ein*

ER

Wir denken es ist der böse Geist mein Kind
und es ist der gute
Komm herein
Ich bin der alte Schauspieler
dem du die Milch bringst
jeden Dienstag und Freitag
bringst du dem alten Schauspieler die Milch
dem alten Schauspieler
der nicht mehr unter die Menschen geht
komm herein
komm herein mein Kind
Die Menschen sind die Ursache
immer sind es die Menschen
Komm herein

KATHARINA *tritt bis in die Zimmermitte*

ER *an der Tür stehengeblieben*

Die Menschen sind grausam mein Kind
und größenwahnsinnig

die ganze Menschheit ist größenwahnsinnig
wohin wir schauen
wir sehen nur eine größenwahnsinnige Menschheit
wir sind mitten
in einem katastrophalen Verdummungsprozeß
Die Krone nicht wahr die Krone
irritiert dich
Richard den Dritten
ich habe ihn in Duisburg gespielt
und in Bochum
Es war kein Erfolg
ich liebte die Rolle
aber ich hatte damit keinen Erfolg
Zu meinem siebzigsten Geburtstag
schenkte mir die Stadtverwaltung von Duisburg
diese Krone
die ich als Richard der Dritte getragen habe
Ja diese Krone
Wir haben keinen Erfolg
und lieben doch die Rolle
In Duisburg mein Kind
in Duisburg habe ich Theater gespielt
Richard den Dritten
das sagt dir natürlich nichts mein Kind
komm
gib mir die Kanne
er nimmt Katharina die Milchkanne ab
Die Theaterleute
sehen nur so gefährlich aus
sie sind es nicht
fragend
Fürchtest du dich vor mir
In Duisburg habe ich
Richard den Dritten gespielt
Don Carlos auch
alles
geht mit der Milchkanne zum Eiskasten, öffnet ihn, nimmt eine große Schüssel heraus und füllt sie mit der Milch aus der Kanne
Ab und zu
habe ich Lust

die Krone aufzusetzen
stellt die Schüssel in den Eiskasten und macht die Eiskastentür zu
Verrückt
nicht wahr
Alle Schauspieler sind verrückt
alle guten Schauspieler sind verrückt
das ganze Theater ist verrückt
Theaterleute
verrückte Leute
Theaterwelt
verrückte Welt
zu Katharina direkt
Willst du dich nicht setzen

KATHARINA *setzt sich am Tisch nieder*

ER *setzt sich auf den Sessel am Fenster*
Der Schauspieler hat eine Krone auf dem Kopf
aber er ist kein König
der Schauspieler trägt einen Krönungsmantel
aber er ist kein König
der Schauspieler spricht eine königliche Sprache
aber er ist kein König
der Schauspieler besteigt den Thron
aber er ist kein König
drückt die Krone fest auf den Kopf
Der Schauspieler
der eine Krone auf dem Kopf hat
ist ein armer alter Mann
Hat dir deine Mutter erlaubt
mit mir in die Oper zu gehen
wie ich es dir versprochen habe

KATHARINA *schüttelt den Kopf*

ER
Siehst du
ich habe dir gesagt
sie erlaubt es nicht
daß du mit mir in die Oper gehst
In die »Zauberflöte«
Das ist das schönste Erlebnis für ein Kind
zum erstenmal in die Oper
und noch dazu in die »Zauberflöte«

Vielleicht später
Die Menschen sind zerstörerische Menschen
selbst das eigene Kind
richten sie schon zugrunde
bevor es noch richtig atmen kann
drückt die Krone fest auf den Kopf
Seit über zehn Jahren
seit meinem siebzigsten Geburtstag
habe ich diese Krone in der Kiste
jeden zweiten Dienstag im Monat
setze ich sie auf
Gefällt dir die Krone

KATHARINA *nickt*

ER

Wir haben Würde
wenn wir eine Krone aufhaben
Aber es ist doch unsinnig
als alter Schauspieler
eine Theaterkrone aufzusetzen
eine Lächerlichkeit
eine Lächerlichkeit
nichts als eine Lächerlichkeit
zu Katharina direkt
Wußtest du
daß ich in Duisburg gespielt habe
und in Osnabrück
Lauter Narren
Das sagt dir nichts
Die Schauspielkunst
ist eine tödliche Kunst
ich fürchte nichts mehr
verstehst du
ich kann tun
was ich will
ich fürchte nichts mehr
lacht
Wo so viel Dummheit ist
ist Furcht pervers mein Kind
zu Katharina direkt
Willst du einen Saft

KATHARINA *bejaht*

ER *steht auf und geht zum Eiskasten und fragt*
Weichselsaft
KATHARINA
Ja
ER *öffnet den Eiskasten und nimmt eine Flasche Weichselsaft heraus und füllt ein Glas damit und stellt es auf den Tisch*
Einen Augenblick warten
und nicht gleich hinunterschlucken
sonst verkühlst du dich
Die Menschen sind gierig
und schlucken alles gleich gierig hinunter
er holt den Sessel vom Fenster und stellt ihn an den Tisch und setzt sich Katharina gegenüber
Du wirst sehen
es ist alles
sehr kompliziert auf der Welt
Es sieht alles einfach aus
aber es ist sehr kompliziert
alles ist kompliziert
drückt die Krone auf seinem Kopf fest
Die Menschen vergeben nicht
das ist das Unglück
die Menschen strafen und vergeben nicht
Wie war die Mathematikstunde heute
war sie gut
KATHARINA *nickt*
ER *bedeutet ihr, daß sie jetzt den Weichselsaft trinken kann*
KATHARINA *nimmt das Glas und trinkt*
ER
Vorsichtig
Schluck für Schluck
Langsam trinken
langsam essen
und langsam trinken
auch langsam lesen
Ich habe mich heute
mit Schopenhauer
über Wasser gehalten
Ich werde nicht ausmalen
ich habe dir gesagt
ich werde ausmalen

aber ich male nicht aus
schaut sich um
Ich sehe ja gar nicht mehr
ob ausgemalt ist oder nicht
Ich sehe die Risse in den Wänden gar nicht
fragt
Sind es viele Risse

KATHARINA *schaut sich um*

ER

Wahrscheinlich
sind es viele Risse
Das bedeutete ja meinen Tod
wenn ich noch ausmalte
Zehn Jahre
bevor du geboren worden bist
ist meine Frau gestorben
Habe ich dir gesagt
daß sie Katharina geheißen hat
wie du
Sie war sehr schön
sehr anspruchsvoll
und sehr schön
schaut auf die Zimmerdecke
Meningitis
drückt die Krone fest auf seinen Kopf
Die Krone auf dem Kopf
das beruhigt mich
fragt
Wie sehe ich aus
mit der Krone
nun
wie sehe ich mit der Krone aus

KATHARINA *lächelt*

ER

Jeden zweiten Dienstag im Monat
erlaube ich mir diesen Scherz
ein alter Mann
noch dazu wenn er ein alter Schauspieler ist
darf sich schon jeden zweiten Dienstag im Monat
diesen Scherz erlauben
Schauspieler sind wie Kinder

deshalb vertragen wir uns so gut
steht auf und geht zu dem Schreibblockblatt an der Wand, auf das er das Wort »Mausgift kaufen« *geschrieben hat, und zeigt auf das Schreibblockblatt*
Kannst du lesen
was auf dem Blatt steht

KATHARINA
Ja

ER
Was steht darauf

KATHARINA
Mausgift kaufen

ER
Richtig
Mausgift kaufen
er setzt sich wieder, steht aber gleich wieder auf und geht mit dem Sessel zum Fenster
Ich fange die Mäuse nicht mehr
ich vergifte sie
Mich ekelt es
sie im Kübel zu ersäufen
jahrzehntelang habe ich die Mäuse im Kübel ersäuft
jetzt vergifte ich sie
er setzt sich
Solange meine Frau gelebt hat
war keine einzige Maus im Haus
kaum war sie tot
waren die Mäuse da
Im Parterre sind Ratten
Es dauert nicht lange und die Ratten sind auch hier
Diese Wohnung ist eine Fundgrube
für Ratten
Es kommt darauf an
für welche Richtung wir uns entscheiden
entscheiden wir uns
haben wir falsch entschieden
er nimmt die Krone vom Kopf und hält sie auf dem Schoß fest
Plötzlich hat es keinen Sinn
die Krone auf dem Kopf zu behalten
die Krone ist schwerer
als eine echte

die echten Königskronen
sind nicht so schwer
Nicht länger als eine Stunde
halte ich sie aus
auf meinem Kopf
Außer dir
hat mich noch niemand
mit meiner Krone auf dem Kopf gesehen
versprich mir
daß du niemandem sagst
daß du mich mit dieser Krone auf dem Kopf
gesehen hast
die Leute glaubten sonst
ich wäre verrückt
Ein Schauspieler kann es sich leisten
eine Krone aufzusetzen
ohne verrückt zu sein
zu Katharina direkt
Komm
ich setz sie dir auf

KATHARINA *steht auf und geht zu ihm hin*

ER
Du mußt dich hinknien
du mußt die Krone kniend aufsetzen

KATHARINA *kniet sich vor ihm hin*

ER *setzt ihr die Krone auf*
Wie schön du bist
mit der Krone
nachdenklich
Aber Mädchen wie du
haben nie eine Krone aufgehabt
Es ist lächerlich
schreit plötzlich
Lächerlich lächerlich
es ist lächerlich
es ist lächerlich
er reißt ihr die Krone vom Kopf

KATHARINA *ist aufgesprungen*

ER
Lächerlich
lächerlich

lächerlich
wirft die Krone durch das ganze Zimmer
lächerlich
er sinkt erschöpft zusammen, dann
Ich bin nicht verrückt
natürlich
ich bin nicht verrückt
die ganze Zeit
hatte ich die Krone auf
ich bin ganz erschöpft
Ich bin erschrocken
wie du geklopft hast
ich dachte
es sind die Leute von der Versicherung
von der Einbruchsversicherung
ich erwarte Leute
von der Einbruchsversicherung
ich bin gegen Einbruch versichert
ist das nicht lächerlich
ich bin gegen Einbruch versichert
ich besitze nichts
als diese schäbige Krone
und bin gegen Einbruch versichert
ruft aus
Diese armselige Behausung
und diese wertlose Krone
und ich bin gegen Einbruch versichert
zu Katharina direkt
Komm her
komm her bitte
KATHARINA *geht zu ihm hin*
ER *will ihr Gesicht berühren, tut es aber dann nicht*
Die Leute haben nicht verstanden
daß ich nichts mehr
mit ihnen zu tun haben will
sie kommen wann sie wollen
aber ich mache niemandem mehr auf
nur dir
Kommst du am nächsten Freitag wieder
KATHARINA *nickt*

ER
Ich vertraue dir jetzt
etwas an
hör gut zu
bestimmt, überdeutlich und doch leise
Ich mag überhaupt keine Milch
und ich trinke deshalb auch keine Milch
aber ich will dich sehen
jeden Dienstag und Freitag
will ich dich sehen
verstehst du das
Kein Mensch außer dir
hat mehr Zutritt zu mir
nicht ein einziger
Ich habe Milch
immer gehaßt
Wenn du weg bist
schütte ich die Milch
immer in den Ausguß
mich ekelt vor Milch
Aber sag das nicht deiner Mutter
Du mußt allen Leuten sagen
der berühmte Schauspieler in der Hanssachsstraße
liebt Milch
und er trinkt Milch
er nimmt überhaupt nichts zu sich
außer Milch
er nimmt sie an der Hand
Mein liebes Kind
nächsten Freitag
dann bringst du mir das Mausgift
um alle Mäuse zu vergiften
in diesem Haus
KATHARINA *will gehen*
ER *hält sie zurück*
Wenn ich noch da bin
Jeden Tag trinkt der berühmte Schauspieler
in der Hanssachsstraße Milch
er existiert nur
weil er jeden Tag Milch trinkt
das sagst du zu allen Leuten

versprich mir das
er gibt Katharina die Milchkanne und sie geht hinaus
Solange wir existieren
machen wir etwas vor
spielen wir Theater
er steht auf und nimmt die Schüssel aus dem Eiskasten und leert die Milch in den Kübel
Er horcht längere Zeit an der Tür und geht mit dem Kübel hinaus
Er drückt auf die Wasserspülung

Dritte Szene

Gegen Abend

ER *sitzt in einem schäbigen alten Schlafrock auf dem Fenstersessel*
Gehorsam gewesen
aufmerksam
bereitwillig
Wir stürzten direkt
in die Katastrophe hinein
aber wir überlebten
Fehler gemacht naturgemäß
Ein Jahr Ludwigshafen
das erniedrigte dich
das hätte dir beinahe den Kopf gekostet
schaut sich um
Ich male nicht aus
Ich habe kein Erneuerungsbedürfnis
Wenn wir gut schlafen können
und es tut uns nichts weh
das genügt
greift sich mit beiden Händen auf den Kopf
Die Krone tragen
eine Ungeheuerlichkeit

Die Zuschauer hatten Angst vor mir
nicht umgekehrt
umgekehrt nicht
Lebenslängliche Vertrautheit
mit mir
bis zum Größenwahn
Sie trällerte ein Lied
das genügte ihr
ich heiratete sie aus Mitleid
und weil ich mir ein Erbe erhoffte
erhoffte
lacht in sich hinein
Lebensuntüchtigkeit im Grunde
Geht alles auf
sagte ich mir
geht alles auf
Nichts ging auf
Die Theatralische Kunst
perfektioniert
und mit dieser Perfektion
krank geworden
Sie hatte nicht geahnt
daß sie sterben muß
Übertölpelung immer
sie glauben sie leben ewig
das ist der Irrtum
sie glauben sie haben keine kranken Organe
das ist der Irrtum
Niere Kopf Leber
alles zerfressen schließlich
Den Reisetrieb
habe ich ihr ausgetrieben
steht auf und geht zur Tür und horcht
Ich muß der Friedhofsverwaltung schreiben
Zwei Jahre kein Konzert besucht
nach ihrem Tod
schaut zum Fenster hin
Viktor starb
überraschend
wie sie
Das Elend ist

daß die Menschen nicht ahnen
daß sie sterben müssen
in der kürzesten Zeit
wüßten sie
daß sie in der kürzesten Zeit sterben müssen
reisten sie noch einmal nach Leipzig
oder ins Fichtelgebirge
so sterben sie urplötzlich
ohne noch einmal nach Leipzig
gekommen zu sein
ins Fichtelgebirge
bindet sich die Schnur um seinen Leib fester
Wir bewegen uns nicht
deshalb ist uns kalt
geht zum Tisch und setzt sich
Lebenslänglicher Repetent
schaut auf seine Schuhe
Schließlich tragen wir Filzschuhe
die wir immer gehaßt haben
Ich habe Filz immer gehaßt
nimmt den Hammer, steht auf und geht zur Sesselleiste, bückt sich und schlägt einmal kräftig auf den Nagel, schaut um sich
In dieser Pose
schaut um sich
Eine Motette
zu ihrem Begräbnis
die gleiche Motette
für Viktor
versucht aufzustehen
aber es gelingt ihm nicht
Das Mausgift unter die Tür
und unter das Fenster
Dann spricht es sich herum
daß ich die Mäuse vergifte
Sie sehen mich nicht mehr mit der Falle
im Vorhaus
ruft plötzlich aus
Gries
natürlich Gries
steht auf und geht zum Tisch, holt den Schreibblock aus der Lade und schreibt das Wort Gries darauf

Gries
steht auf und steckt das Schreibblockblatt an den Nagel
Wehe demjenigen
der gegen sich selbst vorgeht
niemals gegen sich selbst vorgehen
flüstert
Niemals gegen sich selbst vorgehen
schaut auf die Tür
Selbstgekochtes immer verachtet
Die Zeit vor der Prothese
und die Zeit nachher
Wenn wir keine eigenen Zähne mehr haben
haben wir Lust zuzubeißen
Griesschleim
setzt sich auf den Fenstersessel
Wir hassen Schopenhauer
und existieren aus ihm
wir hassen die Welt
und existieren in ihr
Schriftsteller habe ich immer gehaßt
selbst Goethe
Mit den Gerichten in Konflikt gekommen
Kerkerangst
lebenslänglich
Weil wir glauben
wir begehen fortwährend
unausgesetzt
Verbrechen
Durch jahrzehntelange Verrohung gegangen
vom Mund abgespart alles
Am Ende essen wir Griesschleim
und frieren selbst dann
wenn wir Filzhausschuhe anhaben
und einen dicken Winterkotzen
steht auf und geht zur Tür und horcht
Achtzehn Parteien
das macht gemein
das begünstigt den Betrug
und die Gemeinheit
Erst wenn einer stirbt
erfahren wir seinen Namen

Ich habe mich nie
in eine Unterhaltung eingelassen
mit Hausbewohnern
Mit dem Hausmeister ja
aber mit Hausbewohnern an sich nein
Soll ein genereller Mistkübel angeschafft werden
fragten sie mich
neinnein
neinnein
Der Hausmeister
bringt mir ja nur alle möglichen Krankheiten
wenn ich ihn hereinlasse
Ich lasse ihn nicht mehr in die Wohnung herein
Er hat sich am Kittsee ein Haus gekauft
alle kaufen sich Häuser
Hauskaufwahn entsetzlicher
horcht intensiv an der Tür
Immer in deinem Schatten gelebt sagte sie
diese Kränkung verzeihe ich ihr nicht
Der junge Mensch glaubt
er habe Zukunft
aber kein Mensch hat Zukunft
geht zum Tisch, setzt sich und schlägt die Zeitung auf
nach einer Pause
Hochbauingenieur
möglichst Mitte dreißig
mit Afrikaerfahrung
gesucht
unter Saudiarabien
liest
nach einer Pause
Buchhandlung sucht
zwei Buchhandelslehrlinge
im Zentrum
legt die Zeitung auf den Tisch
Beim Hosenbügeln
vom Schlag getroffen
ein lächerlicher Tod
ein lächerlicher Tod
steht auf und geht zur Tür und horcht
Die Einsilbigkeit

ist mir immer auf die Nerven gegangen
Genausogut hätte ich ja
in Kenia sterben können
alles deutete darauf hin
aber ich bin nicht gestorben in Kenia
Klimaabhängig lebenslänglich
tablettenabhängig und klimaabhängig
horcht intensiv an der Tür
Wir sagen wir brauchen die Menschen nicht
das ist doch nicht wahr
daß du die Menschen nicht brauchst
Lebenslust das ist es
ich habe sie immer gehabt
Neugierde unausgesetzte
horcht noch intensiver an der Tür
Neugierde unausgesetzte
geht ans Fenster und schaut hinaus
Die unausgesetzte Lebenslust
selbst bei trübem Wetter
schaut auf die Straße hinunter
Wir gehen nicht mehr hinunter
wir schauen hinunter
aber wir gehen nicht mehr hinunter
Wir haben immer einen großen Bogen um die Menschen
gemacht
um alle Leute
Jetzt gehen wir nicht einmal mehr hinunter
schaut auf die Uhr
In Kenia den Tod geholt
lächerlicher Tod
Auf Einladung des Großwildjägers Thompson
wie lächerlich
Beinahe im Nil ertrunken
wie lächerlich
schaut alle vier Wände auf dem Boden entlang
Schließlich berühmt geworden
er zieht das Rouleau herunter, so daß es vollkommen finster ist
Panische Angst vor Gewächshäusern
überhaupt vor Pflanzen
Glashausängste in der Kindheit
bis heute

er öffnet das Rouleau wieder und dreht das Licht auf und zieht das Rouleau wieder herunter
Niemals einen Spaziergang gemacht
das ganze Leben nicht
bei zugezogenen Vorhängen
im Bett gelegen
an den Wochenenden
Theater gespielt
oder im Bett gelegen
geht und zieht die Uhr auf
Paris ja
London nein
Sils Maria ja
Sankt Moritz nein
schaut auf die Tür
Jahrelang nur Magertopfen gegessen
geht zur Tür und horcht
Es kommt auf die Intensität an
mit der wir spielen
nach einer Pause
Wegen Geringfügigkeit eingestellt
das Verfahren ist wegen Geringfügigkeit eingestellt
haben sie gesagt
Immer wieder in Prozesse verwickelt
aber nie eingesperrt
geht zum Eiskasten und nimmt eine Wurst heraus
Den alten Käse
oder die alte Wurst
legt die Wurst in den Eiskasten zurück und nimmt ein Stück Käse heraus
riecht am Käse
Besser die Wurst
legt den Käse wieder in den Eiskasten zurück und nimmt die Wurst wieder heraus, riecht an der Wurst
Nein
legt die Wurst wieder in den Eiskasten zurück und nimmt den Käse wieder heraus
macht den Eiskasten zu
schaut auf die Tür
Ball der Alten
darauf habe ich ganz vergessen

deshalb ist es so still im Haus
richtet sich hoch auf und geht mit dem Käse zum Tisch
er breitet ein großes Stück Zeitungspapier auf dem Tisch aus und legt den Käse darauf
nimmt einen Brotlaib aus der Tischlade und schneidet sich ein großes Stück ab
Vor zwei Jahren bin ich
noch hingegangen
Ball der Alten
er fängt an, Käse und Brot zu essen
er schenkt sich aus einer Mineralwasserflasche ein, trinkt und ißt
Das Unglück kommt daher
daß sie nicht mehr denken
Denken verlernt
das ist es
er schaut auf die Tür
Ball der Alten
schaut auf die Besorgungszettel an der Wand
Mausgift
Gries
Für Katharina ein schönes
Zwanzigschillingstück
er steckt mehrere Stücke Brot und Käse in den Mund und kaut
Erfreut sich
allgemeiner Wertschätzung
haben sie im Vorhaus gesagt
während ich meinen Text memorierte
Wenn ich den Prospero spreche
hören sie zu
das begeistert sie offensichtlich
er steht auf und geht zum Tonbandkasten, drückt auf eine Taste und setzt sich wieder
Freiwillige Selbstkontrolle
ohne Skrupel
skrupellos
er hört sich jetzt selbst vom Tonbandkasten sprechen
Wenn mich jemand hier sieht
in dieser Pose
Mittäterschaft
Handwerkergeringschätzung

Wir haben alle unsere Talente
verkümmern lassen
Ausgezeichnet für Verschrobenes
doktoriert in Mathematik
er geht zum Tonbandkasten und schaltet ihn ab
schaut um sich
begeistert sie offensichtlich
er setzt sich an den Tisch und ißt weiter

Vorhang

Elisabeth II.

Keine Komödie

God save the Queen

Personen

HERRENSTEIN, *ein Großindustrieller*
RICHARD, *sein Diener*
DOKTOR GUGGENHEIM, *ein Nachbar*
FRÄULEIN ZALLINGER, *Haushälterin*
VIKTOR, *Herrensteins Neffe*
GRAF NEUTZ
GRÄFIN GUDENUS
DIE DAME MIT DEM ROTEN HUT
DIE EINE DAME
DIE ANDERE DAME
DIREKTOR HOLZINGER, *ein Angestellter*
Mehrere Dienstmädchen
Mindestens zwanzig Damen und Herren, alle, bis auf Doktor Guggenheim und die Gräfin Gudenus, schwarz gekleidet

Hochherrschaftlicher Jahrhundertwendesalon
Karg möbliert
Hohe, zweigeteilte Balkontür in der Mitte,
links und rechts ein Fenster
In der linken Seitenwand zwei Türen
In der rechten Seitenwand ein Fenster
Eine Standuhr
Ein Musikkasten
Opernring, dritter Stock
Gedämpfter Lärm von der Straße

Erste Szene

Halbacht Uhr früh
Richard schiebt Herrenstein, der in einem schwarzen Anzug im Rollstuhl sitzt, an das rechte Fenster

HERRENSTEIN *mit Kunstbeinen, nach einer längeren Pause*
Ich habe meine Zähne vergessen
Richard geht hinaus und holt die Zähne

HERRENSTEIN
Ich sehe ja nichts
nachdem er versucht hat, sich umzudrehen
Diese fürchterlichen Leute
Das habe ich notwendig gehabt
Richard kommt mit einem Tablett herein, auf dem Herrensteins Gebiß liegt
Herrenstein nimmt das Gebiß und steckt es in den Mund
Richard gibt ihm einen schwarzen Stock mit Silberknauf

HERRENSTEIN
Ich sehe ja jeden Tag weniger
Richard schiebt Herrenstein näher ans Fenster

HERRENSTEIN *streckt sich vor und läßt sich erschöpft fallen*
Ich kann kaum atmen
Alles tut mir weh
und es ist mir auch alles widerwärtig
Sagen Sie Doktor Friedländer
daß er heute kommen muß
wir sind ja morgen nicht mehr da
Wieviel Leute kommen denn zu diesem Schaueranlaß

RICHARD
Zwanzig oder dreißig sagt Ihr Neffe

HERRENSTEIN
Dieser ekelhafte Mensch
Im Grunde habe ich Viktor immer gehaßt
Wir wachen auf
und sehen nichts als Scheußlichkeit
Hinfälligkeit und Scheußlichkeit

RICHARD
Das Fräulein Zallinger ist schon aus der Stadt zurück

HERRENSTEIN

Sie lesen mir immer zu laut vor Richard
Lauter sage ich immer
das heißt aber nicht laut
In Badgastein haben Sie mir auch zu laut vorgelesen
Dieses fürchterliche Klima ist ja tödlich
Aber Sie haben mir ja abgeraten
Auch Doktor Friedländer hat mir abgeraten
Für Sie ist Badgastein tödlich haben Sie gesagt
wörtlich haben Sie gesagt tödlich
aber gerade davon war ich ja fasziniert
daß Sie gesagt haben tödlich
der Doktor Friedländer hat mir ja auch abgeraten
aber gerade weil Sie und Doktor Friedländer
mir abgeraten haben
war ich von dem Gedanken besessen hinzufahren
es wäre beinahe mein Tod gewesen
Leute mit Herzfehlern holen sich in Badgastein den Tod
aber auch in Bad Hall
das noch schlimmer ist für Meinesgleichen
bedeutet Richard, daß er ihn noch näher an das Fenster schiebt
Richard schiebt Herrenstein noch näher ans Fenster

HERRENSTEIN

Kaum werden wir geboren
fliehen wir den Tod
die ganze Menschheit läuft nur dem Tod davon
streckt sich vor, um durchs Fenster schauen zu können
sie flieht den Tod die Menschheit
widerlich
die Masse ist widerlich
aber wehe wir verweigern uns ihr
sie zertrampelt uns
Glauben Sie wirklich
daß mir Altaussee gut tut
ich habe Altaussee immer gehaßt
diese alten Häuser diese alten Leute
alles muffig und vermodert
alles feucht
wenn wir ins Bett steigen steigen wir in ein feuchtes
es hat mir immer den Hals zugeschnürt in Altaussee
ich verstehe gar nicht daß es Leute gegeben hat

die sich freiwillig in Altaussee angesiedelt haben
Schriftsteller Komponisten Komödianten
dieses ganze Gesindel hat sich dort angekauft
vor der Jahrhundertwende und danach
Kaum haben die Leute Geld
kaufen sie sich diese alten scheußlichen Häuser
gehen in Dirndlkleidern herum und in Lederhosen
und machen sich mit Fleischhauern und Holzhackern gemein
In den Bergen bekomme ich keine Luft
Was machen wir in Altaussee
wir haben dort keinerlei Abwechslung
Nein ich fahre nicht nach Altaussee
nur weil Ihre Tante dort lebt
will durchs Fenster schauen
Alles ist trüb
ist es denn heute trüb

RICHARD
Es ist ein klarer Tag

HERRENSTEIN
Ich sehe fast nichts
ich höre fast nichts und ich sehe fast nichts
aber ich habe mich an den Zustand gewöhnt
nie sehe ich diese Leute
Richard geht hinaus

HERRENSTEIN
und auf einmal kommen sie alle hierher
entsetzlicher Gedanke
aber ich kann mich nicht weigern
sie zu empfangen
andererseits ist es eine Gelegenheit
ihnen die Hand zu schütteln
dann jahrelang nicht mehr
Die haben es ja doch nur auf mein Lebenswerk abgesehen
selbst die Ältesten spekulieren noch immer darauf
aber ich vererbe ja diesen Leuten nichts wie Sie wissen
ich habe Ihnen ja gesagt
daß ich diesen Leuten nichts vererbe
Richard kommt mit Zeitungen herein, die er neben
Herrenstein ablegt

HERRENSTEIN
Mich hat Verwandtschaft immer abgestoßen

mit den Jahren immer mehr
gibt einen Wink, daß er vom Fenster weg will
Es stellte sich heraus
daß alle diese Leute nichts wert sind
wir verfolgen sie und beobachten sie
und entdecken ihre Nichtswürdigkeit
Richard schiebt Herrenstein in die Salonmitte
Ich kann nicht sagen
daß ich einen einzigen von meinen Verwandten
jemals geliebt hätte
nicht die geringste Sympathie das ist die Wahrheit
habe ich jemals auch nur für einen meiner Verwandten
aufgebracht
Wenn wir ihre Heuchelei abziehen
bleibt von allen diesen Menschen nichts zurück
als ihre Häßlichkeit
es macht mir nichts aus
daß ich gehaßt werde
der Haß der Leute
ist mir zur Gewohnheit geworden
In Badgastein habe ich keine Nacht geschlafen
seit Badgastein höre ich schlechter
und sehe ich schlechter
aber das ist ganz meine Schuld
Fräulein Zallinger tritt ein und deckt den
Frühstückstisch für Herrenstein und Richard

HERRENSTEIN

Wir packen in die Menschen hinein
was nur geht
und sind dann enttäuscht
Sie schlafen doch sicher gut
Sie sind gesund
Sie haben das Leben noch vor sich
Sie sind durch nichts belastet
Aber wenn Sie erst sechzig sind
und keine schmerzfreie Nacht mehr haben
schaut zu Boden, macht darauf Kreise mit dem Stock
Ihr Leben ist ziemlich ausgeglichen
Ihre Zukunft ist keine rätselhafte
Ich sehe nur Schmutz
alles ist schmutzig

Aber der Boden ist doch gestern poliert worden
ruft
nicht wahr Fräulein Zallinger
der Fußboden ist doch erst gestern poliert worden

FRÄULEIN ZALLINGER

Ja natürlich Herr Herrenstein

HERRENSTEIN

Ich sehe nur Schmutz
schaut die Wände entlang
Ich kann hinschauen wo ich will
ich sehe nur Schmutz
Unerträglicher Gedanke
daß alle diese Leute hierher kommen
ausgerechnet jetzt
schamlos neugieriges Volk die Wiener
Wieviel sind es denn Fräulein Zallinger

FRÄULEIN ZALLINGER

Dreißig oder vierzig

HERRENSTEIN

Ein entsetzlicher Gedanke
und das einen Tag vor der Abreise
Dreißig oder vierzig
Weil ich zwei oder drei Leuten gesagt habe
sie können herkommen
und Elisabeth die Zweite sehn
kommen dreißig oder vierzig
Und der Anlaß
ist dieser lächerliche
Aber ich kann mir die Leute
nicht vollkommen verscherzen
Ich muß mir einreden
daß es mir Vergnügen macht
Ich hab immer gedacht diese Leute
kommen nie wieder in mein Haus
schaut um sich
Alles wird nur beschmutzt
Ist es nicht ekelhaft
ausgerechnet heute
wo wir auf das Heldweinbegräbnis müssen
wo wir morgen auf den Semmering fahren
Ich bin mir noch nicht sicher

ob ich auf den Semmering fahre
auch wenn die Koffer schon gepackt sind
ich bin nicht sicher
ob ich nicht ganz woandershin fahre
vielleicht fahre ich in die Karpaten
zu meiner Nichte
Was sagen Sie Richard
wäre das nicht eine Idee

RICHARD
Vielleicht Herr Herrenstein vielleicht

HERRENSTEIN
Dort muß es doch wirklich ruhig sein in den Karpaten
dort muß ich mich doch beruhigen können
aber ist es nicht zu bergig
Sie können mich doch nicht fortwährend auf und ab schieben
Deshalb habe ich ja gesagt auf den Semmering
weil wir dort diesen gleichmäßig ebenen Weg haben
wie ich diesen Weg hasse
nichts als jeden Tag diesen Weg
immer derselbe Blick
aber die Semmeringluft soll gut sein
für Herzkrankheit
Haben Sie nicht an die Karpaten gedacht

RICHARD
Ich habe an die Karpaten gedacht Herr Herrenstein
ich habe Ihnen ja auch die Karpaten empfohlen

HERRENSTEIN
Die Karpaten empfohlen
Wann haben Sie mir denn die Karpaten empfohlen
wirklich Sie haben mir die Karpaten empfohlen
Die Vergeßlichkeit nimmt zu
Richard will aus den Zeitungen vorlesen, Herrenstein läßt ihn nicht

HERRENSTEIN
Wenn wir alles vergessen haben
haben wir nichts mehr
dann sind wir tot
wir existieren ja nur
weil wir noch nicht alles vergessen haben
Wissen Sie daß ich eine Einladung nach Toronto habe
das habe ich noch nie gehabt

eine Einladung nach Toronto
Die Leute wissen nicht
daß ich nicht gehen kann
sonst hätten sie mich nicht nach Toronto eingeladen
oder sie haben mich nach Toronto eingeladen
gerade weil sie wissen
daß ich nicht gehen kann
Herrenstein der Großindustrielle mit den Kunstfüßen
Wahrscheinlich steckt hinter dieser Einladung
eine dieser Gemeinheiten großer Firmen
Ich habe mein Lopyrin noch nicht genommen
Richard geht hinaus, um die Pille zu holen

HERRENSTEIN *zu Boden schauend*
Eine Wachspuppe war ich
für immer allein
schließlich bin ich
auf den Herd gesprungen
Was für schreckliche Träume wir haben
die meisten vergessen wir
eine Wachspuppe
die auf den Herd gesprungen ist
auf einen Armeleuteherd
Richard kommt mit der Pille auf einem Tablett und mit einem Glas Wasser zurück
Herrenstein nimmt die Pille und macht einen Schluck Wasser
Richard nimmt das Glas und gibt es Fräulein Zallinger

HERRENSTEIN
Ich habe geträumt
ich sei eine Wachspuppe
die plötzlich auf einen glühenden Herd gesprungen ist
auf einen Armeleuteherd
es ist doch lächerlich
womit wir uns konfrontieren
Haben Sie denn auch so schreckliche Träume

RICHARD
Das kann ich nicht sagen Herr Herrenstein

HERRENSTEIN
Sie träumen also schön

RICHARD
Nicht schrecklich
nicht schön

aber auch nicht schrecklich
Herrenstein will wieder ans Fenster geschoben werden
Richard schiebt ihn ans Fenster

HERRENSTEIN

Die Lösung ist
sich ganz einfach immer wieder urplötzlich umzudrehen
und weiter zu gehen
das sage ausgerechnet ich
In Rom habe ich gedacht
ich könne allein aufstehen
daß ich Sie nicht brauche habe ich gedacht
ich habe den Versuch gemacht
und bin aus dem Bett gefallen prompt
es war kein Unglücksfall
es war die Rache für meinen Entschluß
Richard will aus den Zeitungen vorlesen, Herrenstein verbietet das

HERRENSTEIN

Ich wollte einmal unabhängig sein von Ihnen
aber ich scheiterte
Sie wissen ich bin dann tagelang
mit diesen fürchterlichen Rückenschmerzen im Bett gelegen
Es ist falsch wenn sich ein Krüppel
der völlig unbeweglich ist
ausgerechnet
weil es seine Gewohnheit ist
immer wieder im Hassler einmietet
das Hassler ist ja letztenendes auch ein häßliches Hotel
ich weiß gar nicht warum ich immer wieder sage
das Hassler ist schön
Den Blick auf die Spanische Treppe
hasse ich wie nichts sonst
Rom kommt nicht mehr in Frage
Wie Rom vor dreißig Jahren
so ist heute Lissabon
da fahren wir so bald als möglich hin
ich liebe diese Stadt
Ist Ihnen aufgefallen
daß nirgends auf der Welt so viele Krüppel herumlaufen
wie in Lissabon
an jeder Ecke ein vom Krebs überwuchertes Gesicht

abgestorbene Nasen angefressene Ohren
in Lissabon regieren die Krankheiten absolut
das fasziniert mich wahrscheinlich
Nennen Sie es Perversität Richard
ich bin von den Verunstaltungen der Körper angezogen
gleichzeitig von der Schönheit dieser Stadt
und von der Masse ihrer Körperverunstaltungen
aber natürlich gibt es auch so viele schöne Menschen in Lissabon
perzentuell gesehen mehr als in anderen europäischen Großstädten
Schon als ganz junger Mensch
etwa fünfzehn Jahre vor dem Unglück
habe ich mir im Avenida Palace zwei Zimmer genommen
um Ruhe zu haben
sozusagen ein leeres Zimmer als Puffer gegen die Gemeinheit der übrigen Welt
Wand an Wand mit fremden Leuten vertrage ich nicht
je älter ich werde desto weniger

FRÄULEIN ZALLINGER *die inzwischen den Frühstückstisch gedeckt hat*
Kann ich den Tee schon bringen

HERRENSTEIN
Ja natürlich bringen Sie den Tee
Fräulein Zallinger geht hinaus

HERRENSTEIN
Es stimmt nicht
daß ich kein Bedürfnis nach der Welt mehr habe
das habe ich gestern mehr oder weniger gedankenlos gesagt
ich habe das größte Bedürfnis danach Richard
zeichnet mit dem Stock Kreise auf den Boden
Es gibt zwei Länder in die ich noch fahren will
ich will nach England
und ich will nach Portugal
und nach Polen natürlich in mein absolutes Lieblingsland
Nie war ich glücklicher als in Polen
niemand versteht das
Die Leute schütteln auch wenn sie ihn nicht schütteln
fortwährend den Kopf wenn ich von Polen schwärme
aber natürlich war ich schon lang nicht in Polen
Wann waren wir denn in Polen zum letztenmal

RICHARD
Vor zwei Jahren
HERRENSTEIN
Vor zwei Jahren
mir scheint es ist eine Ewigkeit
Fräulein Zallinger bringt den Tee, Herrenstein wird von Richard an den Frühstückstisch gefahren
HERRENSTEIN
Immer wieder eine höhere Stufe von Leben
hat mein Vater immer gesagt
was hat er nur damit gemeint
wahrscheinlich meinte er es so wie ich es verstehe
das Unglück der Menschen ist ja allein
daß sie überhaupt geboren sind
wir stellen immer die dümmsten Fragen
wir sind ja auch dumm
durch und durch dumm
verkrüppelt und dumm
alle sind sie verkrüppelt und dumm
körperlich und geistig verkrüppelt und dumm
ohne Ausnahme
Richard setzt sich Herrenstein gegenüber, sie frühstücken, Fräulein Zallinger bleibt an der Tür stehen
HERRENSTEIN
Es werden nur dumme Gedanken ausgesprochen
es wird nur Verkrüppeltes gesagt
wenn es noch so gut gedacht ist
ist es doch verkrüppelt gedacht
wenn es noch so gut gesagt ist
es ist doch verkrüppelt gesagt
bindet sich eine Serviette um
die ganze Welt ist von Dummheit durchsetzt
die ganze Welt ist eine verkrüppelte
aber es gibt natürlich kunstvolles Verkrüppeltes
kunstvoll Verkrüppeltes
frühstückt mit Richard
Haben Sie nie an eine Künstlerexistenz gedacht
Schauspieler das wollte ich einmal
aber ich bin kläglich gescheitert
ich kann keine zwei Wörter auswendig lernen
außerdem hätte mein Vater nie erlaubt

daß sein Sohn sich zum Mimen macht
Mime das war tiefste Verachtung
er sprach das Wort immer dann aus
wenn er tief verachtete
Hat es Sie nie gereizt
Künstler zu sein
das wollen doch die Leute
alle drängen sie auf die Bühne
alle wollen sie auf das Podium
gleich für was das Podium ist
Schauspielerei Konzertmacherei Wissenschaftlerei
dahin drängen sie alle
Ich könnte mir vorstellen
daß Sie ein guter Schauspieler sind
Sie sind eine Fundgrube für einen Regisseur
mit Ihnen kann ein Regisseur alles machen
Sie können einen König spielen und einen Grubenarbeiter
Sie haben alles an sich
für einen großen Schauspieler
natürlich ist es jetzt zu spät
Schauspielerei muß früh genug angefangen werden
nicht wie Ballett mit vier oder fünf
aber immerhin mit sechzehn oder siebzehn Jahren
Schauspielerei hat mich aber doch immer abgestoßen
wenn ein Haufen Dummköpfe auf der Bühne
gegeneinanderrennt
Selbst Ihre Stimme ist eine Schauspielkunststimme
Sie haben nie gedacht zum Zirkus zu gehn nie

RICHARD

Nie

HERRENSTEIN

Als ganz kleines Kind
hatte ich die Idee zum Zirkus zu gehn
wie meine Mutter
die ist mit einem Zigeunerzirkus von Wien
bis weit nach Ungarn hineingelaufen
da war sie vier Jahre alt
Ein Budapester Staatsanwalt
hat sie nach Wien zurückgebracht
nachdem man sie schon drei Monate tot geglaubt hatte
Alle Leute haben doch Lust auf Theater

auf Verkommenheit

RICHARD

Ich habe diese Lust nie gehabt

HERRENSTEIN

Sie sind ein besinnlicher Mensch Richard
kontrolliert diszipliniert
das zeichnet Sie aus
Sie sind die Verläßlichkeit in Person
Sie sind ganz unösterreichisch
andererseits haben Sie gar nichts Deutsches an sich
dann wären Sie auch nicht hier
Sie sind ein eigenartiger Mensch
Ihr größter Vorteil ist
daß Sie nichts von einem Widerspruchsgeist in sich haben
Fünfundzwanzig Jahre im Hause Herrenstein
der Gedanke ist mir persönlich grauenhaft
aber Sie bedrückt er nicht
Sie sind gleichmäßig gut aufgelegt
von kleinen lächerlichen Anlässen in dieser Richtung abgesehen
Ich bin ja auch wie ein Vater zu Ihnen
Sie sind der einzige Mensch den ich aushalte
ich kann nicht sagen warum
es ist die Tatsache mein lieber Richard
zu Fräulein Zallinger
Sind Sie ehrlich Fräulein Zallinger
wo fahren Sie lieber hin
auf den Semmering oder nach Altaussee

FRÄULEIN ZALLINGER

Nach Altaussee Herr Herrenstein

HERRENSTEIN

Daß sie immer alle
in dieses perverse Künstlerloch wollen
wo der Tod lauert
oder wenigstens die tödliche Langeweile
Ich bin auch noch nicht entschieden
schließlich ist es egal
wohin ich fahre
die Hauptsache weg von Wien
diese Stadt ist mehr und mehr unerträglich
ich hasse Wien und ich hasse die Wiener

Was ist denn in der Oper heute
RICHARD
Andrea Chénier
HERRENSTEIN
Dieser ekelhafte Giordano
mit dem ich übrigens verwandt bin
um drei Ecken
jedenfalls eine Nichte von Giordano
ist auch eine Nichte von mir
das ist mir alles zu kompliziert
In die Oper gehe ich nicht mehr so bald
dann noch eher ins Burgtheater
in diese permanente Schauerbühne
Ein neuer Direktor sagen die Leute
aber das ist doch auch ein Scharlatan
die Deutschen kommen immer als frischer Wind herein
und bald ist es wieder die gähnende Leere
die einen anödet
Wieviele Direktoren ich auf dem Burgtheater
schon erlebt habe
und im Grunde hat sich nichts geändert
diese perverse Stückevernichtungsmaschine
die neuen Gesichter sind in kurzer Zeit wieder die alten
und der neue Geist ist der vorgestrige
dieses Haus ist immer verstaubt gewesen
ruft aus
Das ist ja der große Reiz am Burgtheater
daß es immer verstaubt gewesen ist
und immer verstaubt sein wird
Jede Entrümpelung des Burgtheaters
leitet nur eine neue Stauborgie ein
Schauspieler sind mir widerwärtig
da höre ich noch lieber die stumpfsinnigen Sänger
in einer Mozartoper
Wann wird denn Così fan tutte wieder gespielt
FRÄULEIN ZALLINGER
Soll ich nachschauen
HERRENSTEIN
Ja schauen Sie nach Fräulein Zallinger
das einzige das mir in der Oper immer gefallen hat
Fräulein Zallinger geht hinaus

HERRENSTEIN

war wirklich Così fan tutte
da ist es mir auch egal wer dirigiert
das ist ja eine Musik die nicht umzubringen ist
alles Andere ist ja doch immer haarsträubend
Der Vorteil ist
daß es nur ein paar Schritte von hier in die Oper sind
das wäre mir auch zuviel
wegen einer Opernaufführung auch noch einen langen Weg zu haben
das stünde doch nicht dafür
Richard schiebt mich einfach hinüber
mehr oder weniger nur über die Straße
zu Mozart und Wagner
Aber ich kann nicht jede Woche in Così fan tutte gehn
Fräulein Zallinger kommt mit der »Presse« zurück

HERRENSTEIN

Wann ist Così fan tutte

FRÄULEIN ZALLINGER

Heute ist Maskenball

HERRENSTEIN

Schauerlich
Verdi mag ich nicht
diese Tränendrüsenitalianità
geht nur ins Ohr um die Gehörgänge zu verschmutzen
Ich gehe nur in Mozartopern
die langweilen mich auch
aber auf höchstem Niveau
und zu Wagner
Wann ist Così fan tutte wieder

FRÄULEIN ZALLINGER

Es steht gar nicht auf dem Programm

HERRENSTEIN

Das sieht diesen Dummköpfen gleich
daß sie Così fan tutte
die einzige Oper die überhaupt etwas wert ist
nicht ansetzen
Andrea Chénier
dieser sentimentale Heroenkitsch
zu Richard
Sie sind doch auch kein Anhänger

von Giordano und Konsorten
das trieft ja vor Verlogenheit
Mögen Sie Giordano oder nicht

RICHARD
Natürlich nicht Herr Herrenstein
natürlich nicht

HERRENSTEIN
Es ist unerträglich
wenn Sie immer natürlich nicht sagen
Es gibt Tage da sagen Sie nichts anderes
zu Fräulein Zallinger
Fräulein Zallinger
glauben Sie daß mir Altaussee gut tut
Sie wissen ja nicht
wie schlecht es mir geht
An und für sich ist das Wiener Klima ja gut
andererseits verschlechtert sich mein Zustand tagtäglich
Auf dem Semmering ist die bessere Luft
in Altaussee sehe ich immer dieselben Leute
die alten Gräfinnen die mir auf die Nerven gehn
und ihre senilen Männer und Hintermänner
Auf dem Semmering komme ich mit diesem Gesindel
nicht in Berührung
andererseits ist das Abgeschlossensein auch die Hölle
Wissen Sie denn wer wirklich heute kommt
Die englische Königin hat mir noch gefehlt
Weil ich meinem Neffen gesagt habe
er kann kommen
kommen jetzt vierzig Leute
die haben ja gar nicht Platz hier
schaut um sich
die schlechte Luft dieser Leute
bringt mich ja um
gerade heute hatte ich schon in aller Frühe
ein ungeheures Literaturbedürfnis
das ist jetzt wieder alles zunichte
Wo haben wir denn die Wahlverwandtschaften liegengelassen

FRÄULEIN ZALLINGER
Im Speisezimmer

HERRENSTEIN *zu Richard*
Im Speisezimmer absurd

soweit ist es gekommen
daß Sie mir im Speisezimmer die Wahlverwandtschaften
vorlesen
und das Buch auch noch dort liegenlassen
im Speisezimmer liegengelassen
absurd absurd
Sie haben sie liegengelassen Richard
Bis halbdrei Uhr früh haben Sie mir Tolstoj vorgelesen
völlig danebengegangener Ablenkungsversuch
gerade heute wäre ein Tag für die Wahlverwandtschaften
ich glaube ich habe die Wahlverwandtschaften
jetzt schon dutzendemale von Ihnen gehört
Das ist ja Schwachsinn
aber zur Vertreibung der Langeweile
eine ideale Lektüre
weder besonders geistvoll
noch ausgesprochen dumm
absolut in jedes Ohr gehend
einschläfernde Sprache habe ich immer gedacht bis heute
zu Richard
Sie lesen ja nicht
Sie glücklicher Mensch
Ihnen hat Goethe noch nicht die Welt verdorben
mir hat er sie nach und nach verekelt
überhaupt habe ich mir durch Literatur die Welt verfinstert
aber es vergeht doch keine Woche
daß Sie mir nicht wenigstens ein Buch vorlesen
ein Buch vorlesen vorlesen vorlesen
und ich langweile mich doch tödlich dabei
aber mit dieser tödlichen Langeweile bin ich noch zufriedener
als ohne
Fräulein Zallinger geht hinaus

RICHARD
Darf ich Sie darauf aufmerksam machen
daß der Direktor Holzinger kommt

HERRENSTEIN
Was der heute
hierher

RICHARD
Sie haben ihn ja herbestellt für elf Uhr

HERRENSTEIN

Das hat mir noch gefehlt

RICHARD

Ich sagte doch daß Samstag die Königin von England kommt
Samstag habe ich gesagt
kommt die Königin von England
da können Sie doch nicht den Direktor Holzinger empfangen

HERRENSTEIN

Sagten Sie das
Sie sagten das
Sie

RICHARD

Ich sagte Samstag kommt die Königin von England
da kann doch der Direktor Holzinger nicht kommen

HERRENSTEIN

Und ich habe nicht auf Sie gehört
ich habe tatsächlich nicht auf Sie gehört
das ist ja eine Katastrophe
bedeutet Richard, ihn vom Frühstückstisch weg zum rechten Fenster zu fahren, und wirft die Serviette auf den Tisch
Ich habe nicht hingehört
Sie haben das gesagt
und ich habe nicht hingehört
Richard fährt Herrenstein zum rechten Fenster

HERRENSTEIN *schaut zum Fenster hinaus*

Es ist ganz klar sagen Sie

RICHARD

Ein klarer Tag

HERRENSTEIN

Ich sehe alles im Nebel
Ich werde niemehr einen klaren Tag sehen
und ab drei Uhr nachmittag höre ich auch sehr schlecht
Wann kommt denn die Königin

RICHARD

Gegen zwölf sagt das Fräulein Zallinger

HERRENSTEIN

Gegen zwölf
und um elf kommt der Direktor Holzinger
wie mich vor diesem Menschen ekelt
wie er spricht
und was er sagt

was er anhat
wie er sich bewegt
wie er immer wieder abrupt sagt
andauernd sagt er abrupt
und ich sehe keine Veranlassung dazu
abrupter Abschluß sagt er
abrupte Zinssenkung
Die Leute gewöhnen sich so ein schauerliches Wort an
und bringen es lebenslänglich nicht mehr weg
Ich selbst habe jahrelang das Wort wunderbar gesagt
absurd nicht wahr
aber wir spiegeln natürlich unser Inneres nach außen
das ist es Richard
Das Frühstück liegt mir im Magen
seit Jahren seit Jahrzehnten ist es das gleiche
aber es hätte keinen Sinn es zu ändern
mit den Nachtmählern ist es dasselbe
Schließlich geht einem alles auf die Nerven
und die Nerven werden krank
Die englische Königin hat doch gar keinen Reiz
die ganze Sippschaft nicht
alle sehen sie gleich dumm aus
aber die Leute sind fasziniert davon
Meinem Neffen habe ich gesagt
nun gut du kannst herkommen
schau sie dir an
mich interessiert die Königin von England nicht
mich haben solche Leute nie interessiert
Wenn die Königin gegen zwölf kommt
haben wir ja gar nicht mehr viel Zeit
und ich hatte noch an Lucius schreiben wollen
wegen der Philippinenfracht
An Lucius kann ich auch vom Semmering aus schreiben
oder von Altaussee aus
Achtundsechzigtausend Kanonenrohre Richard absurd
Ich lasse mich von dem Gedanken
nach Altaussee oder auf den Semmering
nicht quälen
es ist ja egal in welche Richtung wir fahren
Wie geht es denn Ihrer Tante
hat sie noch diese Beinkrämpfe

RICHARD
Sie ist bei einem Bad Ischler Arzt in Behandlung
HERRENSTEIN
Bei einem Bad Ischler Arzt
die Bad Ischler Ärzte gelten doch
als die schlechtesten Ärzte überhaupt
die bringen doch jeden wegen einer Kleinigkeit um
wie alt ist denn Ihre Tante
RICHARD
Siebenundachtzig
HERRENSTEIN
Genauso alt wie ich
aber wenn sie rüstig ist
RICHARD
Sie war vor einem Jahr noch auf der Katrin
HERRENSTEIN
Achwas
das hatte ich mit zwanzig schon nicht mehr können
Bad Ischl ist doch widerwärtig
die Leute sitzen in ihren Häusern und frieren
und gehen wenn sie überhaupt aus ihren Häusern herausgehen
in die Konditorei Zauner
heute eine der geschmacklosesten Konditoreien überhaupt
je größer eine Geschmacklosigkeit im Salzkammergut ist
desto beliebter ist sie
Das Salzkammergutpublikum ist das geschmackloseste
überhaupt
Von was lebt denn Ihre Tante
RICHARD
Sie hat eine Rente
HERRENSTEIN
Eine Rente
für was
RICHARD
Nach ihrem Mann
der Gerber war
HERRENSTEIN
Gerber Gerber
ist das nicht ein aussterbendes Gewerbe
nichts stinkt grauenhafter als eine Gerberei
aber ohne Gerber keine Lederhose

RICHARD
Zweieinhalbtausend Schilling bekommt sie
HERRENSTEIN
Ja das ist die Welt
so ist die Welt
so wird sie immer sein
Haben Sie denn die Vorhänge aufgezogen
RICHARD
Natürlich Herr Herrenstein
HERRENSTEIN *streckt sich vor*
Ich sehe alles im Nebel
Und es ist vollkommen klar sagen Sie
RICHARD
Ein vollkommen klarer Tag Herr Herrenstein
HERRENSTEIN
Der richtige Tag für die Königin von England
Ich mag diese Leute nicht
Burberry- und Greenfell-Puppen
mit ihrem stupiden Lächeln
ob sie sich mit Staatsoberhäuptern
oder mit ihren Hunden zeigen
es ist immer das gleiche
die ganze Brut ist scheußlich
Sie waren doch mehrere Male in England Richard
RICHARD
Siebenmal
HERRENSTEIN
Sie sind im Grunde weitgereist
möglicherweise weiter gereist als ich
ich war nicht siebenmal in England
ich war nur dreimal in England
davon zweimal in Schottland
die Hebriden sind schon faszinierend
faszinierende schroffe Felsen
RICHARD
Ich war auch in Irland
HERRENSTEIN
In Nordirland
RICHARD
In Nordirland und in Irland
und in Wales

HERRENSTEIN
Irgendwie merkt man
daß Sie so oft in England und in Irland waren
Was zog Sie denn so an dort
RICHARD
Freunde
HERRENSTEIN
Freunde
ich habe auch in England keine Freunde
Fräulein Zallinger trägt im Hintergrund einen Tisch herein
HERRENSTEIN
Zuerst wollen wir alles sehen
dann auf einmal nichts mehr
aber ich habe immer noch Lust zu reisen
selbst mit diesen Schwierigkeiten
Ein österreichisches Rollstuhlschicksal Richard
schaut durchs Fenster hinaus
Dem Direktor Holzinger bieten Sie aber bitte
nichts an keinen Schluck
diese Leute glauben
sie müssen ihr Glas austrinken
nicht eher gehen sie
ich will daß der Mann gleich wieder verschwindet
alles heuchlerische Subjekte
aber wir haben sie notwendig
ohne sie wäre schon längst alles zusammengebrochen
Das ist das System
ein Mann der alles zusammenhält
und eine Reihe solcher Subjekte
die von diesem Mann dirigiert werden skrupellos
mehr oder weniger
aber wer ist nicht skrupellos
wir denken ja nicht mehr an Geld und Besitz
das ist jahrzehntelang kein Thema
wir handeln aus Gewohnheit
wir müssen die Leute kurz halten
und ihnen mit größter Freundlichkeit entgegenkommen
und ihnen sagen daß sie unentbehrlich sind
und ihnen gleichzeitig mit ihrer Entlassung drohen
hat im Fenster das tischhereintragende Fräulein
Zallinger entdeckt, ruft

Fräulein Zallinger
was machen Sie denn da
warum tragen Sie denn diesen Tisch da herein
Richard dreht den Rollstuhl mit Herrenstein etwas

HERRENSTEIN *zu Fräulein Zallinger*
Was geht hier vor

FRÄULEIN ZALLINGER
Für das Buffet Herr Herrenstein

HERRENSTEIN
Was für ein Buffet

FRÄULEIN ZALLINGER
Für die Gäste

HERRENSTEIN
Das ist ja fürchterlich
daß wir diesen Leuten
auch noch ein Buffet machen
Es ist doch hoffentlich nicht vom Demel

FRÄULEIN ZALLINGER
Selbstgemachtes Herr Herrenstein

HERRENSTEIN
Die Leute kommen her
und fressen hier auch noch alles auf
Das ist ja Wahnsinn
daß ich die Leute alle eingeladen habe
Ich habe sie ja nicht eingeladen
Sie haben sich eingeladen
Nur der Neffe dachte ich nur der Neffe
und jetzt kommen vierzig Leute
zum Schluß kommen noch mehr als vierzig
Fräulein Zallinger geht hinaus

RICHARD
Haben denn überhaupt vierzig Leute Platz hier

HERRENSTEIN
Das frage ich mich auch
Ein Mensch
der jahrelang völlig allein lebt
nur mit Ihnen Richard
mehr oder weniger nur mit Ihnen
das Fräulein Zallinger zählt ja nicht
alle andern zählen ja nicht
und plötzlich kommen vierzig Leute

Die Wiener sind ja so abstoßend neugierig
Sie laufen auch zu Hunderttausenden zusammen
wenn ein Affe die Mariahilferstraße herunter kommt
das macht keinen Unterschied
Fräulein Zallinger kommt mit einem zweiten Tisch
herein und stellt ihn an den ersten

HERRENSTEIN

Und das alles
wo wir doch am Nachmittag auf das Begräbnis von Heldwein
müssen
verstorbener Juwelier
selbst einer solchen Lächerlichkeit geben wir nach
Köchert Heldwein Fischmeister
alle sind jetzt tot
die Juweliere von Wien sind ausgestorben
die Söhne zählen ja nicht
die Söhne sind nichts wert
daß wir uns schon zu den Juwelieren herablassen
ist ungeheuerlich Richard
Im Grunde stirbt in dieser Jahreszeit ja jeden Tag jemand
den wir kennen
da müßten wir andauernd auf die Friedhöfe laufen
andererseits habe ich festgestellt
daß mir der Begräbnisanzug am besten paßt
wissen Sie Richard
ich bin ein Begräbnisanzugenthusiast
glauben Sie nicht daß mir das zuviel ist an einem Tag
die Königin von England
und alle diese Leute
und auch noch der Juwelier Heldwein
und auch noch der Direktor Holzinger
Den Holzinger könnte ich ja noch abbestellen
aber dann muß ich ihn morgen empfangen
beobachtet Fräulein Zallinger
Warum schleppen Sie denn die Tische allein hier herein
Sie haben doch Helferinnen
was ist mit den Mädchen

FRÄULEIN ZALLINGER

Die Mädchen stören nur
ich mach das ganz ruhig

HERRENSTEIN
Ach schleppen Sie sich doch nicht ab
lassen Sie die Mädchen arbeiten
dazu sind sie ja da
FRÄULEIN ZALLINGER
Ja natürlich Herr Herrenstein
HERRENSTEIN
Wieviele Tische tragen Sie denn noch herein
FRÄULEIN ZALLINGER
Wir brauchen fünf Tische für das Buffet
HERRENSTEIN *zu Richard*
Stoßen Sie denn Menschenansammlungen nicht ab
stört es Sie denn nicht
soviele Leute auf einem Platz
RICHARD
Natürlich Herr Herrenstein
HERRENSTEIN
Die Normalität ist es nicht
abgestoßen zu sein von der Masse
die Leute lieben die Zusammenrottung
alle streben immer zueinander zusammen
ich habe immer von allen weg wollen
aus allen hinaus wollen
das ist wahrscheinlich mein Unglück
zu Fräulein Zallinger
Sie ruinieren sich Ihre Wirbelsäule Fräulein Zallinger
Sie werden sehen Sie ruinieren sich Ihre Wirbelsäule
könnten wir nicht Musik hören
etwas Klassisches Richard
Fräulein Zallinger wäre es nicht der Augenblick
Musik zu hören
Fräulein Zallinger drückt auf den Musikkasten. Ein paar Takte Mozart
HERRENSTEIN *schreit auf*
Nein keine künstliche Musik
Sie sollen spielen
spielen Sie uns doch etwas vor Fräulein Zallinger
ein kleines kurzes klassisches Stück
Sie spielen doch Chopin so schön
Fräulein Zallinger stellt die Musik ab

HERRENSTEIN
Es ist doch sicher ein Jahr
daß Sie etwas gespielt haben
warum Sie nicht mehr klavierspielen weiß ich nicht
Auf einmal haben Sie es aufgegeben
es ist sicher ein Jahr
eine Etude eine Sonate irgend etwas
auf dem Semmering haben wir ja kein Klavier
Stellen Sie sich nicht so an Fräulein Zallinger
wo Sie doch ausgebildete Pianistin sind
und Ihr Vater war doch Kapellmeister
ein so hochgezüchtetes Talent
gibt man doch nicht einfach über Nacht auf
nun spielen Sie
Fräulein Zallinger geht ins Musikzimmer und läßt
die Tür zur Hälfte offen

HERRENSTEIN
Sie hat uns doch jeden Tag etwas gespielt
warum spielt sie nicht mehr
schreckliche Person
Es war doch immer so angenehm wenn sie spielte
nicht wahr Richard
Chopin Schumann
Fräulein Zallinger beginnt eine Chopinsonate
zu spielen

HERRENSTEIN
Ich mag Klavier nicht
es ist nur für den perversen Geschmack
selbst Horowitz ist nicht zu ertragen
aber als Stimulans als Stimulans
Das Frühstück hat mir den Magen verdorben
Sie ist natürlich ganz aus der Übung
was wir nicht fortwährend üben
geht uns in die Brüche
Zu Elternzeiten ist am Nachmittag immer Klavier gespielt
worden
jahrelang ist ein eigens dafür engagierter Klavierspieler
ins Haus gekommen
Ich spielte nie
mein Bruder spielte
ich nie

zwanzig Jahre spielte die Zallinger
Es ist sicher ein Jahr
daß sie nicht mehr gespielt hat
flüstert
sie spielt doch sehr tölpelhaft
finden Sie nicht Richard

RICHARD
Uninspiriert Herr Herrenstein

HERRENSTEIN
Mißbrauch der hohen Kunst
Aber ich glaube nicht
daß das Klavierspiel hohe Kunst ist
ein Ohrenzeitvertreib ja
aber nicht hohe Kunst
das Klavier hat so etwas Pfauenhaftes
ruft ins Musikzimmer hinein
Es ist genug Fräulein Zallinger
es ist genug
Fräulein Zallinger klappt den Bösendorfer zu und kommt heraus

HERRENSTEIN
Es geht nicht mehr so gut wie früher
Ihr Vater war ein so angesehener Mann
liegt er nicht auf dem Kommunalfriedhof in Salzburg

FRÄULEIN ZALLINGER
Ja Herr Herrenstein

HERRENSTEIN
Er hatte eine Kapellmeisterklasse am Mozarteum

FRÄULEIN ZALLINGER
Ja Herr Herrenstein

HERRENSTEIN
Ein vorzüglicher Mann Ihr Vater
Wie geht es denn Ihren Schwestern

FRÄULEIN ZALLINGER
Meinen Schwestern geht es gut

HERRENSTEIN
Mein Gott nicht alle sind glücklich verheiratet
Zwei Mädchen tragen einen dritten Tisch herein und Fräulein Zallinger hilft ihnen

HERRENSTEIN *zu Fräulein Zallinger*
Es gibt doch nur Kleinigkeiten nicht wahr

FRÄULEIN ZALLINGER
Nur Kleinigkeiten Herr Herrenstein
HERRENSTEIN
Muß ich denn überhaupt dasein
wenn die Leute kommen
ich muß doch im Grunde gar nicht dasein
ich bin doch völlig überflüssig
Finden Sie nicht auch Richard
daß ich völlig überflüssig bin
in dieser Angelegenheit
Aber ich will sie doch alle sehen
Guggenheim kommt sicher auch herüber
mein philosophischer Nachbar
Mit Guggenheim habe ich schon als Dreijähriger auf der Ringstraße gespielt
und im Stadtpark natürlich
er hätte nicht aus England zurückkommen sollen
die Enttäuschung blieb nicht aus
die Österreicher sind ein verkommenes Volk
die Österreicher hassen die Juden
und die aus der Emigration zurückgekommenen am allertiefsten
die Österreicher haben nichts gelernt
sie haben sich nicht geändert
ein ganzes Volk als ein ganzer schäbiger Charakter
Ich werde Guggenheim sagen
daß er uns auf dem Semmering besucht
RICHARD
Oder in Altaussee
HERRENSTEIN
Ich glaube nicht
daß ich in dieses Nazinest fahre
ich weiß schon warum ich in Altaussee
keine Luft bekomme
es ist nicht nur wegen der Berge
es ist wegen der vielen Nazis
die dort ansässig sind
die schönsten Gegenden Österreichs
haben immer die meisten Nazis angezogen
Salzburg Gmunden Altaussee
das sind nichts als Nazinester

Lieber langweile ich mich auf dem Semmering
mit dem Doktor Guggenheim wird es erträglich sein
War Heldwein katholisch

RICHARD

Ja

HERRENSTEIN

Dann müssen wir ja diese ganze katholische Prozedur
über uns ergehen lassen
nichts ist mir widerwärtiger
als ein katholisches Begräbnis
Kann ich noch ein Glas Wasser haben
Richard holt ein Glas Wasser und gibt es ihm

HERRENSTEIN *trinkt das Glas aus*

Aber wenn wir fortwährend an alle diese Scheußlichkeiten denken
dürften wir in diesem Land gar nicht mehr leben
wohin wir schauen
nationalsozialistische Gemeinheit und katholischer Schwachsinn
Wenn die Königin gegen zwölf kommt
können wir ja nicht schon um drei
auf dem Döblinger Friedhof sein

RICHARD

Das Begräbnis ist erst um halbvier

HERRENSTEIN

Zu Juwelierbegräbnissen gehen genau die Leute
die ich nicht ausstehen kann
die ganze sogenannte feine Gesellschaft
ein ganzes Rudel Gräfinnen
zu Fräulein Zallinger
Haben Sie meinen dicken schwarzen Mantel ausgebürstet Fräulein Zallinger

FRÄULEIN ZALLINGER

Natürlich Herr Herrenstein

HERRENSTEIN

Natürlich Herr Herrenstein
zu Richard
Für das Begräbnis nehmen wir den Renault

RICHARD

Natürlich Herr Herrenstein

HERRENSTEIN

Natürlich Herr Herrenstein
natürlich Herr Herrenstein
greift sich an den Kopf
natürlich Herr Herrenstein
zu Fräulein Zallinger nach einer Pause
Nur Kaltes gibt es
nur Kaltes

FRÄULEIN ZALLINGER

Natürlich nur Kaltes
Herr Herrenstein

HERRENSTEIN

Ich esse ja fast nichts mehr
ich wundere mich daß ich so mager bin
und esse fast nichts mehr
ich leide an Appetitlosigkeit
ich habe nie gern gegessen
Essen war nie mein Ehrgeiz
ich ließ immer die Andern essen
zu Richard
Ihr Eßvergnügen
ist erstaunlich
ich habe Sie immer nur mit Vergnügen
essen gesehen
ich dachte immer das würde mich animieren
auch mit Appetit zu essen
aber im Gegenteil
mehr und mehr verging es mir Ihnen gegenüber
das ist keine Anklage Richard
Lassen Sie mich doch auf die Straße schauen
Richard schiebt Herrenstein vor das linke Balkonfenster

HERRENSTEIN *streckt sich und schaut hinaus*

Ich weiß gar nicht
warum die Ringstraße so berühmt ist
ist sie doch eine der häßlichsten Straßen der Welt
nichts als pompöser Kitsch
das Parlament die Burg die Oper
alles Beispiele schauerlicher Architekturverirrungen
geschmackloses Baumeisterallerlei
monströse Zuckerbäckerei
ein Gebäude scheußlicher als das andere

und doch lieben wir das Ganze
merkwürdig
Sie sagen ein klarer Tag
für mich ist alles trüb
seit der Doktor Funder tot ist
verschlimmert sich mein Sehvermögen
widerlich gesagt nicht wahr
der Leidende wird oft dichterisch
er geht ungeniert in den Kitsch hinein
wie wenn er in einen köstlichen Garten hineinginge
Die Katastrophe wird sein
wenn ich überhaupt nichts mehr sehe
wenn ich nichts mehr sehe
und nichts mehr höre
wenn ich in allem und jedem nur noch auf Sie angewiesen bin
Richard

Zwei Mädchen und Fräulein Zallinger tragen einen vierten Tisch herein, stellen ihn ab und bleiben stehen

HERRENSTEIN *plötzlich hoch aufgerichtet*
Jetzt hätte ich gern meine Banane

Richard gibt Fräulein Zallinger ein Zeichen, hinauszugehen und eine Banane zu holen, und Fräulein Zallinger geht hinaus

HERRENSTEIN
Ich denke daß wir auf dem Semmering
mit den Wahlverwandtschaften zu Ende sind
was dann
Schopenhauer vielleicht
oder Flaubert
Nietzsche
Kleist

Die Mädchen gehen hinaus

HERRENSTEIN
Eigentlich ist es vollkommen gleich
was wir lesen
ich glaube ich werde Schopenhauer nicht mehr lesen
wir müssen ja nicht alles immer wieder lesen
Sie lesen ja sehr gut vor Richard
solange ich noch zuhören kann
eintönig ist es monoton naturgemäß
eines Tages höre ich ja auch nichts mehr

aber dazu kommt es wahrscheinlich gar nicht
Fräulein Zallinger kommt mit einer Banane auf einem Teller herein, und Herrenstein nimmt die Banane und beißt ein Stück ab

HERRENSTEIN *mit vollem Mund*
Es ist doch lächerlich
Schopenhauer vorgelesen zu bekommen
und tot zu sein
als letztes einen schopenhauerischen Satz im Ohr zu haben
oder einen solchen von Nietzsche
beißt ein großes Bananenstück ab
oder einen Voltairesatz
Die Franzosen waren mir immer die liebsten
am wenigsten mochte ich die Engländer
die Russen vielleicht
pampft
Eine kurze Erzählung von Tolstoj
oder von Turgenjew heute nacht Richard
pampft
Turgenjew
Turgenjew
beißt ein noch größeres Stück von der Banane ab und pampft
von Turgenjew
von Turgenjew Richard

Vorhang

Zweite Szene

Halbzehn Uhr
Fräulein Zallinger und die Mädchen stellen das Buffet auf fünf weißbetuchten aneinandergerückten Tischen zusammen
Richard gibt Herrenstein mehrere Pillen ein, die dieser widerwillig schluckt

RICHARD
Dienstag sind fünf Pillen vorgeschrieben
Mittwoch vier
Donnerstag fünf

HERRENSTEIN *nachdem er ein Glas Wasser halb ausgetrunken hat*
Es wird behauptet
daß die Königin von England
die reichste Frau der Welt ist
aber es heißt auch
die holländische Königin ist die reichste
Wahrscheinlich ist alles Zeitungsgewäsch
Ich habe zu meinem Neffen niemals Zutrauen gehabt
Warum mißtrauen wir den Neffen immer
und müssen uns vor den Nichten in acht nehmen
Zeitlebens haben wir Neffen- und Nichtenangst
mein ganzes Leben habe ich diese Neffen- und Nichtenangst gehabt
Die Eltern stecken alles in die Kinder hinein
und ruinieren sie damit
Diese Zeit ist eine fürchterliche
was das Aufpäppeln von Nichten und Neffen betrifft
zu Fräulein Zallinger
Geben Sie den Veltliner aus der Wachau
nicht den andern
Keinen Portwein
mehr zu sich
Die Karpaten bleiben mir immer noch
gibt Richard das Glas
Jetzt ist auch das Wasser widerwärtig
das war doch ein Hochgenuß das Wiener Wasser
so weit ich zurück denken kann
Die Proletarier haben alles ruiniert
selbst das Wiener Hochquellenwasser
zu Richard direkt
Fahren Sie mich gleich hinter der Familie Heldwein
vor das offene Grab
damit wir rasch wieder zuhause sind
was die Leute denken ist mir gleichgültig
die Juweliere sind ja bei so vielen Vereinen
und Gesellschaften
da werden sicher viele Reden gehalten
da ist es ja noch ein Glück
daß ich das alles im Sitzen
über mich ergehen lassen kann

Wenn ich mir den Kragen aufschlage
habe ich keine Verkühlungsangst
Wahrscheinlich kommen dieselben Leute
wie zum Begräbnis von Köchert
und zu Fischmeisters Begräbnis
Zu diesen Leuten habe ich Millionen getragen
alles ziemlich überflüssig
Der Adel macht die Leute noch heute ganz verrückt
In Österreich ist er abgeschafft
und macht noch immer alle verrückt
dummes unbelehrbares Volk
Für den Adel und die Witzbolde
haben die Österreicher am meisten übrig
stirbt ein Kabarettist
strömen Zehntausende zu seinem Begräbnis
abgeschmackte Menschheit
Früher haben Sie Gedichte geschrieben
tun Sie das nicht mehr
Sie haben doch immer eine lyrische Ader wie gesagt wird
gehabt
aber mir ein Gedicht von Ihrer Hand vorzulesen
das getrauten Sie sich doch nicht
es ist auch besser so
Der Eigenes Vorlesende macht sich doch lächerlich
Sie sind zu intelligent
um sich eine solche Blöße zu geben
nicht alle sind so klug
Auf dem Semmering haben Sie ja das Gasthaus Zur Tenne
da können Sie sich vergnügen
Ich brauche Sie ja nicht immer
aber natürlich muß ich wissen
daß Sie in der Nacht da sind
ich brauche Sie nicht aber ich muß wissen
daß Sie da sind
Haben Sie in den fünfundzwanzig Jahren
die Sie jetzt bei mir sind niemals gedacht
daß Sie mich töten wollen
erschlagen
von hinten
so
macht es ihm vor

das wäre doch naheliegend
Ich habe oft gedacht
vielleicht erschlägt er mich
aber Sie haben es doch nicht getan
niemals
obwohl Sie sehr oft dazu Lust gehabt haben
nicht Lust
die Notwendigkeit haben Sie gespürt
mich zu töten
das fühlt ein Mensch wie ich genau
Ich weiß was Sie denken
wenn Sie so hinter mir stehen
die meiste Zeit schweigsam
wortlos
Ich bin mir sicher
Sie werden mich nicht umbringen
seit langer Zeit bin ich sicher in diesem Punkt
zu Fräulein Zallinger
Hat es Sie jemals gereut
daß Sie bei mir sind Fräulein Zallinger

FRÄULEIN ZALLINGER
Natürlich nicht Herr Herrenstein

HERRENSTEIN
Sie sind jetzt zweiundvierzig Jahre in meinem Haus Fräulein Zallinger
zu Richard
Sie hat ihre Karriere meinetwegen abgebrochen
zu Fräulein Zallinger
Wir werden jetzt wieder jeden Tag Musik machen
Sie werden jeden Tag ein anderes Stück spielen
damit Sie wieder in Übung kommen
Das war ja auch immer ein musisches Haus
in dem das Mäzenatentum an oberster Stelle stand
Die Herrenstein haben Hugo Wolf groß gemacht
und Brahms verachtet
als Kinder mußten wir vor dem Frühstück auf den Balkon hinausgehn
und im Chor sagen
»Wolf ist der größte Komponist
Brahms ist eine Niete«
zu Richard

täglich Richard tagtäglich
die Ringstraße wartete schon darauf
daß wir auf dem Balkon unseren Spruch aufsagten
Das war unser eigentliches Morgengebet
»Wolf ist der größte Komponist
Brahms ist eine Niete«
versucht, auf den Balkon zu schauen
Bis an sein Lebensende
hat das Haus Herrenstein Wolf
eine Pension gezahlt
etwa in der Höhe eines Ministerialratsgehalts
Wenn im Musikverein Brahms gespielt worden ist
haben wir hier vom Balkon
eine schwarze Fahne hinuntergelassen
selbst wenn es sich nur um ein ganz kleines Musikstück von Brahms handelte
hißten wir die schwarze Fahne
Musikfanatische Familie sozusagen
Ich persönlich wollte kein Mäzen sein
und die Musik interessierte mich auch nicht so
wie meine Eltern
wahrscheinlich ist es schade daß heute
nicht mehr so wie damals
die berühmtesten Musiker hier einundaus gehen
Ich bin ja nicht gegen die Kunst und gegen die Künstler
ich vertrage sie nur nicht
ich bin krank und alt
Wenn wir vom Semmering zurückkommen
spielen Sie wieder auf dem Bösendorfer Fräulein Zallinger
es wird uns allen gut tun
zu sich selbst
Was für ein Unsinn
das gesagt zu haben
zu Richard
In Altaussee stinkt es immer nach Essen
der Küchengeruch kann nicht aus dem Tal hinaus
genau da wo wir sind
konzentrieren sich die Küchengerüche des ganzen Tals
die Leute kochen mit altem Schweinefett
und den Fisch bringen sie auch nur stinkend auf den Tisch
schaut zu Boden

Ich lechze nach guter Luft
aber wo ist gute Luft
weder hier
noch in Altaussee
Auf dem Semmering haben wir die Mäuseplage
natürlich wenn das Haus fortwährend leer steht
tagelang stinkt es nach Mäusekot
und wenn wir lüften verkühlen wir uns
zu Richard
Ist es nicht besser
ich bin gar nicht da
wenn die Leute kommen
ich ziehe mich in mein Schlafzimmer zurück
Mich interessiert ja Elisabeth die Zweite gar nicht
andererseits könnte ich doch
einen Blick auf sie werfen
was sagen S i e Richard
sind wir da
oder sind wir nicht da
wenn die Leute kommen
wie spät ist es denn schon

RICHARD
Zehnnachzehn

HERRENSTEIN
Zehnnachzehn
Wenn der Direktor Holzinger kommt
sagen Sie ich bin nicht da
lassen Sie ihn gar nicht herein
Das geht nicht
ich muß ihn empfangen
horcht
Ist denn die Uhr stehengeblieben

RICHARD *schaut auf die Standuhr*
Sie haben recht Herr Herrenstein
die Uhr ist stehengeblieben

HERRENSTEIN
Dann ziehen wir sie doch auf
in letzter Zeit vergessen wir oft
die Uhr aufzuziehen
Richard schiebt Herrenstein vor die Standuhr und gibt ihm den Uhrschlüssel

Es ist diese alte Gewohnheit
daß i c h die Uhr aufziehe
ich habe sie schon in meiner Kindheit aufgezogen
will die Uhr aufziehen, aber es gelingt ihm nicht
Richard hebt ihn in die Höhe

HERRENSTEIN

Wir sollten nicht vergessen
sie aufzuziehen
Fräulein Zallinger und die Mädchen sind stehengeblieben
und beobachten, wie Richard Herrenstein hochhebt und
wie Herrenstein die Uhr aufzieht, mühselig unter
Stöhnen und Husten

HERRENSTEIN *während er die Uhr aufzieht*

Es ist jedesmal
wie wenn ich mich selbst aufzöge
hustet, schaut um sich, lacht
Merkwürdig trüb ist es heute
Richard hilft Herrenstein in den Rollstuhl zurück und schiebt
ihn in die Salonmitte

HERRENSTEIN

Daß Sie mich immer noch ertragen
wundert mich
so wie ich die Uhr aufziehe
ziehe ich mich selbst auf jeden Tag
Fräulein Zallinger hustet, und die Mädchen tragen
einen großen Ohrensessel herein und stellen ihn neben
Herrenstein ab

HERRENSTEIN

Die einen setzen sich in die Ohrensessel
die Andern in die gewöhnlichen
Ich könnte Ihnen schon jetzt sagen
wohin sich die Einen
und wohin sich die Andern setzen
hustet
Vor fünf Jahren hat mir der Doktor Friedländer
drei Jahre gegeben
ich bin noch immer da
insofern habe ich mich schon zwei Jahre überlebt
ich will nicht sterben das ist es
ich sage zwar immer ich sterbe
aber ich will nicht sterben

zu Richard
Ist es möglich
daß Sie mich in den Ohrensessel setzen
streckt Arme und Beine aus und läßt sich in den Ohrensessel setzen und zurückfallen
Der ist ja eiskalt
zu Fräulein Zallinger
Haben Sie den Ohrensessel vom Dachboden heruntergeholt

FRÄULEIN ZALLINGER
Nein Herr Herrenstein
aus Ihrem Schlafzimmer

HERRENSTEIN
Aus meinem Schlafzimmer
schaut um sich
Mein Schlafzimmer
ist ja auch mein Sterbezimmer
natürlich ist alles kalt
das aus meinem Schlafzimmer ist
zu Fräulein Zallinger
Aber warum haben Sie denn den Ohrensessel
aus meinem Schlafzimmer geholt
das ist doch verrückt
will, daß ihn Richard wieder aus dem Ohrensessel heraushebt und in seinen Rollstuhl setzt
zu Richard
So helfen Sie mir doch heraus aus dem Ohrensessel
aus diesem entsetzlichen Ohrensessel
aus meinem Sterbesessel
heben Sie mich doch heraus
hustet
Richard hebt ihn heraus

HERRENSTEIN
Das ist doch eine Verrücktheit
hustet
meinen Ohrensessel aus meinem Schlafzimmer
herauszutragen hierher
für diese Leute
hustet
die Leute sollen sitzen worauf sie wollen
aber nicht auf meinem Sterbesessel
Richard setzt Herrenstein in den Rollstuhl

Fräulein Zallinger und die Mädchen tragen den Ohrensessel wieder hinaus

HERRENSTEIN

Eine Unerhörtheit
sinkt völlig in sich zusammen
Meinen Ohrensessel
meinen geliebten Ohrensessel für diese Leute
jeden einzelnen von diesen Leuten hasse ich
und für diese Leute wird mein Ohrensessel
mißbraucht
schaut um sich
Denken sich die Menschen denn nichts
wenn sie etwas tun
Habe ich alle Pillen genommen Richard

RICHARD

Selbstverständlich

HERRENSTEIN

Die vor dem Frühstück
und die nach dem Frühstück
und die vor dem Mittagessen
und die nach dem Mittagessen
und die Abendpillen
ist das ein Leben

RICHARD

Es ist eine Notwendigkeit

HERRENSTEIN

Eine Notwendigkeit
wo doch alles ganz überflüssig geworden ist
Fahren Sie mich zum Fenster
ich will hinausschauen
ich will etwas sehen
ich ersticke hier
Richard schiebt Herrenstein zum rechten Fenster

HERRENSTEIN

Ich habe mich schon lange nicht
so schlecht gefühlt wie heute
das Wetter macht einen eigenartigen Kopf
die Samstage sind immer die schlimmsten
wenn ich von den Sonntagen absehe
die Sonntage waren mir zeitlebens verhaßt
die Welt erscheint an den Sonntagen so künstlich

wie an keinen andern Tagen
die Menschen sind künstlich
die Natur ist künstlich
alles ist künstlich an den Sonntagen
die Sonntage sind die Unnatürlichkeit selbst
schaut durchs Fenster
Völlig klar sagen Sie Richard

RICHARD
Ein völlig klarer Tag

HERRENSTEIN
Die Königin von England
grauenhaft
aber ich bedauere sie nicht
sie könnte abdanken
weggehen
sich zurückziehen
die Leute machen sich unter der Krone zum Narren
die Könige haben immer nur eine Narrenkrone aufgehabt
Wie der sogenannte Negus
nach Wien gekommen ist
ist eine ganze Million Wiener
auf die Mariahilferstraße gelaufen
die Wiener Neugierde ist ja
die widerwärtigste auf der Welt
Auf dem Semmering werde ich
wenn ich die Kraft dazu habe
mir die Schuhe selbst anziehen
Sie dürfen mir nicht helfen dabei Richard
Sie müssen mich allein lassen
Sie fragen sich
wozu braucht der Herrenstein Schuhe an seinen Füßen
die ja nur künstliche Füße sind
Fragen Sie sich das nur Richard
An die künstlichen Füße Schuhe anzuziehen
ist ja gerade die Lust
kein Mensch zieht lieber Schuhe an als der
der nur Kunstfüße hat
zu Richard direkt
Ein Betrunkener hat mich zur Puppe gemacht
eine fünfundzwanzig Jahre alte Lächerlichkeit
Eine Alltagskarambolage

nichts als eine Alltagskarambolage Richard
Sie brauchen sich den Kopf nicht zerbrechen darüber
denn ich habe meinen eigenen darüber schon zerbrochen
In Altaussee käme ich
wenn ich mich durch die Schlaflosigkeit durchzählte
in der Nacht in die Millionen
Ich bin für den Semmering
schaut zum Fenster hinaus
Er zirpt nicht

RICHARD
Was sagten Sie Herr Herrenstein

HERRENSTEIN
Der Vogel zirpt nicht
um diese Zeit
zirpt er doch immer
auch an Samstagen hat er doch immer gezirpt

RICHARD
Natürlich Herr Herrenstein

HERRENSTEIN
Die Leute verfolgen mich mit ihrem Haß
so weit ich zurückdenken kann
lauter angesehene Leute
gesunde Leute
wohlhabend reich
Sie laden mich ein
aber ich gehe nicht hin
fortwährend schicken sie Einladungen
aber ich reagiere nicht darauf
An meinem Geburtstag will ich
daß alle Vorhänge zugezogen bleiben den ganzen Tag
es wird nicht reagiert
Glückwünsche sind Verhöhnungen
Keine Wolke sagen Sie nichts

RICHARD
Völlig klar ist es Herr Herrenstein

HERRENSTEIN
Wir sind gezwungen
uns ganz in uns zurückzuziehen
das ist sehr interessant sehr interessant
schreit
Fräulein Zallinger

Fräulein Zallinger läuft zu ihm

HERRENSTEIN

Können Sie sich daran erinnern
daß hier vor dem Fenster
schon vor dreißig Jahren
der Vogel gezirpt hat
der Vogel hat doch gezirpt oder nicht
der Vogel hat gezirpt

FRÄULEIN ZALLINGER

Natürlich Herr Herrenstein

HERRENSTEIN

Auch an den Samstagen
hat der Vogel gezirpt
Sie haben es gehört
wie ich haben Sie es gehört
Sie sind der Beweis
auch an Samstagen
hat der Vogel hier vor dem Fenster gezirpt
Aber jetzt zirpt er nicht mehr
Kein Vogel zirpt drei Jahrzehnte lang
Fräulein Zallinger geht mit dem Rücken zuerst hinaus, während die Mädchen mehrere Sessel hereintragen und abstellen

HERRENSTEIN

Es war vorauszusehen
daß alle die Königin von England
sehen wollen
das Pack
hustet
Was ist dann
wenn die Entwässerungspillen nichts mehr nützen

FRÄULEIN ZALLINGER *kündigt den Direktor Holzinger an*

Herr Direktor Holzinger

HERRENSTEIN

Ja natürlich
ich erwarte ihn ja
Fräulein Zallinger geht hinaus und kommt mit dem Direktor Holzinger wieder herein
Holzinger ist mit einer Mappe an der Tür stehengeblieben

HERRENSTEIN *immer noch beim Fenster hinausschauend*
So kommen Sie doch her
das Ganze ist doch gleich erledigt
Sie geben mir die Mappe
und ich unterschreibe
und Sie können wieder gehen
Holzinger zögert zuerst und tritt dann vor Herrenstein
HERRENSTEIN
Geben Sie her
nimmt von Holzinger die Mappe
zu Richard, dem er die Mappe gibt
Lesen Sie vor
RICHARD *klappt die Mappe auf und liest*
Ich erbitte Ihre Zustimmung den Aufsichtsrat
bis spätestens dreiundzwanzigsten Oktober
einzuberufen Kreiseleder
HERRENSTEIN
Das ist ja das Einfachste und Üblichste
Richard gibt Herrenstein die Mappe zurück
HERRENSTEIN *zu Holzinger*
Haben Sie eine Feder Herr Holzinger
Dieser widerliche Kreiseleder
Holzinger zieht eine Feder aus der Rocktasche und gibt sie Herrenstein
HERRENSTEIN *unterschreibt ein Blatt in der Mappe und klappt die Mappe zu*
Dieser widerliche Kreiseleder
Ich dachte
es ist etwas Außergewöhnliches Herr Holzinger
dabei ist es nichts Außergewöhnliches
nur von Kreiseleder
er gibt Holzinger die Mappe zurück
Nicht wie sonst Herr Holzinger
heute habe ich keine Zeit für Sie
eine Menge Leute kommen
alle wollen die Königin von England sehen
das verstehen Sie doch
die Königin von England will jeder sehen
schaut Holzinger ins Gesicht
Elisabeth die Zweite
das verstehen Sie doch Herr Holzinger

HOLZINGER

Selbstverständlich Herr Herrenstein abrupt

HERRENSTEIN

Die Königin von England
kommt ja nicht jeden Tag nach Wien
wahrscheinlich kommt sie nur einmal in ihrem Leben
nach Wien

HOLZINGER

Selbstverständlich Herr Herrenstein abrupt

HERRENSTEIN

Wir sehen uns wenn ich vom Semmering zurückkomme

HOLZINGER

Selbstverständlich Herr Herrenstein

HERRENSTEIN

Ist Ihre Frau wieder gesund

HOLZINGER

Selbstverständlich Herr Herrenstein abrupt

HERRENSTEIN

Ein kranker Mensch ist ein Übel
ganze Familien rottet so ein kranker Mensch aus
wenn es ihm sein muß
Holzinger verneigt sich, dreht sich um und geht hinaus,
das Fräulein Zallinger folgt ihm

HERRENSTEIN

Ich dachte es sei etwas Wichtiges
nur von Kreiseleder
von diesem widerlichen Kreiseleder
aber natürlich ist alles wichtig
a l l e s ist wichtig
wir vergessen immer
daß a l l e s wichtig ist Richard
es gibt nichts Unwichtiges
glauben Sie nicht auch Richard
daß es nichts Unwichtiges gibt
daß alles wichtig ist
darauf beruht doch alles
daß alles gleich wichtig ist
und nicht anders
Fräulein Zallinger kommt mit Karaffen voller Wein
herein und stellt sie auf dem Buffet ab, hinter ihr
mit der englischen Fahne, dem Unionjack,

Guggenheim, der sich an Herrenstein heranschleicht
Die Leute wären alle viel glücklicher
wenn sie wüßten
daß alles gleich wichtig ist
so ersticken sie andauernd in ihrem Unglück
Richard ist zwei Schritte zurückgetreten, weil er
Guggenheim entdeckt hat
Guggenheim hält Herrenstein von hinten die Augen zu

HERRENSTEIN
Ich weiß doch
wer Sie sind Guggenheim
setzen Sie sich
und machen Sie sich nicht zum Narren
ich habe gewußt daß Sie der erste sind
Sie vor allem wollen die Königin von England sehen
Sie mit Ihrem Unionjack
Guggenheim setzt sich Herrenstein schräg gegenüber
Richard wischt Staub vom Rock Herrensteins

HERRENSTEIN *zu Richard*
Ach Richard lassen Sie uns doch für ein paar
Augenblicke allein
Ordnen Sie doch die Post
suchen Sie einen Baedeker
mit einer Semmeringbeschreibung heraus
Richard geht hinaus

HERRENSTEIN
Sie ahnen nicht
in was für eine fürchterliche Lage
ich mich versetzt habe
indem ich zu meinem Neffen gesagt habe
er könne herkommen
und Elisabeth die Zweite in Augenschein nehmen
Vierzig Leute werden kommen
und das einen Tag
bevor wir auf den Semmering fahren

GUGGENHEIM
Nach Altaussee wollten Sie doch

HERRENSTEIN
Nein
in dieses Nazinest fahre ich nicht mehr

GUGGENHEIM

Aber dort haben Sie doch Ihr schönes Haus

HERRENSTEIN

Das ist mir gleichgültig
ich habe auch auf dem Semmering ein schönes Haus
Wir können nicht überall hinfahren
wo wir schöne Häuser haben
und wer sagt daß diese Häuser alle schön sind
die meiste Zeit denke ich
diese Häuser sind häßlich

GUGGENHEIM

Ihr Haus in Altaussee ist wirklich schön

HERRENSTEIN

Mein lieber Guggenheim
ich habe die Jahrhundertwendehäuser
immer gehaßt
Veranden Holzbalkone
Aussicht auf das Gebirge
was gibt es Scheußlicheres
Im Grunde fühle ich mich hier in meinem Wiener Haus
am wohlsten
Aber von Zeit zu Zeit muß ich hinaus
Die Wiener sind noch am erträglichsten
die Leute auf dem Land sind mir widerwärtig
man kann mit ihnen nichts reden
sie verstehen nicht was man sagt
sie begaffen einen nur
und denken an das Geld
das sie einem herausziehen können
Die Mädchen tragen ab jetzt soviel Sessel und
Fauteuils als möglich herein

HERRENSTEIN

Jedesmal wenn ich auf dem Land angekommen bin denke ich
das habe ich notwendig gehabt
Vor allem fehlen S i e mir Guggenheim
Es wird soviel von Nachbarschaftshilfe geredet
wir beide praktizieren sie
einmal kommen Sie zu mir
einmal komme ich zu Ihnen
der Gesprächsstoff ist uns noch nie ausgegangen
Stellen Sie sich vor vierzig Leute wenn nicht mehr

und genau diese von mir gehaßten verachteten
mit welchen ich ja schon jahrzehntelang
nichts zu tun haben will
Um alle diese Leute wäre es nicht schade Guggenheim
Sie warten alle nur darauf daß ich krepiere
Aber Sie wissen ja diese Leute erben nichts
dafür habe ich schon gesorgt
beugt sich zu Guggenheim vor
Sie wissen es noch nicht
aber Richard hat mir gedroht
mich zu verlassen
ein Erpressungsversuch möglicherweise
wahrscheinlich ein Erpressungsversuch
faselt etwas von Amerika Kalifornien
seit Wochen lebe ich unter dieser Bedrohung
das war vorauszusehen
daß dieses Verhältnis einmal in Brüche gehen wird
Ich bot ihm eine enorme Gehaltserhöhung
das beeindruckte ihn nicht sonderlich
Aber ohne Richard bin ich erledigt
Fräulein Zallinger, die etwas Staub gewischt hat, geht hinaus

HERRENSTEIN
Ich glaube er hat auch
ein neues Verhältnis
ich bin mir ganz sicher
ich weiß auch wer das ist
Sie kennen doch diesen Doktor Schuppich

GUGGENHEIM
Schuppich

HERRENSTEIN
Genau dieser Doktor Schuppich

GUGGENHEIM
Der war doch drei Jahre in Australien

HERRENSTEIN
Vier Jahre
Ich hatte ihn einmal unter Vertrag
nicht unsympathisch aber gefährlich
Jede Möglichkeit nützt Richard aus
um mit Schuppich zusammen zu sein
Stellen Sie sich vor Richard geht mir weg
und läßt mich sitzen

Mehr oder weniger habe ich ihm
mein halbes Vermögen versprochen
darauf war er gar nicht eingegangen
als überhörte er alles was ich diesbezüglich sagte
Nichts als Schläue durchtrieben Guggenheim

GUGGENHEIM

Ich kann mir nicht vorstellen
daß Richard Sie verläßt
er ist doch über fünfundzwanzig Jahre bei Ihnen

HERRENSTEIN

Das sagt gar nichts
Wenn wir einen Menschen am notwendigsten haben
verläßt er uns
Ein fremder Mensch an meiner Seite
ist mir unerträglich
Die Verläßlichkeit von Richard
läßt zu wünschen übrig
alle Augenblicke ertappe ich ihn
bei einer Ungenauigkeit
aber ich sage nichts
ich sage absolut nichts
er darf nicht glauben ich weiß von dieser Sache

GUGGENHEIM

Schuppich hat doch dieses Buch geschrieben

HERRENSTEIN

Ja
in dem ich auf gemeine Weise vorkomme
verschlüsselt
aber ich komme vor
lauter Details
die ihm nur Richard zur Kenntnis gebracht haben kann
Zuerst hatte ich große Lust
den Mann zu verklagen
dann sah ich die Lächerlichkeit eines solchen Vorgangs
Totschweigen ist die einzige Methode
Ich hätte mir nur geschadet
mehr dadurch geschadet
als durch das was in Schuppichs Buch steht
Mich interessiert die Königin von England nicht
das ist etwas für die Jugend
die mit der Dummheit auf großem Fuß lebt

und für das alte Gesellschaftsgesindel in der Stadt

GUGGENHEIM

Ich bin natürlich gerührt
daß Elisabeth die Zweite hierher kommt
und ich sie sehen kann
ich war zwölf Jahre in Oxford wie Sie wissen
ich verdanke England nicht mehr und nicht weniger als
meine Existenz

HERRENSTEIN

Daran habe ich nicht gedacht
Guggenheim ins Ohr
Richard will nach Altaussee
weil Schuppich dort ein Haus hat
Diese Schuppich sind eine alte Nazifamilie
der Vater war SS-Obersturmbannführer
Ich gehe aber auf den Semmering
ich hasse den Semmering und gehe doch hin
Schon als Kind habe ich den Semmering gehaßt
Natürlich ist Altaussee ein schöner Ort
aber ich gehe nicht nach Altaussee
aus allen diesen Gründen Guggenheim
ich gehe auf den Semmering
obwohl mir davor graust
Heute laufen auf dem Semmering
die wild gewordenen Proleten mit Hosenträgern und
Pumphose herum
jedes Hotel ist heute ein Gewerkschaftsheim
Das könnte Richard so passen
mich in Altaussee auf der Terrasse sitzenzulassen
und sich mit Schuppich herumzutreiben
Was wenn mich Richard wirklich verläßt
ich glaube es ist nur eine Drohung eine Erpressung
Die Amerikageschichte von der er faselt
ist eine völlig frei erfundene Guggenheim
Fräulein Zallinger stellt einen großen Blumenstrauß auf das Buffet

HERRENSTEIN *zu Guggenheim*

Das Fräulein Zallinger will nach Lourdes
ruft
Wann reisen Sie denn nach Lourdes Fräulein Zallinger

FRÄULEIN ZALLINGER
Am einundzwanzigsten
HERRENSTEIN
Am einundzwanzigsten November
nicht Oktober
denn da sind Sie ja auf dem Semmering
Wann waren Sie in Fatima
FRÄULEIN ZALLINGER
Vor drei Jahren
HERRENSTEIN *zu Guggenheim*
Die Leute machen eine Glaubensreise
und sind überzeugt
daß es ihnen hilft
zu Fräulein Zallinger
Ihre Großmutter war ja schon in Lourdes nicht wahr
FRÄULEIN ZALLINGER
Ja Herr Herrenstein
HERRENSTEIN *zu Guggenheim*
Der alte Zallinger war
wie Sie vielleicht nicht wissen
einer der hervorragendsten Kapellmeister
leider war er fortwährend krank
nicht allererste Kategorie
aber ganz und gar hervorragend
hat nie an der Oper dirigiert
sehr oft an der Volksoper
und an der bayrischen Staatsoper in München
großer Pädagoge Guggenheim jahrelang
Die Töchter haben das Talent geerbt
Heute hat uns das Fräulein Zallinger nach vielen Jahren
zum erstenmal wieder eine Kostprobe ihrer Kunst gegeben
ein kleines Chopinstück
Der Neffe trifft ein, bleibt nach zwei Schritten stehen
Fräulein Zallinger bedeutet ihm, zu Herrenstein zu gehen, und er geht zu Herrenstein, der ihm die Hand nicht gibt
HERRENSTEIN
Das habe ich notwendig
daß an die vierzig Leute hier herein kommen
um Elisabeth die Zweite zu sehen
Ich habe gesagt du kannst sie sehen
nichts weiter habe ich gesagt

und jetzt kommen vierzig Leute
Du bringst mich in eine entsetzliche Lage
du weißt doch wie krank ich bin
anstatt mich zu schonen
lieferst du mich diesen Leuten aus
Ich hasse alle diese Leute wie du weißt
Noch dazu wo ich heute auf das Begräbnis von Heldwein muß
Du gehst doch auch hin selbstverständlich

DER NEFFE

Selbstverständlich

HERRENSTEIN

Die ganze Woche hast du dich
um mich nicht gekümmert
ich hätte krepieren können
Ich sitze hier und habe einen gesunden Neffen
und verkomme
Wenn ich Guggenheim nicht hätte
zu Guggenheim
Auf Richard ist auch kaum mehr Verlaß
zum Neffen
Früher bist du jeden zweiten Tag gekommen
das war allerdings zuviel
aber wenigstens einmal in der Woche
könntest du deinen kranken Onkel aufsuchen
zu Fräulein Zallinger
Nicht wahr Fräulein Zallinger
Fräulein Zallinger nickt

HERRENSTEIN

Man kann nicht nur nehmen
man muß auch geben
aber die heutige Jugend gibt nichts
sie nimmt nur
sie reißt alles an sich
und gibt nichts
Sie haben es gut Guggenheim
daß Sie keine Nichten und Neffen haben
dadurch haben Sie weder ein Neffen- noch ein
Nichtenproblem
holt aus der Rocktasche eine Pille und schluckt sie
Wir stopfen alles in die jungen Leute hinein
und sie quittieren es mit Mißachtung

zum Neffen
Du kannst dich ruhig setzen
Wenn mich Richard verläßt habe ich gedacht
habe ich wenigstens dich
aber dieser Gedanke ist doch ein absurder
Du hast richtig gehört
sehr leise aber deutlich
Richard hat vor
nach Amerika zu gehen
mit diesem Doktor Schuppich
mit dem er ein Verhältnis hat
dann stehe ich da
Guggenheim ist aufgestanden, nachdem vier Damen eingetreten sind
HERRENSTEIN *zum Neffen*
Richard trifft sich an den Wochenenden
mit diesem Schuppich in Altaussee
dafür habe ich Beweise
und zwar in meinem Haus
Ich fahre auf den Semmering
ich hasse den Semmering
aber ich fahre auf den Semmering
auf Biegen oder Brechen
Richard ist mit einem Baedeker von Niederösterreich eingetreten und begrüßt die Damen
HERRENSTEIN *zum Neffen*
Denk daran
was auf dich zukommt
schließlich bist du der einzige
dem ich noch vertrauen kann
Das Fräulein Zallinger steckt ja mit Richard
unter einer Decke
die beiden machen gemeinsame Sache
Fürchterliche Nacht gehabt
nicht geschlafen
diese Krämpfe und Selbstbeschuldigungen
Warum hat deine Mutter so früh sterben müssen
alle sterben sie weg
dem Übriggebliebenen bleibt nichts erspart
begrüßt die Damen
Setzen Sie sich doch

setzen Sie sich
es ist ja genug Platz
in sich zusammengesunken
Ich bin nicht in der Lage
Konversation zu machen
Mein Neffe ist ja da
zum Neffen
Nun geh schon
bemüh dich um die Herrschaften
Der Neffe schenkt den Damen Getränke ein, und alle setzen sich im Hintergrund

HERRENSTEIN *zu Richard*
Wer ist denn die Große überhaupt

RICHARD
Die Gräfin Ergens

HERRENSTEIN
Nicht die Gudenus
sie sah aus wie die Gudenus

RICHARD
Die Gräfin Ergens
und die Schwestern Weisweiler

HERRENSTEIN
Das fehlte mir gerade noch
Die Ergens ist doch
geradezu widerlich
Es gibt kaum dümmere
als die Schwestern Weisweiler
Vier Damen treten ein, werden vom Neffen begrüßt

HERRENSTEIN
Ist es denn schon so spät

RICHARD
Es ist gegen halbzwölf

HERRENSTEIN
Die ganze Zeit habe ich
hier
zeigt es
diesen Brustschmerz
sehen Sie Richard hier
Richard tritt vor

HERRENSTEIN
Hier Richard hier

genau da
da genau
genau da
Richard muß die Stelle berühren

HERRENSTEIN

Eine verdächtige Stelle
Hoffentlich ist Friedländer erreichbar
Vergessen Sie nicht
daß er noch vorbeikommt
bevor wir auf den Semmering fahren
ich habe mich noch nicht entschieden
aber ich mag Altaussee wirklich nicht
ich hasse den Semmering
aber ich glaube ich fahre auf den Semmering
wir fahren doch immer dahin
wo es von uns gehaßt wird
wir kommen nie dort an
wo wir sein wollen
Haben Sie wieder amerikanische Nachrichten

RICHARD

Keine neuen

HERRENSTEIN

Das wäre für mich furchtbar
wenn Sie mich im Stich ließen
schließlich dauert es mit mir ja nicht mehr lange
halten Sie doch noch diese kurze Zeit durch
Was bietet Ihnen Amerika überlegen Sie
In Ihrem Alter Mitte fünfzig
da kann man doch nicht nach Amerika gehen
um ein neues Leben anzufangen
das ist ja alles schon von vornherein zum Scheitern verurteilt
versucht, hinter sich und auf die Angekommenen zu schauen
Ich sehe nur Umrisse
heimlich
die Gräfin Ergens sagen Sie
die geschiedene
seitdem sie ihr Kochbuch veröffentlicht hat
ist sie noch unerträglicher
nirgendwo habe ich schlechter gegessen als bei der Ergens
Zwei Herren und zwei Damen sind eingetreten und

setzen sich, nachdem ihnen Fräulein Zallinger etwas ins Ohr geflüstert hat

HERRENSTEIN *zu Richard*

Wo komme ich hin
wenn ich allen diesen Leuten die Hand gebe
ich bin ja halbtot
ich brauche mich nicht halbtot zu stellen ich bin es ja
winkt Richard ganz zu sich heran
Alle neiden mir mein Leben
diese armselige Existenz
Was hat sie denn an die Gräfin Ergens

RICHARD

Ein schwarzgeblumtes gelbes Kleid

HERRENSTEIN

Schwarzgeblumt gelb
Seide

RICHARD

Natürlich Herr Herrenstein Seide

HERRENSTEIN

Seide Seide
schwarzgeblumt

RICHARD

Und einen schwarzen Hut

HERRENSTEIN

Schwarzen Hut
Wahrscheinlich weil sie auch
auf das Begräbnis von Heldwein geht
ich denke alle gehn dahin
alle diese Leute sehe ich wieder
auf dem Heldweinbegräbnis denke ich
Sie sollen sich alle ruhig hinsetzen wo sie wollen
bis die englische Königin kommt
hoffentlich kommt sie bald
die Pünktlichkeit der Könige ist ja sprichwörtlich
sprichwörtlich sprichwörtlich Richard
Die Wiener sind ein neugieriges Volk
abstoßend neugierig
Die Leute machen es sich einfach
sie kommen zu mir
um Elisabeth die Zweite zu sehen
und gehen dann direkt auf das Juwelierbegräbnis

Die Juweliere waren immer reiche Leute
aber nicht so reich wie wir
das verbittert diese Menschensorte Richard
Auf dem Semmering können Sie machen was Sie wollen
nur allein lassen dürfen Sie mich nicht
ich bin auf Sie angewiesen
es ist nicht nur jahrzehntelange Gewohnheit
versucht, Richards Rock zu fassen
Drei Herren treten ein und werden von Fräulein Zallinger auf drei Sessel gebeten

HERRENSTEIN
Plötzlich kommen sie alle
wieviele sind es denn schon

RICHARD
zehn elf zwölf zwanzig

HERRENSTEIN
Aber es sollen doch vierzig sein
zieht an Richards Rock
Ich zahle Ihnen doch mehr
als alle andern Ihnen je Richard
Wenn ich gesund wäre
ich würde glatt mit Ihnen nach Amerika gehen
Aber wahrscheinlich ist Amerika nur eine Finte
die Sie mir vormachen
eine raffiniert vorgemachte Finte
Sie haben mich immer getäuscht Richard
Schließlich sind Sie in meine Schule gegangen
schreit plötzlich
Viktor
Viktor
Der Neffe tritt zu Herrenstein

HERRENSTEIN *zu ihm*
Mach doch einen Augenblick das Fenster auf
Der Neffe geht zum rechten Fenster

HERRENSTEIN
Nicht das Fenster
das das das linke Fenster
Der Neffe öffnet das linke Fenster, und man hört nur den üblichen Straßenlärm

HERRENSTEIN
Mach das Fenster wieder zu

es kommt ja nur Gestank herein
Der Neffe schließt das Fenster
HERRENSTEIN *auf die Uhr schauend*
Ich sehe nicht wie spät es ist
RICHARD
Zehn vor halbzwölf
HERRENSTEIN
Zehn vor halbzwölf
Richard gibt ihm den Baedeker
HERRENSTEIN
Um diese Zeit sitze ich ja wie im Halbschlaf da
und Sie lesen mir vor
zum Neffen
Was stehst du da
kümmere dich um die Gäste
Deine Gäste sind es schließlich
deine Gäste
zu sich
nicht meine
Der Neffe zieht sich zurück
HERRENSTEIN
Ich sollte ihm ja bös sein
was nützt das
hustet angestrengt
In Badgastein wäre ich bald gestorben
Ich habe nicht auf Sie gehört
Nicht auf Friedländer
und nicht auf Sie
Drei Damen treten ein, eine davon mit rotem Hut läßt sich nicht abhalten und geht zu Herrenstein und stellt sich vor ihm auf
Mein lieber Rudolf
wie gut du aussiehst
ich habe gehört du warst in Badgastein
du glücklicher Mensch
hast du gehört
Frundsberg hat die Aschenhöhe gekauft
die Aschenhöhe
jetzt haben wir sie los
HERRENSTEIN
Ich war nie auf der Aschenhöhe

DIE DAME MIT DEM ROTEN HUT
Aber natürlich Rudolf
Silvester sechsunddreißig
um vier Uhr früh bist du geflüchtet
weil dich mein Mann mit dem Gewehr bedroht hat
Auf dich waren alle immer eifersüchtig
Wie du gut aussiehst Rudolf
nicht wahr Richard
Rudolf sieht wunderbar aus
Du bist ja auch ein Gesundheitsapostel Rudolf
Und sonst läuft alles gut
HERRENSTEIN
Ich war nie auf der Aschenhöhe
und ich bin nie von deinem Mann bedroht worden
Ich kenne diese Aschenhöhe gar nicht
DIE DAME MIT DEM ROTEN HUT
Mein Gott Rudolf
du bist immer zu Scherzen aufgelegt
wann kommt denn die Königin
weiß man das schon genau
RICHARD
Gegen zwölf
DIE DAME MIT DEM ROTEN HUT
Gegen zwölf
das ist es ja gleich
Mein Gott hab ich einen Riesenhunger
da kommt mir das Buffet gerade recht
Rudolf ich freu mich so dich zu sehen
geht zum Buffet
HERRENSTEIN
War das die Gudenus
RICHARD
Die Gräfin Winterhalter
HERRENSTEIN
Die Winterhalter
Ich dachte es ist die Gudenus
die hat immer diese geschmacklosen Ringe an den Fingern
Glauben Sie
die gehen alle gleich wieder
wenn der Spuk vorbei ist

RICHARD
Ja natürlich Herr Herrenstein
HERRENSTEIN
Ja natürlich Herr Herrenstein
Diese Leute setzen sich oft fest
klappt den Baedeker auf, versucht zu lesen und klappt ihn wieder zu
Wir laden sie für den Vormittag ein
und sie lungern noch um vier am Nachmittag hier herum
das habe ich doch alles schon erlebt
Sie wissen nicht wie mich der Brustkorb schmerzt
Habe ich alle Pillen genommen
Sagte ich nicht der Vogel zirpt
Mein Neffe
ist er anständig gekleidet
wie es sich für meinen Nachfolger gehört
RICHARD
Ja natürlich Herr Herrenstein
HERRENSTEIN
Am liebsten hinterließe ich gar nichts
einen Trümmerhaufen am liebsten
egal wem wir etwas vermachen
es ist immer falsch Unsinn schauerlich
Die Caritas habe ich immer gehaßt
Fräulein Zallinger stolpert und läßt ein großes Tablett mit gefüllten Weingläsern zu Boden fallen, alle schreien auf
HERRENSTEIN
Was war das
RICHARD
Nichts gar nichts
das Fräulein Zallinger ist gestolpert
HERRENSTEIN
Dumme Gans
Die sieht ja noch weniger als ich
Die fällt mir schon zu oft hin
Fräulein Zallinger ist aufgestanden, die Mädchen klauben die Scherben auf
HERRENSTEIN
Die Zallinger ist ein Faktotum
mit stark eingeschränktem Nützlichkeitsfaktor
Um mich kümmert sie sich nicht die dumme Gans

Es könnte ja sein daß ich selbst Lust habe
auf einen Schluck Wein

RICHARD

Aber Doktor Friedländer

HERRENSTEIN

Hören Sie auf mit Doktor Friedländer
diese Leute verpatzen einem nur alles
ein Schluck Wein schadet gar nichts
Na gehn Sie schon
weiß weiß
Richard holt ein Glas Weißwein, und Herrenstein trinkt es halb aus

HERRENSTEIN

Schließlich können wir ja nicht
auf alles verzichten
Zwei Herren sind eingetreten und am Buffet stehengeblieben

RICHARD *flüstert Herrenstein ins Ohr*

Die Brüder Bartenstein

HERRENSTEIN

Unverschämt
das werde ich Viktor heimzahlen
die Bartenstein in meinem Haus
das betrachten die wohl als eine günstige Gelegenheit
mich und mein Haus auszuspionieren
das sind doch Schauerleute die Bartenstein
mehr zu sich
Diese Schweine
zu Richard
Was haben die beiden denn an
sind die denn auch schwarz gekleidet

RICHARD

Ja natürlich Herr Herrenstein

HERRENSTEIN

Das heißt natürlich
die gehen auch auf das Heldweinbegräbnis
Zuerst gehn sie zum Herrenstein
das alte Schwein wie sie sagen
und dann kommt auch noch die Königin von England
und dann trotten sie hinter dem alten Heldwein her
Juwelier in Wien

das hat sich immer ausgezahlt
das hat sich auch in der Republik nicht geändert
die Proleten kaufen den meisten Schmuck
neuerdings hängen sich auch die Männer
ganze Würste von Goldketten um den Hals
Wenn Sie im Krapfenwaldl baden gehn
sehn Sie die sozialistischen Minister
mit einem Schock Goldketten am Hals
ins Wasser springen
Wahrscheinlich kommt die Gudenus auch
da bin ich mir sicher
das läßt die sich nicht entgehen
Wenn sie alle da sind
könnte ich ja ein paar Worte sagen
oder auch nicht
was meinen Sie Richard
ist es angebracht
mir ist nichts lästiger
aber es gehörte sich wahrscheinlich
Auf dem Semmering haben wir Ruhe davon
seit ich aus Badgastein zurück bin
vertrage ich überhaupt keine Leute mehr
ich vertrage ihren Geruch nicht
Così fan tutte das müßte mehr oder weniger auch
eine Vorstellung nur für mich sein
weil ich die Ausdünstung der Leute nicht mehr vertrage
Aber Così fan tutte spielen sie nicht
der neue Operndirektor ist auch eine Niete
Zuerst kündigt er die Frau ohne Schatten an
dann verschiebt er die Premiere
dann verschiebt er sie noch einmal
und dann noch einmal
und dann sagt er die Frau ohne Schatten ganz ab
Singen ja sprechen nein
Sprechtheater vertrage ich nicht mehr
Sie gehen doch gern in Schauspiele nicht wahr

RICHARD

Natürlich Herr Herrenstein

HERRENSTEIN

Die Oper strengt mich weniger an
ich selbst habe ein Schauspiel verfaßt

mit dreizehn Jahren
Die Ludwigschlacht
mein Gott so etwas schreibt sich leicht in der Pubertät
winkt Richard ganz an sich heran
Glauben Sie
soll ich dann etwas zu den Leuten sagen
etwas in Zusammenhang mit Elisabeth der Zweiten
oder ist das Unsinn

RICHARD
Vielleicht sagen Sie ein paar Worte

HERRENSTEIN
Ein paar Worte ja
aber was für Worte

RICHARD
Ein paar Begrüßungsworte

HERRENSTEIN
Begrüßungsworte belanglose
Drei Damen und vier Herren sind eingetreten

RICHARD
Es genügt ja ein Satz
irgendein Satz

HERRENSTEIN
Da haben Sie recht
aber einen Satz sage ich doch
irgendeinen Satz
Ich habe Ansprachen immer gehaßt
Es wird ja überall nur Unsinn gesagt
Graf Neutz ist eingetreten und geht direkt
zu Herrenstein und begrüßt ihn, Herrenstein gibt ihm
aber nicht die Hand

HERRENSTEIN
Ich gebe die Hand nicht
möglicherweise habe ich
eine ansteckende Krankheit
Sind Sie Graf Croy
Richard flüstert Herrenstein etwas ins Ohr

HERRENSTEIN
Sie sind Graf Neutz
das habe ich mir gedacht
Mein Neffe behauptet
Sie haben Kurring verkauft stimmt das

NEUTZ
Ja Kurring ist verkauft
HERRENSTEIN
Schlechter Verkauf wahrscheinlich
Haben Sie den Trautensee noch
da habe ich sehr oft gefischt
kein gutes Fischwasser
aber eine angenehme Umgebung
NEUTZ
Der Trautensee ist noch in der Familie
HERRENSTEIN
Was heißt n o c h
haben Sie die Absicht ihn zu verkaufen
NEUTZ
Nein nicht
solang meine Tante Elvire lebt nicht
HERRENSTEIN
Elvire
ich dachte die wäre lange tot
Richard flüstert Herrenstein etwas ins Ohr
HERRENSTEIN
Elvire ist die ältere
die jüngere von den Neutzschwestern ist tot
NEUTZ
Sie kränkelt so dahin
HERRENSTEIN
Wie ich
das sagt nicht
daß sie bald stirbt
sie war ja einmal sehr schön
aber nichts für mich
streckt Neutz die Hand hin, ohne sie ihm zu geben
Suchen Sie sich ein gutes Plätzchen
bevor die Königin kommt
Wir haben den Jochinger Veltliner
den Sie immer gern getrunken haben
grüßen Sie mir Berta
Richard flüstert ihm etwas ins Ohr
HERRENSTEIN
Elvire
grüßen Sie Elvire mein lieber Neutz

Neutz geht zu den Andern

HERRENSTEIN

Die haben doch durch Dummheit
alles verloren
auch den Trautensee
Drei Damen treten ein
das ist ja nicht wahr
daß er den noch besitzt
Warum diese Leute lügen
ich verstehe nicht was diese Leute veranlaßt
ununterbrochen zu lügen
Neutz hat einen üblen Mundgeruch
ist Ihnen das aufgefallen
Die Schwestern Neutz waren immer häßlich
eine häßlicher als die andere
ein komisches Paar
liefen immer in hellblauen Dirndlkleidern herum
winkt Richard ganz an sich heran
Sie wissen doch sicher
was in einem solchen Augenblick zu sagen ist

RICHARD

Sagen Sie einfach einen Satz
ganz gleich welchen
schaut auf die Gäste, wie wenn er sie abzählte

HERRENSTEIN

Warum auch nicht
dann drehn Sie mich blitzartig um
so daß ich sie alle sehe
und ich sage einen Satz
so machen wir das
Warum komplizieren wir alles so
winkt Richard ganz an sich heran
Glauben Sie daß ich auf den Zahnarzt verzichten kann
mein Gebiß ist locker
auf dem Semmering brauche ich keine Zähne
mein Neffe fährt uns hinauf
und holt uns wieder ab
Aus Altaussee wird nichts Richard
das schlagen Sie sich aus dem Kopf
Der Doktor Schuppich ist doch der Mann
der dieses widerliche Buch veröffentlicht hat

in dem ich vorkomme
Was der Doktor Schuppich in seinem Buch
über mich geschrieben hat ist alles nicht wahr
und doch
Wielange kennen Sie denn den Doktor Schuppich schon
Sie kennen ihn doch schon eine ganze Zeit
Hat Sie Doktor Schuppich zu Amerika überredet
Ich will nicht in Sie eindringen
aber schließlich interessiere ich mich für das
was den Menschen betrifft
der mir der Nächste ist
das sind ausschließlich Sie Richard ausschließlich
zieht an Richards Rock
Das wissen Sie doch Richard
Sie wissen ganz genau
wie ich zu Ihnen stehe
versucht, in den Salon hinein zu schauen, wieder davon abgewandt
Ich sehe nur eine grauschwarze Masse die murmelt
Unverständliches Zeug Gewäsch
Ich brauche Ihnen ja nicht zu sagen
Drei Damen und zwei Herren treten ein
wie groß meine Sympathie für Sie ist
das ist ja keine Neuigkeit
aber vielleicht ist es notwendig das
einmal auszusprechen
Wenn Sie mich verlassen töten Sie mich
ich bin ohne Sie nichts wert das wissen Sie
dann bin ich nicht nur ein Krüppel
sondern ein toter Krüppel
Was ist wenn ich Ihnen das Haus in Altaussee vermache
das ist doch ein Beweis
Aber Sie sind doch kein schlechter Mensch
Auf dem Semmering werde ich mein Testament abändern
in Ihrem Sinn Richard in Ihrem Sinn
Alle haben sich gesetzt

HERRENSTEIN *im Flüsterton*
Sie können alles von mir haben
wenn Sie bleiben alles
wirklich alles

ZWEI ALTE DAMEN *treten ein und treten ungeniert vor Herrenstein und rufen beide*
Rudolf
Unglaublich wie gut du aussiehst
sie wollen Herrenstein die Hände geben, er nimmt sie aber nicht
Viktor hat uns eingeladen
ein bezaubernder Neffe

DIE EINE DAME
Eigentlich sollte ich jetzt
in Salzburg sein bei meiner Schwester
aber die englische Königin
lasse ich mir nicht entgehen
nein wirklich nicht

DIE ANDERE DAME
Eine Gelegenheit
die nie mehr kommt nie mehr

DIE EINE DAME
Ich bin ganz außer mir
wie gut du aussiehst
Badgastein hat dir gut getan Rudolf
das sieht man
das gute alte Badgastein
das Fräulein Zallinger
wie eh und je
was wäre das Herrensteinsche Haus
ohne die Zallinger
beide gleichzeitig
Wie gut du aussiehst Rudolf
nein wirklich phantastisch
ziehen sich zu den Andern zurück

HERRENSTEIN
Das ist die Strafe
jahrelang habe ich zu diesen Leuten
keinen Kontakt aufgenommen
und jetzt sind sie alle da
Ich weiß ja warum
ich mich von allen getrennt habe
von diesem Pack
abgeschnitten
von der Gesellschaft abgeschnitten

das habe ich notwendig gehabt
Alle Gäste im Hintergrund lachen laut auf

HERRENSTEIN
Stumpfsinniges Gesindel

Vorhang

Dritte Szene

Nach zwölf Uhr
Gelächter aller Gäste, wenn der Vorhang aufgeht
Herrenstein starrt auf das Fenster und sieht offensichtlich nichts

RICHARD
Ein so schöner Tag Herr Herrenstein

HERRENSTEIN
Mir gefällt nichts mehr

NEUTZ *als einziger der Gäste stehend, sehr laut, so daß es alle hören*
Darauf sagte der Kaiser nur
geh' hörn S' auf
ham S' mi gern
Alle brechen in lautes Gelächter aus, das einige Zeit anhält

HERRENSTEIN
Fatzke
blöder Kerl
Hat sein ganzes Vermögen durchgebracht
der Trautensee gehört ja seit Jahren
dem Fürsten Schwarzenberg
Die Neutz getraut sich ja nicht mehr unter die Leute
Witzemacher schauerlicher
winkt Richard ganz an sich heran, während Neutz wieder einen Witz zum besten gibt

HERRENSTEIN
Auf dem Semmering besprechen wir alles Weitere

RICHARD
Natürlich Herr Herrenstein

HERRENSTEIN
Ich meine das Testament
Ich kann es ja ändern wann ich will
Der Neffe muß ja nicht alles haben
RICHARD
Aber Sie sagten doch
HERRENSTEIN
Ich sage jeden Tag etwas Anderes
das wissen Sie doch Richard
das ist ja das Fürchterliche
ich lege mich fest
und löse alles wieder auf
so ist es seit Jahren
schaut um sich
Es ist Zeit daß die Königin kommt
Glauben Sie nicht
daß jetzt die Regenzeit kommt
nachdem es so lang schön gewesen ist
Mitte Oktober beginnt es zu regnen
und hört nicht mehr auf
der Regen geht in Schnee über
und zu Weihnachten ist der Tiefpunkt
Alle Gäste lachen laut auf
HERRENSTEIN
Mich widert das an
Und das in meinem Haus
An Neutz dachte ich gar nicht
Wenn ich gewußt hätte daß der herkommt
hätte ich das Ganze verhindert
Ist die Gudenus nicht da
RICHARD
Nein
HERRENSTEIN
Manche Frauen bleiben schön
gleich wie alt sie werden
die Gudenus ist eine Schmuckfanatikerin
das ist allerdings abstoßend
aber sie ist die einzige Frau
mit der ich reden kann
selbst über Nietzsche
nicht wahr Doktor Guggenheim

GUGGENHEIM
Ja die Gudenus
HERRENSTEIN *zu Guggenheim*
Die wäre doch etwas für Sie gewesen
die Gudenus
Der scharfe Verstand
vermählt sich mit dem Hochadel
absurde Idee
Die Gudenus hat immer ein Auge auf Sie gehabt Guggenheim
beide verwitwet
die Gudenus und Sie
die einzige nicht geschwätzige Person
Die Gräfin Gudenus tritt ein in dem Augenblick, in dem wieder alle Gäste laut aufgelacht haben
HERRENSTEIN
Die lachen wirklich über alles
das der Neutz sagt
RICHARD
Jetzt ist sie da
HERRENSTEIN
Die Gudenus
Die Gräfin Gudenus geht direkt zu Herrenstein, und Herrenstein küßt ihr die Hand
GRÄFIN GUDENUS
Ich hab mich nicht zurückhalten können
ich muß dabei sein
Guggenheim küßt ihr die Hand
Mein lieber Guggenheim
ich habe Ihr Buch schon ausgelesen
hervorragender Zweiter Teil Guggenheim
Apokalypse einfach großartig
aus jeder Zeile lese ich heraus
daß Sie in Oxford eine Professur gehabt haben
ein grandioses Buch
wahrscheinlich haben Sie jahrelang
daran gearbeitet
jedes Detail ein Vergnügen
Die Guggenheim sind wenn Sie einmal tot sind ausgestorben
durch und durch philosophisch
alles ganz vom englischen Geist durchdrungen
Was sagen Sie Herrenstein

ist unser Emigrant nicht ein ganz und gar außergewöhnlicher Kopf
diese Köpfe sterben aus
die gibt es nicht mehr wenn unser Guggenheim tot ist
Alle Gäste im Hintergrund lachen auf

GRÄFIN GUDENUS
Neutz hat wieder seinen großen Tag
zu Guggenheim
Wären Sie nicht lieber in England geblieben

GUGGENHEIM
Achnein ich bin ja hier zuhause

GRÄFIN GUDENUS
Das sagen Sie so
Schreckliches Land dieses Österreich
das kann Ihnen doch nicht gefallen
wo Sie so lang in England noch dazu in Oxford gelebt haben

GUGGENHEIM
Doch doch liebe Gräfin
ich bleibe da und werde hier sterben

GRÄFIN GUDENUS
Guggenheim ist unser Urösterreicher
habe ich nicht recht Herrenstein
Alle im Hintergrund lachen laut auf

GUGGENHEIM
Es ist die zweite Auflage gedruckt worden

GRÄFIN GUDENUS
Das ist erstaunlich
für ein philosophisches Werk
davon werden doch meistens und höchstens
nur ein paar hundert Exemplare verkauft
denken Sie nur an den Tractatus logicus-philosophicus

GUGGENHEIM
Die Jugend beschäftigt sich heute mehr denn je
mit Philosophie

HERRENSTEIN
Kommen Sie mir nicht mit der heutigen Jugend
die ist doch durch und durch sentimental
und antigeistig
die flieht doch wo sie nur kann das Denken

GRÄFIN GUDENUS
Da muß ich Ihnen recht geben Herrenstein

mein Gott meine eigenen Enkelkinder
lesen das ganze Jahr nicht einen einzigen akzeptablen Satz
Wenn es hoch kommt die Presse

HERRENSTEIN
Dieses widerliche Blatt

GUGGENHEIM
Das Sie aber abonniert haben

HERRENSTEIN
Weil es seit fast hundert Jahren
in der Familie die Gewohnheit ist

GUGGENHEIM
Aber Sie lesen doch die Presse tagtäglich

HERRENSTEIN
Das ist es ja
das mich ärgert
ein so fürchterliches Blatt
und ich lese es täglich
so geht es doch allen Leuten
mit allen Blättern
sie sind schauerlich
und werden doch gelesen

GRÄFIN GUDENUS
Ich glaube die Königin verspätet sich
mein lieber Herrenstein
sie geht zu den Andern

HERRENSTEIN
Irgend etwas fasziniert mich an dieser Frau
ich weiß nicht was es ist
ich hasse alles woher sie kommt
und doch fasziniert sie mich
allerdings nur sie
alles andere aus dieser perversen Küche stößt mich ab
Alle lachen wieder laut auf

NEUTZ *sehr laut*
Der Erzherzog Ferdinand sagte darauf nur
tut mir leid
ich hab ja nur die Unterhose an Majestät
Alle lachen laut auf

HERRENSTEIN *zu Guggenheim, der sich wieder neben ihn gesetzt hat*
Ach Doktor Guggenheim

wenn ich Sie nicht hätte
die alte Garde
das alles ist ja schon ausgestorben
Am liebsten nähme ich Sie mit auf den Semmering
nimmt seine Hand
Ich lade Sie ein Guggenheim
ich lade Sie ein
Sie packen sich ein paar Sachen ein
und kommen mit auf den Semmering
es hält Sie ja nichts hier
in dieser Teufelsstadt
wir nehmen uns ein Thema vor
und kauen daran
während wir uns warm einheizen lassen
wie denken Sie darüber

GUGGENHEIM
Ja wenn Sie das wünschen

HERRENSTEIN
Natürlich wünsche ich das

GUGGENHEIM
Ja wenn es sein muß

HERRENSTEIN
Nun geben Sie sich einen Ruck
und packen Sie das Notwendigste ein
und fahren Sie morgen mit uns auf den Semmering
wir machen es uns dort oben so bequem wie nur möglich
Alle Gäste lachen wieder laut auf
Viktor fährt uns
Richard begleitet uns
zu Richard
Wie spät ist es denn

RICHARD
Fast halbeins

HERRENSTEIN
Fast halbeins
Dann ist ja der Spuk gleich vorbei
zu Guggenheim
Vielleicht nehmen Sie die Hegelausgabe mit
die Sie mir so empfohlen haben
der Semmering ist gut für Hegel
oder für Montaigne

es ist mir egal
wenn es nur etwas Großes ist
Die Gräfin Gudenus allein lacht laut auf

HERRENSTEIN *zu Guggenheim*
Die Jugend ist absolut nichts wert
und wird doch erwachsen
und die Welt geht nicht unter
verrückt nicht wahr
zu Richard
Hören Sie Richard
gleich nachdem die Leute weg sind
fahren Sie mich auf den Döblinger Friedhof
zu Guggenheim
Sie wissen ja
der Juwelier Heldwein ist gestorben
es ist zum Lachen
der Mann hat sich erst dieses Jahr
eine Auslage bauen lassen
die ausschaut wie eine Aufbahrungshalle
tatsächlich wie eine Aufbahrungshalle
und ich habe noch zu Richard gesagt
wie eine Aufbahrungshalle
und jetzt ist der Mann tot
Die Gudenus unterhielt sich mit ihm ganz gut
Ich mag Juweliere nicht
Sie Glücklicher
Sie müssen nicht auf das Heldweinbegräbnis gehn
Solche Leute wie Sie
brauchen überhaupt kaum auf den Friedhof zu gehn
weil Sie sich nicht mit allen diesen scheußlichen Leuten
gemein gemacht haben
Aber der Besitzer der Firma Herrenstein
muß zu allen diesen Begräbnissen gehen
glauben Sie mir das ist nichts weniger als entsetzlich
Von der Ringstraße herauf dringt mehr und mehr anschwellender Jubel durch die Fenster

HERRENSTEIN
Ich glaube es ist soweit
Die Gäste sind aufgesprungen und drängen auf den Balkon, den Fräulein Zallinger geöffnet hat, sie hat die Balkontür weit aufgemacht und bleibt daneben stehen

Alle drängen auf den Balkon
Der Jubel von der Ringstraße herauf wird immer lauter

HERRENSTEIN *zu Richard*
Wieviel glauben Sie denn
sind das
das sind doch mehr als vierzig Leute
das hört sich an als wären es hundert
mehr als hundert
dreht sich nach den Leuten um

RICHARD
Achtzig oder neunzig

HERRENSTEIN
Unglaublich
Fräulein Zallinger tritt auch auf den Balkon hinaus

GUGGENHEIM
Es ist das erstemal
daß Elisabeth die Zweite nach Wien kommt
glaube ich

HERRENSTEIN
Mit Sicherheit war sie noch nicht da

RICHARD
Soll ich Sie auf den Balkon schieben Herr Herrenstein

HERRENSTEIN
Was fällt Ihnen ein Richard
mich interessiert das Ganze nicht
das ist nur für den Abschaum
schaut zu Boden
Gesindel widerwärtiges
Damit habe ich sie aber endgültig los
das ist das letztemal
daß diese Leute
in meinem Haus sind
es sind ja von allen die abscheulichsten
es sind genau die
die ich am tiefsten hasse
dieses gesunde Gesindel
Sofort auf den Döblinger Friedhof
wenn sie weg sind
zu Guggenheim
Mein lieber Guggenheim
schlafen Sie sich aus und fahren Sie morgen mit mir

auf den Semmering
es wird Ihnen gut tun
der Philosoph hat gute Luft notwendig
nichts ist dem Philosophen wichtiger als gute Luft
die gute Luft ist des Denkers beste Nahrung
mein lieber Guggenheim
Sie sind mein Lebensphilosoph
mein Existenzphilosoph Guggenheim
Der Semmering ist eine philosophische Gegend
nicht wie das Salzkammergut
in welchem nur die Dummköpfe gut gedeihen
das Zweitklassige und das Drittklassige
nicht das Erstklassige wie auf dem Semmering
Sie kennen doch den Semmering genauso gut wie ich
Heute ist es nicht mehr modern
auf den Semmering zu fahren
der ist nurmehr was für ganz alte Leute
deshalb fahre ich ja hin

GUGGENHEIM

Wir waren als Kinder
jedes Jahr auf dem Semmering
im Panhans
gibt es das noch

HERRENSTEIN

Alles gibt es noch Guggenheim
aber nichts werden Sie wiedererkennen
Der Sozialismus hat auf dem Semmering
alles verkommen lassen
Aber der Sozialismus auf dem Semmering
und die Sozialisten auf dem Semmering
sind mir noch tausendmal lieber
als der Nationalsozialismus
und die Nationalsozialisten in Altaussee
Nun gehen Sie schon auf den Balkon Guggenheim
und machen Sie Ihrer Königin die Aufwartung
Guggenheim geht mit hochgehaltenem Unionjack zu den Andern auf den Balkon, im Hinausgehen sagt er
God save the Queen
Der Jubel von der Ringstraße herauf vermischt sich mit dem Jubel der auf dem Balkon Stehenden

RICHARD *dreht den Rollstuhl so, daß Herrenstein genau auf die Balkontür schauen kann*
Wollen Sie sie nicht auch sehen
Elisabeth die Zweite
HERRENSTEIN *bestimmt*
Nein
Der Jubel ist auf dem Höhepunkt
HERRENSTEIN
Ein abstoßendes Schauspiel
Ein plötzlicher Krach und Aufschrei aller auf dem Balkon Stehenden; der Balkon reißt ab und stürzt in die Tiefe
Herrenstein klammert sich an Richards Rock
Richard schiebt Herrenstein langsam bis vor die Balkontür
HERRENSTEIN *versucht, in die Tiefe zu schauen*
Der Staub hat sich verzogen
Richard schiebt Herrenstein noch ein Stück
HERRENSTEIN *nach einer Pause*
Wahrscheinlich sind alle tot
RICHARD *nach einer ebenso langen Pause schon im Aufheulen der Sanitätswagen und der Feuerwehr*
Sicher

Vorhang

Uraufführungsdaten

Der Theatermacher
Uraufführung: Salzburger Festspiele, 17. 8. 1985
Regie: Claus Peymann

Ritter, Dene, Voss
Uraufführung: Salzburger Festspiele, 18. 8. 1986
Regie: Claus Peymann

Einfach kompliziert
Uraufführung: Schiller-Theater, Berlin, 28. 2. 1986
Regie: Klaus André

Copyrightangaben

Thomas Bernhard
Sein Werk im Suhrkamp Verlag

Alte Meister. Komödie. Leinen und st 1553
Amras. Erzählung. BS 489 und st 1506
Am Ziel. BS 767
Auslöschung. Ein Zerfall. Leinen und st 1563
Ave Vergil. Gedicht. BS 769
Beton. Erzählung. Leinen, BS 857 und st 1488
Die Billigesser. st 1489
Einfach kompliziert. BS 910
Elisabeth II. Keine Komödie. BS 964
Erzählungen. st 1564
Ein Fest für Boris. es 440
Frost. st 47
Gehen. st 5
Holzfällen. Eine Erregung. Leinen, BS 927 und st 1523
Der Ignorant und der Wahnsinnige. BS 317
Immanuel Kant. Komödie. BS 556
In hora mortis. IB 1035
Ja. BS 600 und st 1507
Das Kalkwerk. Roman. st 128
Korrektur. Roman. Leinen, Sonderausgabe und st 1533
Der Kulterer. Eine Filmgeschichte. st 306
Die Macht der Gewohnheit. Komödie. BS 415
Midland in Stilfs. 3 Erzählungen. BS 272
Prosa. es 213
Ritter, Dene, Voss. BS 888
Der Schein trügt. BS 818
Der Stimmenimitator. Leinen, BS 770 und st 1473
Die Stücke. 1969-1981. Gebunden
Stücke 1. Ein Fest für Boris. Der Ignorant und der Wahnsinnige. Die Jagdgesellschaft. Die Macht der Gewohnheit. st 1524
Stücke 2. Der Präsident. Die Berühmten. Minetti. Immanuel Kant. st 1534
Stücke 3. Vor dem Ruhestand. Über allen Gipfeln ist Ruh. Der Weltverbesserer. Am Ziel. Der Schein trügt. st 1544
Stücke 4. Theatermacher. Ritter, Dene, Voss. Einfach kompliziert. Elisabeth II. st 1554
Der Theatermacher. BS 870
Über allen Gipfeln ist Ruh. Ein deutscher Dichtertag um 1980. Komödie. BS 728
Ungenach. Erzählung. st 1543
Der Untergeher. Leinen, BS 899 und st 1497

22/1/11.87

Thomas Bernhard
Sein Werk im Suhrkamp Verlag

Verstörung. BS 229 und st 1480
Watten. Ein Nachlaß. st 1498
Der Weltverbesserer. BS 646
Wittgensteins Neffe. Eine Freundschaft. BS 788 und st 1465

Zu Bernhard
Thomas Bernhard. Werkgeschichte. stm 2002

22/2/11.87

suhrkamp taschenbücher
Eine Auswahl

Abish: Wie deutsch ist es 1135
Achternbusch: Alexanderschlacht 1232
- Die Atlantikschwimmer 1233
- Die Olympiasiegerin 1031
- 1969 1231
Adorno: Erziehung zur Mündigkeit 11
- Studien zum autoritären Charakter 107
Aitmatow: Der weiße Dampfer 51
Alain: Die Pflicht, glücklich zu sein 859
Alberti: Der verlorene Hain 1171
Alegría: Die hungrigen Hunde 447
Anders: Erzählungen. Fröhliche Philosophie 432
Ansprüche. Verständigungstexte von Frauen 887
Ansprüche. Verständigungstexte von Männern 1173
Antonioni: Zabriskie Point 1212
Arendt: Die verborgene Tradition 303
Armstrong: Kiss Daddy Goodnight 995
Artmann: The Best of H. C. Artmann 275
- Gedichte über die Liebe 1033
Augustin: Eastend 1176
Ba Jin: Die Familie 1147
Bachmann: Malina 641
Ball: Hermann Hesse 385
Ballard: Billenium 896
- Die Dürre 975
- Hallo Amerika! 895
- Das Katastrophengebiet 924
- Mythen der nahen Zukunft 1167
- Der tote Astronaut 940
Barnet: Das Lied der Rachel 966
Baur: Überleben 1098
Beach: Shakespeare and Company 823
Beck: Krankheit als Selbstheilung 1126
Becker, Jürgen: Die Abwesenden 882
Becker, Jurek: Aller Welt Freund 1151
- Irreführung der Behörden 271
- Jakob der Lügner 774
Beckett: Der Ausgestoßene 1006
- Endspiel 171
- Glückliche Tage 248
- Malone stirbt 407
- Der Namenlose 546
- Warten auf Godot 1
- Wie es ist 1262
Behrens: Die weiße Frau 655
Beig: Hochzeitslose 1163
- Rabenkrächzen 911
Bender: Der Hund von Torcello 1075
Benjamin: Deutsche Menschen 970
- Illuminationen 345
Benjamin/Scholem: Briefwechsel 1211
Berkéwicz: Josef stirbt 1125
Bernhard: Frost 47
- Gehen 5
- Der Kulterer 306
Bertaux: Hölderlin 686
Beti: Perpétue und die Gewöhnung ans Unglück 677
Bierce: Das Spukhaus 365
Bioy Casares: Die fremde Dienerin 962
- Morels Erfindung 939

2/1/8.86

2/3/8.86

2/4/8.86

2/5/8.86

2/6/8.86

2/7/8.86